牧野诡事

天下霸唱 著

北京联合出版公司
Beijing United Publishing Co.,Ltd.

图书在版编目（CIP）数据

牧野诡事 / 天下霸唱著 . -- 北京：北京联合出版
公司，2022.2（2022.10 重印）
ISBN 978-7-5596-5631-5

Ⅰ.①牧…　Ⅱ.①天…　Ⅲ.①笔记小说—小说集—中
国—当代　Ⅳ.① I247.7

中国版本图书馆 CIP 数据核字 (2021) 第 209887 号

牧野诡事

作　　者：天下霸唱
出 品 人：赵红仕
责任编辑：高霁月
封面设计：王　鑫

北京联合出版公司出版
（北京市西城区德外大街83号楼9层 100088）
北京新华先锋出版科技有限公司发行
大厂回族自治县德诚印务有限公司印刷　新华书店经销
字数261千字　620毫米×889毫米　1/16　20印张
2022年2月第1版　2022年10月第2次印刷
ISBN 978-7-5596-5631-5

定价：59.50元

牧野诡事·目录
Contents

第一章

墓中寻龙

盗墓

武昌起义隆隆的枪炮声，使中国终于挣脱了封建帝制的沉重枷锁，进入了一个各种新锐思潮与遗风陋习激烈冲撞的大时代。民国初年的社会局势尤其混乱，不仅各路军阀之间战事频繁，而且出现了百年不遇的"北旱南涝"灾情。许多省份颗粒无收，成千上万的人成了灾民。为了能有口饭吃，许多人铤而走险当起了土匪响马，或去做贩卖人口、走私烟土、倒卖军火一类缺德到底的勾当。这正是"十年干戈天地老，四海苍生痛哭深"。

常言道："盛世古董，乱世黄金。"在兵荒马乱的年月里，只有黄澄澄的大黄鱼（金条）才是硬通货。在盗墓者的眼中，如此时局之下，国家的法律已形同虚设，正是盗掘古冢、窃取秘器的大好时机。有经验的盗墓老手，当然不会放过这种机会。等到有朝一日政局稳定下来之后，古董价格必会看涨，届时再把所盗之物出手，便可轻轻松松地发上一笔横财。

盗墓贼"马王爷"和他的两个老伙计——老北风、费无忌，就是瞅准了眼下的机会，打算趁着淤泥河附近军阀交战，附近村县老百姓逃得十室九空之机，动手盗掘河畔的一处无名古冢。

马王爷本名叫马连城，因盗墓经验丰富，做过不少大手笔的勾当，而且眼功极高，甚至有人传说他生了三只眼，不管地下有什么古墓，不论藏得多深，他只瞧一眼，就能看出其中端倪，所以才得了这么一个绰号。然而对马王爷的本领比较熟悉之人，自然都知道他并非生有什么三只眼睛，只尊称其为"观山马爷"。

马王爷盯上淤泥河边这座古冢不是一两天了。古冢的地点就在离河边不远的一片密林之中。时移物换，丘陇渐平，那古冢的地面封土堆和石碑等标记早已消失多年，不是行家根本就发现不了。如果拨开那些枯黄的乱草，在半尺多厚的异色泥下，便可以瞧见一块块奇大无比的墓砖，墓砖的缝隙间铸有铁水加固，要想短时间挖开盗洞，就必须使用土炮炸出缺口。

只是这附近离官道不远，地理位置虽然偏僻，却是赶场的必经之路，昔日里人来车往难有机会下手，即使在夜里用土炮炸那墓墙，也有可能会惊动民团或保安队。所以马王爷虽然早就踩过几遍点儿了，却迟迟未敢轻举妄动。当前的战乱却使得这里突然变得人迹罕至，这对马王爷等人来讲那真是天赐的机缘。他立刻会合了另外两个盗墓老手——善使火药术的"老北风"与身大力不亏的开棺好手"费无忌"。为了掩人耳目，三人都装作道人打扮，带上一干应用器械，牵了几头用来驮东西的骡马，昼伏夜行来至淤泥河畔。

"淤泥河"之所以得名，是由于这河中是半水半泥，也不管是涝是旱，这条河始终都有这么多烂泥。近年来河水流量逐渐变少，原本一条数丈宽的河流，又被淤泥分割成若干段，只有在雨水最大的时候，才偶尔连成一片。河床则全是一丛丛几尺高的乱草，有那些不明究竟的外地人，路过的时候想在河边喝口水、洗把脸什么的，在毫无准备的情况下，如果一脚踩到草下的泥潭，往往就陷在淤泥中丢了性命，谁也说不清这淤泥河陷死过多少人。这条河由于死人太多，除了河道最中间极窄一段的水质还算说得过去，大部分河道中一年四季都流着黑水，散发着一股股强烈的腐臭。

马王爷他们到达淤泥河边之时，已经是夕阳西下，暮色黄昏。由于事先已经多次看过地形，马王爷和老北风等人几乎不费吹灰之力，就将古墓那铜浇铁灌的砖墙掘了出来。老北风一马当先，在硕大的墓砖上用手指敲敲打打，勘察下手的位置。马王爷同费无忌二人都蹲在一旁等候，马王爷神色悠闲地吸着旱烟袋，而费无忌则神情专注地盯着老北风脸上的表情变化，有几分担心携带的土炮药量不够。

老北风不慌不忙地探明了砖层的薄厚，对马王爷和费无忌说道："两位老哥，这寿穴造得好个石椁铁壁，恁般结实坚固。咱们虽然带的火药不多，但我估量着若用土炮落力打它最薄弱之处，就算撬不开也差不多了。"

马王爷听罢，不动声色地点了点头，吩咐道："这淤泥河附近的人早就跑光了，动静闹得再大也不打紧，只是需把药量掐算得恰到好处，别损伤了寿穴中值钱的器物便是。"

马王爷是这伙人中的首领，他发了话之后，老北风才敢动手，三下五除二便安装了土炮的药引。土炮轰然炸响，别看是土制炸药，但配比高明，爆炸的威力着实不小，直炸得土石横飞、浓烟升腾。老北风早年间在北洋火器局做过火药师，这些年来跟随着马王爷盗过不少古墓，土炮破墙正是他的拿手好戏。待烟雾散去之后，只见这座无名古墓被来了个大揭顶，已经给崩出好大一个缺口。

土炮打出的缺口，位置刚好在墓道铜门的顶端，绕过了最为坚固的铜门铁壁，可墓墙露出的缺口后并不是墓道，里面竖着一块青条石墓碑。三人不免有些奇怪，盗了这么多年的墓，还没见过谁家的墓碑放在坟墓内部，这又是唱的哪出戏？于是三人并肩走到近前定睛观瞧，都忍不住想要看看这无名古墓里藏着的石碑上究竟写了些什么。

那墓碑又扁又长，造得甚是奇特。石头便是普通的大青石，上边顶端雕了一个鬼头，当中歪歪斜斜地刻着一行大字，笔画怪异潦草，透着阵阵邪气。

这三人中只有费无忌是不识字的粗人，老北风虽然识得一些常用字，但加上认错的白字，最多也就认得几百个字，稍微复杂些的文字便不认得，对于石碑篆刻更是一窍不通。他们俩看起这块墓里的石碑来，跟看天书差不多，连半个字也读不出来，只好请教马王爷这碑上究竟写的些什么文字。马王爷博古通今，自然是难不倒他，青石上的一行字迹虽然奇特，却并非古篆之类繁杂艰难的碑文，稍加辨认就已读出，当下便在心中默念了一遍。

不看不要紧，一看之下，马王爷竟然觉得心底里突然生出一阵寒意，这青石上刻的一行字是："诸敢发吾丘者必遭恶咒坠万劫而不复之地。"原来这是一块古代墓主用于恐吓盗墓者的诅咒石，也就是墓主发下毒咒，谁敢掘这座坟，墓主即使死后千年在冥冥之中，也必诅咒盗墓者坠入万劫不复的境地，见此石碑者——死。

自古以来，从有厚葬之风开始，世间便无不发之冢，但"事死如事生"的观念在古人心中根深蒂固，很少有贵族愿意纸衣瓦棺。既然不能薄葬，便只有想尽办法反盗墓，除了机关疑冢之外，诅咒震慑也是一个常用的办法。马王爷以前也曾见过类似的，但盗墓之人既然敢做这穿梭于阴阳界之间的行当，便早已将鬼神诅咒置之度外了，他对于这种毒咒早已习以为常，根本就不在乎。然而这次不知为什么，竟然感到一阵心慌意乱，说不定这无名古墓中真会有什么古怪。

好在这种感觉很快就过去了。从以往的经验来看，这座墓至少是宋代以前的。虽然整体规模不大，但那些墓砖大得罕见，墓主人的来头一定不小，里面陪葬的金玉珍宝少不了，别再疑神疑鬼耽误了正事。想到这儿，马王爷已经为自己打消了那些疑虑。他定了定神，故作镇定地指着青石碑告诉另外两个同伙："'试读碑上文，乃是昔时英'啊！石上所刻乃是墓主先贤的高名。"马王爷没对老北风和费无忌说实话，心想反正他们二人也不认得碑上写了些什么，与其让他们担惊受怕，还不如就说这青石是块墓碑，免得干活的时候大伙心里发虚。

老北风和费无忌向来对马王爷佩服得五体投地，此时听马王爷这么一说，顿时恍然大悟，看那青条石形状虽然古怪，敢情也就是块刻着墓主人名字的石碑。这还得说是马爷，不但认得碑上的怪字，而且说出话来还出口成章，不得不让人在心里赞叹。马老爷还是百年才出一位的相地大师，跟着马爷观山盗墓，简直比抢银号都过瘾，不仅能财源广进，而且还长学问、长见识，不愧是我等的良师益友。

马王爷隐隐约约有种不太好的预感，他历来不是疑神疑鬼之人，何况现在古墓砖墙已经炸塌了，到了嘴边的肥肉岂有不吃之理？但这种不祥的预感还是使他有几分不安，只想尽快收工回府，于是对老北风二人一摆手："得了吧二位，咱们老三位加起来少说都有一百六七十岁了，你们也甭捧我了，赶紧收拾停当，到这寿穴中勾当一番，把活儿做得利利索索的可比什么都强。"

老北风和费无忌齐声称是，方今天下正值乱世，趁着老胳膊老腿还能动，抓紧时机狠狠地干上几票，只盼着此墓中金玉满堂，让咱们今天来个开门红。当下三人就在那墓前，用老酒擦了擦手脸，取出朱砂来用水化开，当作颜料用毛笔沾染，各自在脸上画了一张血红狰狞的脸谱，并在头顶上扎了一块蓝色方巾。

马王爷他们的装束打扮看似神秘诡异，其实这一举一动里面很有讲究。盗墓之人虽然不信邪，却不能不避邪。身穿道袍头顶蓝巾，左手戴个银指环，脸上画个红脸谱，这扮相叫作"魁星踢斗"。据说魁星乃是"九九星中第一龙"，古星学中"魁"为北斗第一星，堪称九宫之魁首。此星在天为万灵之主宰，在地为百脉之权衡。魁星也就是贪狼星，传说贪狼星君相貌奇丑，突面而獠牙，民间视之为司管文运之星。而马王爷这些盗墓者认为贪狼星君能挡煞克邪，如果能请得魁星天官上身，别说墓中发生尸变、古尸忽起扑人之类的险恶状况，即便是有具千年尸王，也尽可以一脚将其踏住。

片刻，这三人便已准备就绪，进入墓门之前要先燃起一炷"寻龙香"，马王爷用嘴对着香头轻轻吹了一口，橘红色的香火被他吹得越发明亮。"寻龙香"对地下封闭环境中产生的毒气非常敏感，一遇毒雾、尸毒等阴晦之气立灭。

可就在他们要迈步进去的那一瞬间，树林里忽然刮起一阵阴风，那股风夹杂着一股刺鼻的膻腥，马王爷感觉有个什么东西从他脚边"嗖"的一下蹿进了古墓。老北风和费无忌也感觉到了，但实在是太快了，三人谁也没看清楚刚才钻进墓中的究竟是什么东西。

费无忌以前曾在绿林中当过响马，平生杀人如麻，这三人中就属他胆子最壮。他见此情形立刻拽出驳壳枪，对准墓中连开数枪。枪声过后，墓中却静悄悄的没有任何动静，也不知刚刚蹿进墓中的那东西是不是被子弹击中了。

马王爷在心里骂了一句，这次怎么总觉得有点不顺？老子这辈子多少大风大浪都过来了，可别在阴沟里翻了船。他见费无忌还想接着开枪，便拦住说道："别浪费子弹了，我看那东西八成是被土炮惊动了蹿出来的，不是老鼠就是只老狐狸，这胡灰也是两大仙家，跟咱们井水不犯河水，别再跟它纠缠下去了。"虽然事先已经探明了周围数十里内没有人烟，但为了保险起见，马王爷还是让老北风在墓道口望

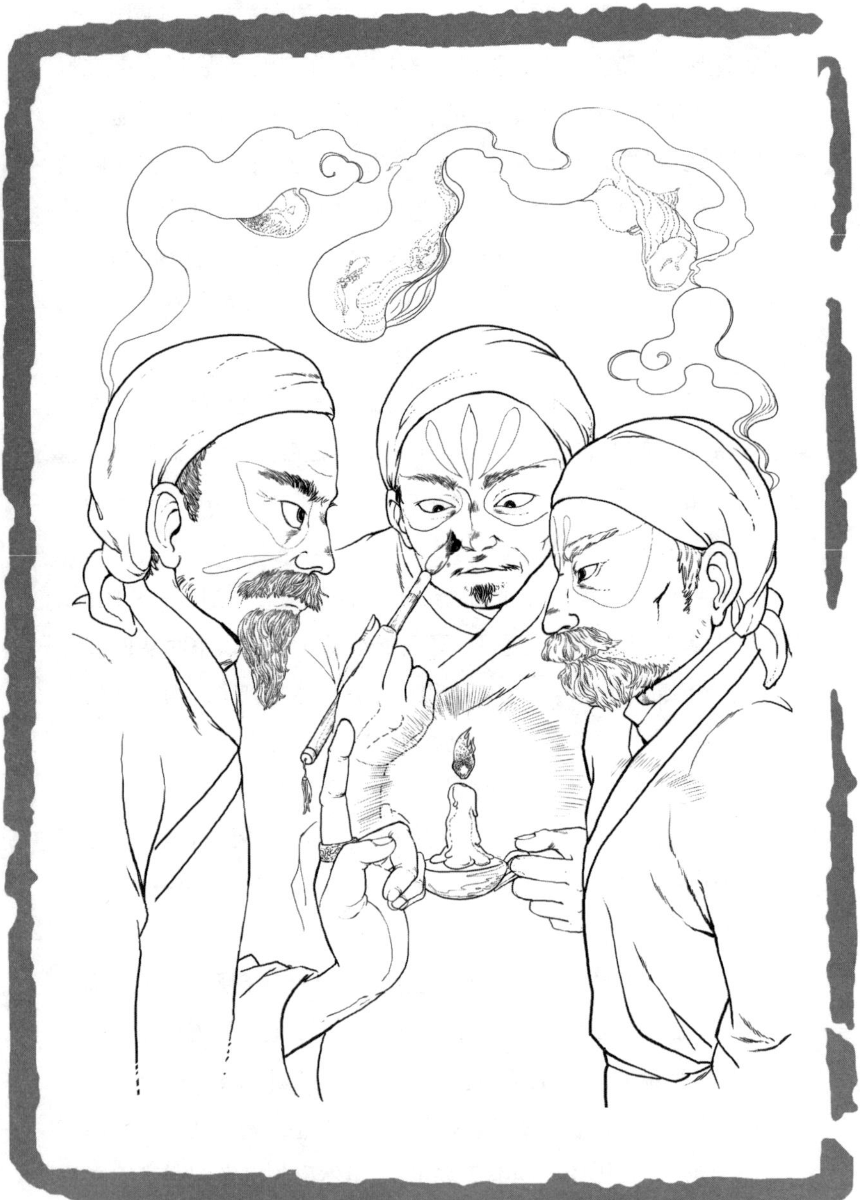

风，他带着费无忌进去干活。

费无忌早就迫不及待地想进古墓搬金取玉，当下就将一盏马灯挂在撬镐前端，用一只手举了，另一只手拎着张开机头的驳壳枪，与马王爷一前一后钻进了墓室。

这座墓面积不大，可能是照搬了墓主生前住宅的一部分，前后只有两进，都以极大的墓砖垒砌，棺材应该停放在最深处。墓室四壁冷森森的，墙角旮旯都生满了绿苔，泛着股呛人的潮气。一看里面的情状，马王爷不由得先是一阵失望，看样子这墓中曾经有大量积水，几乎所有贵重的陪葬品都被水浸得朽烂了，但一抬眼，却见一口漆都掉光了的大棺材，被几个铜环吊在室中。

古墓的设计者往往也考虑到了地下渗水的威胁，一般都是利用排水沟，或者设置棺床，提高棺椁的位置，或者干脆直接用铜环铁链把棺材吊起来，这座墓便是使用的最后一种方法来防止水浸。马王爷和费无忌见这口棺材还算完整，顿时来了兴致，二人踩着青砖棺床，撬动棺盖。

费无忌两膀一晃有蛮牛般的力气，撬个棺材还不跟玩儿似的，嘎嘣嘣数声，他已撬掉几枚生满锈迹的大棺材钉。为了躲避棺中郁积的尸气，俩人先退开数尺，转到棺材顶端，在远处用锹头将棺盖向下推开一截。在漆黑的墓室中，两个盗墓贼屏住呼吸，提着照明的马灯，贪婪地向棺中望去，那棺中的情形却让人目瞪口呆，半晌都摸不着头脑。

费无忌一脸茫然，用手摸了摸自己的光头，问马王爷道："马老爷，这是有水没有鱼啊？"他说的这是一句"避口"，也就是道上的黑话。古墓是死者的领地，活人进去盗墓为了让自己安心，硬是给自己增加了许多忌讳，"避口"便是口头上的忌讳，最忌说诸如"死、尸、阴、冥、逃、坟、墓"之类的字眼，认为这些字太不吉利，在交谈的时候都要尽量绕开。"棺材"二字发音同"官财"，所以并不需要避口，如果说棺材里有水没有鱼，那就是指棺中只有陪葬品而没有尸骨。

其实就算费无忌不说，马王爷也已经看到了。纵然是他见多识广，也不知道这棺中究竟是怎么回事。首先这口大棺材虽然受墓中潮气所侵，但棺盖的钉子在刚刚被撬开之前，都是完好无损的。棺中摆着数十件陪葬的明器，这至少说明这里没被其他人盗过，既有陪葬品那可以断言绝不可能是疑冢，但棺中为何没有墓主人的尸骸？难道是经过千百年时光的消磨，腐烂得连骨头渣子都没剩下半点？可从种种迹象来看又不太像是尸解消散了。

联想到墓道口那写着毒咒的石碑，还有从他们脚边突然钻进墓中的那个东西，马王爷心里也开始打鼓了，但面对着一棺金玉之物，这个老盗墓贼一时间利欲熏心。他咬了咬后槽牙，对费无忌说道："见怪不怪，其怪自败。你管他这许多做甚？拿！拿完了放把火烧了这口棺材，然后立马走返。"

费无忌答应一声，按以往的惯例，他立刻走到棺材另一端去想把棺材盖子整个扯落。这时候马王爷那两只眼死死盯着棺中亮闪闪的金锭玉璧，不等费无忌将棺盖彻底拉开，便纵身跃入棺中，把一件件陪葬的金玉珠宝都装进蛇皮口袋。按说马王爷江湖人称"观山马爷"，他祖传的盗墓手艺，几十年中掘了不少古冢，颇见过些世面，而且在绿林道上也很有交情，家中置办下良田千顷，开着十几家买卖商号，在当地算得上是屈指可数的豪族。可马王爷这人偏偏在钱财上不太开眼，不是说他眼神不好，就像中国乡间那些普通的土财主一样，见钱眼开，让钱给迷了眼，胃口越来越大，水涨船高，赚多少钱也觉得不够，这可真应了那句老话："人心不足蛇吞象。"不过话说回来，要是不贪图暴利，谁又愿意冒险去做盗墓贼这种暗无天日的危险职业？可见财迷人眼色乱心，心智一昏，纵有天大的本领也施展不出了，这种性格注定了他早晚要为此付出代价。

棺中珠光宝气的奇珍异宝，正是得其所哉。马王爷心花怒放，一张老脸上的皱纹都舒展开了，蹲在棺材里出手如电随拿随装，可正在此时，他忽然觉得墓室中有点不太对劲……好像除了自己尚在动作之外，四周全都静止了一般，竟然听不到同伙费无忌的呼吸声了。

马王爷大奇，费无忌那家伙干什么去了？他刚刚不是在搬棺材盖子吗？可棺材盖子被拉开一半便停住不动，现在还在那儿悬着，费无忌却已人影不见。马王爷低声召唤："老铁……老铁你还在吗？"墓室中静得连根针掉在地上都能听到，没有半点回应。马王爷心知不好，不过毕竟是老江湖了，临危不乱，身子一晃从棺中翻出，落地之时，一把顶上膛的驳壳枪已经抄在了手中。

这一瞬间马王爷首先想到的是费无忌和老北风合伙反水，盗墓贼起内讧，为了钱财自相残杀的事太多了，也许那两个家伙想把自己活埋在墓里……这个念头才刚刚浮现，马王爷便发现棺材下的棺床上躺着两具血淋淋的尸体。虽然尸体全身血肉模糊，但借着马灯的光亮，马王爷还是看得一清二楚。

两具尸体中光头的那个绝对是费无忌，而那个佝偻着身子的罗锅，自然是土炮手老北风，这二人的外貌特征都十分有特点，用眼睛一扫便已认出。马王爷只觉全身毛发俱竖，他无法想象刚刚在棺中攫取宝物的一瞬间，这墓室里究竟发生了什么可怕的事情，竟然包括在外边放风的老北风在内，两个大活人死得无声无息，而且死状如此之惨。

马王爷知道今天遇上大麻烦了，抬脚想往外逃，而就在这时候，四周黑暗的角落中传来"窸窸窣窣"一片如同有大群老鼠触物之声，俄而，那声音愈发剧烈，潮湿的空气中增加了腥臭的烂鱼气味。而且从方向上来判断，退路已经被封上了。马王爷急中生智，反身再次跃进那口悬吊着的棺材里，双手一拉棺盖，把自己装进了棺中。

这么做并不是自寻死路，而是马王爷祖传的绝招。故老相传，如果墓中有怨魂僵尸，只要躲进棺材里，并将棺材盖子拉上，断了它回老窝的退路，子不见午、午不见子，用不了多半天，僵尸疠气尽散，他也就安全了。直接向外闯也不是不行，但天晓得那贪狼星君是否能随请随到，至少眼下这么做要比面对面同古尸斗上一场稳妥得多。

马王爷像具尸体般躺在棺材里，无论从外边看起来体积多么大的棺椁，一旦置身其中，把棺材盖子扣上，也会觉得里面的空间实在是太狭窄压抑了。但马王爷这会儿工夫顾不上去考虑这里舒服不舒服了，放慢了呼吸，支棱着耳朵去听外边的动静。

可这棺木厚实，听了半晌也听不到什么，马王爷在心中打定主意："本老夫子今天跟你耗上了，歇够了再出去，且看你在外边能撑到几时。"正寻思着脱身之策，突然觉得腿上被一只手死死抓住了，腿骨都快被捏碎了。先前他和费无忌扯开一截棺材盖子，尚未来得及整个揭掉，难道下半截棺材里藏着什么东西？还是刚才见到老北风和费无忌尸身之时，有什么东西趁机先躲了进去？在迫切的求生欲望下，马王爷想要挣扎着摆脱，却发现全身肌肉僵硬，已是丝毫动弹不得，只能惊恐地睁着两只眼睛，任由黑暗将他慢慢吞噬。

到最后马王爷神志开始模糊不清了，恍惚中好像有个嘶哑的嗓音问了他一些事情。他只觉得那声音根本不像是人在说话，迷迷糊糊地过了许久，突然全身一震，如同从梦魇中醒来，手足终于又能动了。

马王爷如遇大赦，哪里还敢再看棺中有什么东西，推掉棺材盖子，连滚带爬地从棺里爬出来，跌跌撞撞地冲出墓道。

回到家的时候，马王爷好像整个变了个人。家里人觉得老太爷口音很怪，八成是赶路的时候伤风了，也就没有多想。儿孙弟子们赶紧过来请安，问起这次去淤泥河盗墓的经过。马王爷便简略地说了一遍，随后一句话也不再多说，一连数日闭门不出，任何亲戚朋友一概不见，只在厅中自斟自饮，一喝多了就胡言乱语："大头鬼、小头鬼、吊死鬼、淹死鬼、屈死鬼、怨死鬼……来来，喝！喝！"好像在招呼许多孤魂野鬼跟他一同饮酒。这诡异无比的举动，把家中的女眷们骇得个个面无人色，老爷这是怎么了？莫不是鬼迷了心窍？但马王爷平日里在家作威作福，说一不二，大伙心里嘀咕，积威之下却是谁也不敢言明。

马家是个大家族，家财万贯，除了做盗墓的勾当，也和绿林道有许多勾结，到现在为止还没有分家，家中重要事务都是马王爷一个人说了算。家里人见老爷如此，担心他年岁大了有什么闪失，请了几位郎中来给他诊病，但都被马王爷骂了出去。

正当家人不知所措的时候，适逢天阴如晦，马王爷突然一反常态，把家族中的男女老少统统召集到厅堂之中，看架势是要开个家族会议。高墙深院的马宅正厅陈设典雅、富丽堂皇，古朴的檀木门框窗棂上都嵌以黑色大理石作为装饰，堂内附庸风雅地挂着"诗书传家，孝悌为本"之类的题字，处处都显示出马家财大气粗的显赫门第。由于家中有不少装饰品都是从古墓中掘出来的，使得马宅在气派中又平添了几分阴森之气，家中一些胆小的丫鬟仆妇，到了掌灯的时辰，就轻易不敢再在院中随便走动，她们都觉得这院子里发瘆。

马家众人听得老太爷发话，都不敢怠慢，按辈分顺序肃立两厢，恭候马王爷训示。当地的乡俗重男轻女，包括几位姨奶奶，不管什么时候都只有"依倒明柱，站破方砖"的份儿，这次能让她们参与实属罕见，所以家中的女眷不论辈分都站在最后。外边虽然阴天，但堂内没有掌灯，马王爷坐在太师椅上，大伙甚至看不清他的脸，既然他不开口说话，别人自然也都不敢吭声，可心里边又都有点犯嘀咕，不知道老爷今天又抽哪门子风，召集了这么多人还不让点灯。

人都到齐之后又过了好一阵子，马王爷这才开言，先是一声长叹："唉……我夜里梦到一只黑猫挠门，看来我这把老骨头剩下的日子不多了。按说都这把年纪了，该享的福也都享了，该遭的罪也都遭了，天年已尽，虽死无妨。怎奈我死之后，咱们马家气数便尽，偌大的个家业旦夕之间就要败掉了，一想到留下你们这班子孙在世上受苦受难，我在九泉之下也难以瞑目。"

大伙听得一头雾水，现在马家有多少八路进财的生意，就算老爷子一命归西，大伙什么都不干坐吃山空，留下这么大的家业，也足够吃上个几十年，怎么老爷竟说这家业眼瞅着就要败了？只听马王爷又说："我问问你们，咱们马家有今天兴旺的气象，这一切都是从何得来？"

马王爷的几个儿子纷纷抢着回答，有的说："我看马家能有今日，主要是依靠咱们家积德行善、仗义疏财，三湘四水中的黑白两道，哪个没得过咱们的好处？可谓是朋友遍天下，做起生意来路子自然就广，这才使得生意兴隆、财源茂盛。"

还有的说："非也，我看自然是因为咱们家有祖宗传下来的《观山寻龙赋》，所以咱们湘阴马家才被称为观山马。当今世上若是说起观山马，盗墓行里谁人不知、哪个不晓？"

也有的说："不对，《观山寻龙赋》纵然神妙无双，但也是需高手才能领悟使用。现在咱湘阴马家富甲一方，人丁兴旺，这全都是您老人家辛辛苦苦经营而来，您老真是孩儿们的楷模。"

大伙你一言我一语正说得兴起，却听马王爷那半死不活的声音再次响起："放屁！都他妈别说了，你们这帮饭桶没一个说得对路！我实话告诉你们吧，咱们家能有今天，全是祖坟埋得好！可风水轮流转，运数一尽，马家后代难免要女病男囚、子孙死绝，而且是诸房皆凶、盲聋喑哑、瘟疫暴夭……"

《观山寻龙赋》中的"观山"，实际上就是盗墓的意思，"山"即"坟墓"的意思，坟墓也称"山宅"。其实坟和墓还是有区别的，在古代，埋而不坟、不封不树者谓之墓，在湘黔地区的盗墓者口中，就都并用了，一律称"坟"。阴要忌讳，所以阴宅、坟地，都叫作"山宅"，"观山宅"就是挖掘坟墓的意思。马家祖上以《观山寻龙赋》发家，风水是安身立命的根本，举家上下自然都对风水数术极为迷信，听了马王爷这么一番话，顿时人人哑口无言，终于有了些大难临头的觉悟。恐慌之余，赶忙请问马王爷有没有什么补救的办法，有人道："反正咱们马家是要钱有钱，要人有人，有钱就能通神，有人便可成事，只要您说出个章程来，咱们无论如何都想办法做到。"

马王爷说："办法也不是没有，对于马家祖坟气数将尽，我早有预料，所以踏遍千山万水，终于又物色到了一处吉壤，可以作为我百年之后藏真之所，只要我死后你们把我埋进去，马家还能有中兴之日……"

众人闻听此言，慌乱之情稍有所缓，心下都暗地里埋怨马王爷何不早说，原来老爷子运筹帷幄早有准备，害得大伙虚惊一场。可还没等大伙定下神来，马王爷便又泼了一盆冷水："先别忙着高兴，这块阴宅宝地，其实就是咱们马宅正堂，也就是我现在坐着的太师椅下。这里左右开阔，并有南山北水，山高水来，富贵不断。不论阴宅阳宅，此地都是上佳之所。如今我寿数不过三日，此乃命中注定，你们也不用费心请医求药，更不必太过伤心，一切皆按葬制打点便了。只是此穴虽妙亦奇，不合常理，我走之后就怕你们不能按我的吩咐来下葬，要是有半点差错，这块阴宅就什么用都不顶了，还得照样家破人亡。"

马家几个儿子知道这不是闹着玩儿的事，忙赌咒发誓，绝对唯命是从。于是马王爷详加指点，必须在他死后当天立即下葬，正确的地点就是太师椅下，穴地八尺而葬，而且务必要"裸尸倒植"，也就是尸体不能穿衣服，也不用棺椁，大头朝下直接埋到地下八尺深的所在，首下足上，面朝东南，然后再填土掩埋。这之后的四十九天里，马宅既不准出又不准进，任何客人来吊丧都不能应门，七七四十九日之后，把宅子拆了改为祠堂，这些细节一丝一毫的差错都不能有。"你们要是能听遗命行事就用此穴眼，否则万万不可使用，吉凶只在一线之间，其中有天渊之别。"

把一切后事安排好之后，不出三天，马王爷果然猝死在太师椅上。马家众人悲痛之余不敢怠慢，赶忙按老爷临终前的吩咐，在正堂太师椅下穴地八尺。但在下葬的时候，大伙都觉得把老爷光着腚埋进去有些不妥，这成何体统啊？《葬经》上可从来没有这种礼制。虽然老爷生前说得严重，但他自打从淤泥河回来之后，行为十分反常，说出来的话也未必当得真。但大多数人觉得，宁可信其有，也不可信其无，为了家门兴旺，还是按老爷子说的照做妥当。结果商量来商量去，采取了一个折中的办法，在尸体上裹了一层白帛，这才倒竖进穴中掩埋。

然后马家闭门谢客，回绝了一切前来吊丧的人，紧锁前后宅门，在一个时期内断绝了与外界的来往。然而就在七七四十九天将满未满之际，还是出了件要命的祸事。

马家全家都谨遵马王爷遗嘱，在他死后秘不发丧，于堂中穴地八尺倒葬，然后连日闭门不出。眼瞅着七七四十九天就到日子了，却在前一天的晚上来了伙人。其实这些人也不是外人，都是马王爷的外戚和故交，只因马王爷寿辰将至，他们都是来给老太爷拜寿的。

由于马王爷去世的消息被瞒得很紧，所以这些人毫不知情，没想到来至马宅，只见大门紧闭，宅中也不是没人，可任凭怎么叫门，里面硬是没半点动静。再接着砸门，里面这才有人回应，说现在不方便接待外客，而且说出来的原因也很难让人信服。

来拜寿的这帮人也都是绿林中人，说白了就是土匪，或者被称为山贼响马子的那一路人，警惕性很高，一看这情形就立刻起了疑心，感觉这事不大对，搞不好是山匪血洗了马宅，或者出了什么别的异样变故。当时世道太乱，黑道上的仇杀报复都如家常便饭。这伙人都得过马王爷的好处，还指着他生财呢，当然不肯袖手旁观。这伙江洋大盗一贯是枪不离身，纷纷从衣服中拽出藏着的密雷艮、左轮、快制驳壳等短家伙，想进去一探究竟。马家深宅大院，大伙只好搭起人梯往院子里跳。

马家院墙虽高且厚，但毕竟不是炮楼，哪里挡得住这些响马？然而进去一看，发现马宅中一切如常，没有横尸满堂的景象，但全家大小披麻戴孝，唯独不知马王爷在哪儿，再追问究竟，马家众人如实托出。听得这些响马目瞪口呆，不知道该说什么好了，头回听说还有这种葬俗。来的这些人中有个老土匪头子罗歪嘴"罗司令"，他跟马王爷是年轻时一个头磕在地下的结拜兄弟，几十年过命的交情。听明白来龙去脉之后，罗司令立刻就火了，抬手"啪"地给了马家大儿子一个耳光，教训道："他娘的你知道为什么抽你吗？你爹走了竟然敢不告诉我，这是你第一个罪过；第二，葬不以礼，这一条可以算是大不孝的罪过，要不是念在我那大哥刚走不久，单凭这两桩罪过，现在就可以他娘的一枪把你给崩了。让大伙说说，天底下哪有这般裸身倒葬自己亲爹的？还敢披麻戴孝充孝子？这其中许是有何图谋不成？"

罗歪嘴硬说马家几个儿子为了分家产，图害了马王爷，嚷嚷着要把马王爷的尸身从土中掘出，看看究竟是怎么死的，然后再重新隆重下葬。那罗歪嘴是叔伯辈的长辈，马家长子挨了打也白挨，根本不敢顶撞他，心里就甭提多委屈了。旧社会最重孝道，谁也担不起谋害自己亲爹的罪过呀，而且罗司令手里拎着枪，一边教训这些人，一边举着手枪对众人比比画画、指指点点。谁不知道这位罗爷是"伸手五支令，卷手就要命"的老土匪头子，脾气一上来看谁不顺眼立刻就能给谁钉几个血窟窿，这种情况下谁又敢说个"不"字。

马家众人本就对马王爷临终的吩咐存有几分疑虑，再加上罗司令的再三催逼，万般无奈之下，只好将众人请到堂屋，找来铁锹锄头，由马家大儿子先向灵位磕头，向先父在天之灵禀明缘由，然后才动手掘地。

马宅中有不少都是盗掘古冢的高手，八尺深的填土，在这帮人的手底下根本不算回事，没多大工夫，就挖到了底，最后还剩下这么数寸的距离便可以看到马王爷尸体的双脚了。因为是头下脚上，所以最靠近地面的应该是马王爷的双脚，罗司令连忙吩咐众人手底下轻点，别戳坏了马王爷的尸首。

听了罗司令的吩咐，动手掘土的几个人赶紧答应，手中不敢再随便使劲，速度就缓了下来。突然也不知是谁惊叫一声："哎哟！马老爷的脚还在动！"这么一惊一乍的，其余几个人都吓得扔掉手中的家伙，像被火燎了屁股一般从土坑中蹿了出来。

突如其来的变故使众人慌了神，在场的这些人，除了盗墓的就是土匪山贼，即便是给活人扒皮抽筋，也都视作等闲，可在那个年代，对于迷信事物这种先天形成的恐惧心理根深蒂固，他们最怕的就是僵尸。众人均想，那马王爷的尸体埋进土中四十多天，未烂也就罢了，现在竟然动了起来，一准是变了僵尸。当地关于僵尸的民间传说实在太多了，虽然大多数人都没见过，但人人都可以讲出一大串相关的传闻，比如一男一女两僵尸是怎么野合的，那僵尸又是怎么突然坐起来扑人的，怎么掏人心肝饮人血髓，又是怎么刀枪不入的，尸体突然的抖动自然由不得他们不怕。

罗司令往坑中一看，也觉骇异万分，坑中的土里，露出一截被白色丝网裹缠着的东西。那物正自一蹿蹿地向上蠕动，似乎是在土中埋得难受，努力挣扎着想要破土而出。由于那些白布包得甚紧，看不清那是什么东西，但看形状绝不像是尸首的双足。

罗司令虽然也是害怕，但他毕竟是湘阴地区出了名的悍匪，一辈子杀人如麻，见过无数残酷恐怖的怪异事端，这伙人里就属他贼胆包天。此刻他见众人慌了神，争先恐后地都想从房中逃出去，连忙对着房顶连开数枪。枪声一响，其余的人才纷纷停了下来。罗司令对他们说道："诸位，都听我说，咱们这有几十条快枪，没什么好怕的。我的拜把兄弟马老爷死得不明不白，今天不管下面有什么东西，老子都要挖出来看个清楚，谁要是再大惊小怪地妖言惑众，可别怪我罗歪嘴的枪子儿翻脸不认人！"

罗司令身为湘阴匪首，向来杀人不眨眼，一贯以心狠手辣服众，他几句话一出口，自然而然就带着一种发号施令的气势，很快就把局势稳定了下来。罗司令先吩咐大伙准备制僵尸的墨斗和朱砂，然后把四周的门户全部洞开，让外边的日光照射进来，等一切都准备妥当了，这才用枪顶着两个手下的小喽啰，硬逼着他们下到坑中，尽破马王爷所葬之穴，将那用白帛裹缠、尚在不停挣扎蠕动的尸体完完整整地给挖了出来。

众人提心吊胆地凑到近前一看，不免更是惊奇。按马家之人所说，马王爷是脱光了身子，只裹一层白帛下葬，但挖出来的这个东西，虽然外边裹着数匹白帛，可不论怎么看，那形状也不是人形，足足胀大了两倍有余。那些裹尸用的帛锦，已经被撑成了丝线状，乍一看去，就像是裹了密密层层的白色蜘蛛网，一股股腥臭从中散发出来。众人心下疑惑不解，莫非是白帛裹得太多，尸体下葬后腐烂膨胀，尸气化散不掉，才产生这种异状，这白花花的尸裹微微颤动，可能就是尸气在其中流转造成的，刚才确是少见多怪了。

罗司令捏着鼻子，走到更近的距离观看，便立刻发现不对，绝对不是尸解的胀气。那些蛛网般的帛丝缝隙间，露出许多鳞片，尸体再怎么变化，也不可能生出鳞片，看这样子，竟像是被帛丝缚住了一尾怪鱼，但是地下怎么会有鱼，而马王爷的尸体又到哪里去了？

这下子众人更是六神无主，就连见多识广的罗司令也是丈二和尚——摸不着头脑了，不知道该如何理会，这件事实在是出乎他的预料。过了没一会儿，那被白帛裹住的尸体便逐渐不再动了。罗司令甚至有点后悔了，不应该随随便便就把马王爷的尸体挖出来，说不定就要惹出什么大祸了，但事到如今，只好强打精神，让手下人壮着胆子把白帛剪掉，看看里面裹的到底是何物。

马王爷的几个儿子也是奇怪不已，急于想看看马王爷的尸体究竟发生了什么变故，不等旁人动手，就赶忙找来剪刀，七手八脚地连剪带扯揭开裹尸帛。待看到其中一大团乌黑的事物，众人都禁不住惊呼一声，那白帛中所裹的，既不是马王爷的尸首，也不是什么怪鱼，而

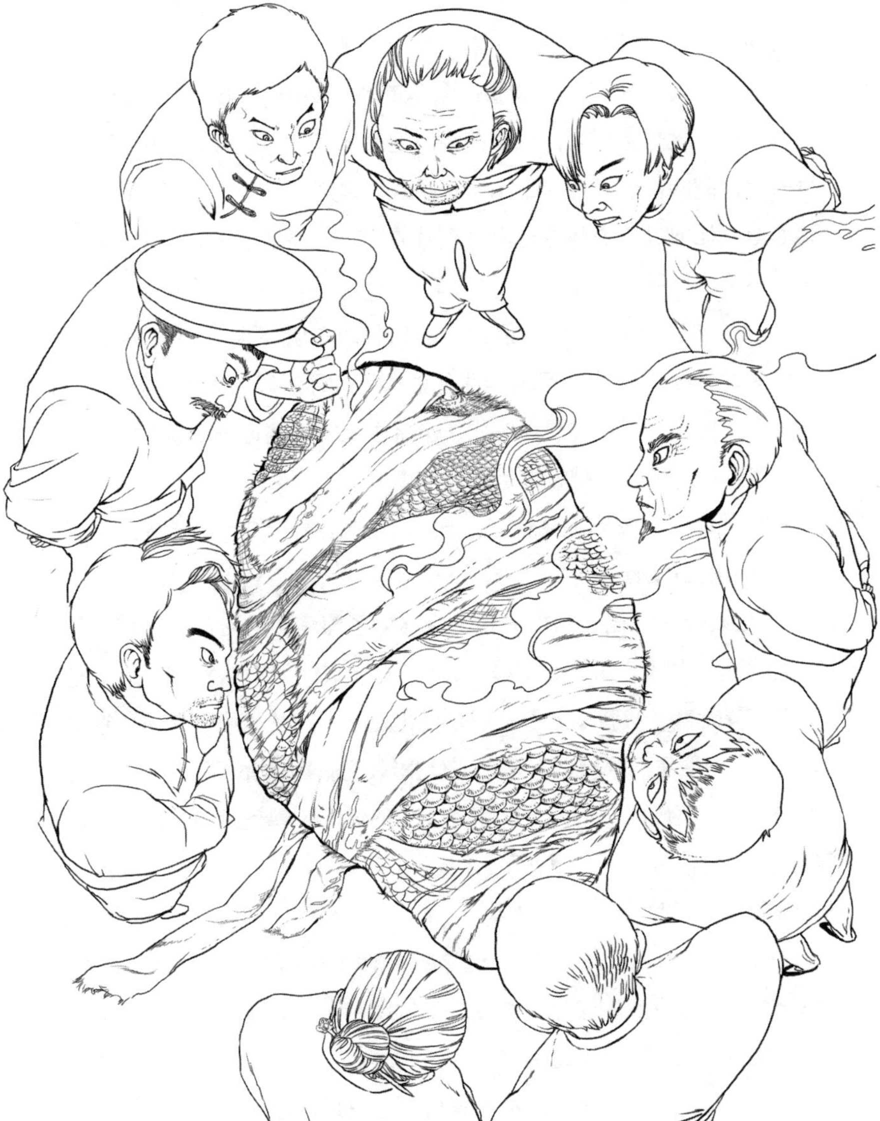

是根本无法用语言形容、超出了众人常识的一个……"东西"。

面对那一大团生满黑鳞模糊不可辨认的"尸块"，罗司令突然想起自己手下有位军师——瘸了一条腿的"花蛤蟆"。此人祖上是仵作出身，仵作就是验尸官，家学渊源，他家那套堪尸验骨的本领在省里是很有口碑的。正好这次下山"花蛤蟆"也跟在身边，于是便把他叫到前边，让他过去瞧瞧这白帛里裹着的尸块到底是个什么，是不是就是马王爷尸身所化？

"花蛤蟆"不太情愿，但把头的话怎敢不听，也只能领命行事，战战兢兢地蹲下身检验尸体。他平生虽与各种怪异的尸首打过交道，却也没见过马王爷这样死后肿胀、全身生出鳞片的诡异情状，用竹签轻轻拨开几片黑鳞，越看越是觉得匪夷所思。

罗司令早已按捺不住性子，连珠炮般地催问："我说蛤蟆，你他妈究竟看明白没有？"

"花蛤蟆"听把头问得甚急，只好擦了擦满头的冷汗，指着尸体头顶对罗司令颤声说道："罗把头，我说出来怕您不信，这个……连我也不敢断言，我看马老爷八成是要化龙了。""花蛤蟆"之所以这么说，是因为他看到那尸首上除了遍体生鳞，而且大约位于头顶的地方，还绽出一个坚硬的肉瘤，分明就是龙角的雏形，鳞角悉备，不是尸体要化龙又是什么？

众人听闻此言又是一阵大乱，低声议论起来："看来马王爷观山指迷的本事真不是吹出来的，这堂屋太师椅下端的确是处藏真之穴，把死人埋下去竟然能够化为黑龙，不过现在此穴被破，龙也死了，马家祖坟的风水气运算是完了……"

罗司令对"花蛤蟆"的话不置可否，只是连连摇头，他不太信死者化龙这些荒诞之事，虽说龙这东西人人都知道，可又有几人亲眼见过？正疑惑间，只听有人叫道："不对不对，这不是龙，只有一个短角，应该是惯居淤泥烂土中的鲮鳖。"

一言点醒梦中人，大伙这才恍然大悟，确实极像是鲮鳖。那是当地阴水臭泥中所产，壳上生有鳞片的一种老鳖，很多富户喜欢用其煲汤，据说能滋阴壮阳，但谁也没见过这么大个的鲮鳖，而且也想不明白马王爷怎么变成了这样。有人就猜疑是成了精的老鳖附在马王爷身上，想借马宅的风水穴躲避雷火天劫，但冥冥中自有天意，四十九天不到就被人从土中掘了出来。

也有不少人认为不是鲮鳖成精，他们猜测马王爷一生最善奇术，一定是在生前有非分之想，可没积下那份德行，却想死后能成大道，终归是人算不如天算，最后也没能化龙。其术虽精妙，但到头来竹篮打水一场空，一来被帛丝所缚挣脱不得；二来又在白昼被人从地下掘出，终于难逃劫数。

反正说什么的人都有，真相如何难以定论。最后经过反复磋商，众人决定把这东西一把火烧个干净是最好的办法。为了不让这事传扬出去，就在院中点火焚烧，烧到最后剩下一大堆鳞片怎么烧也烧不化，便找来器械捣碎，把所有的灰烬渣滓都远远找几处乱坟岗子抛掉了。

马家仍旧在堂屋里为马王爷重修了处衣冠冢，还期望着日后家门中能够人丁兴旺、财源茂盛。可也许那场焚烧妖物的大火，烧掉了马家的兴旺之气，在马王爷死后不到两年时间，马家的家境便一落千丈，从此衰败了。

◯ 厉种

《谜踪之国3神农天匦》里有个吃死人肉的"老蛇"，其原型来自解放以前，河南开封附近的一个怪人。此人是个四十来岁的壮汉，形貌伟岸，筋骨虬结，身材恰似半截铁塔，面相极为凶恶，颧骨凸出，眼窝深陷，两眼已盲。他每天都在街上摆摊为生，往往顶着布伞，竖起一根旗幡，那旗幡上画有一只巨鼠，他自己抱着个大木箱坐到下边，那些过往的贩夫走卒、老幼妇孺，见此人举止奇异，忍不住都会停步观看，瞧瞧此人是变戏法还是卖野药。

这壮汉摆摊却不卖东西，也不会耍戏法，他是善食生鼠，也就是吃活的大老鼠，观者赏他一枚老钱，他就吃上一口生鼠肉，若给的钱多，就捉来巨鼠，直接放到嘴里，当众咬食。只听鼠类在他嘴中吱吱惨叫，鲜血顺着他嘴角往下流淌，那情形很是残忍，胆小的都捂上眼不敢去看。他所携带的木箱里，装得满满的，全是巴掌大小的活鼠。谁要抓来蜥蜴、蜈蚣，只要肯给钱，他也愿意当面吃下肚去。

大伙都以为这汉子是吃毒虫老鼠吃多了，致使两眼失明，然而只有少数本地人才知道，这汉子眼盲与食鼠无关，而是吃人吃的。

据说此人平生最嗜之物，就是小孩。早年他血气方刚，住在哥哥嫂子家里。哥哥有个儿子，年方三岁，白皙肥嫩，非常招人喜爱。这人佯装呵护幼侄，夜里带着小孩同睡，转天早上起来，床上却只剩他自己了。哥哥一看被褥中沾染血迹，还有许多残存的头发，立刻就明白过来了。自己这兄弟自小就喜欢吃活物，家人除了呵斥几句，谁也没太当回事儿，没想到这厮丧心病狂，现在竟吃起活人了。当哥哥的也知自己这兄弟体魄出众，难以力敌，因此没有声张，趁其不备，拿生石灰投到他眼中，然后抢起菜刀就剁。谁知这厮两眼都被石灰烧瞎了，但还悍勇绝伦，居然抢过刀来，劈死了兄嫂全家，然后逃至外省避难。等大清国倒了，天下改换了朝代，他才重新回到开封，由于废了一对眼睛，只能依靠在街头食活鼠度日。

街上围观的人们听说了真相，无不切齿痛骂，那汉子却没半分悔意，声称两三岁小孩之肉鲜嫩无比，世间任何山珍海味都不能与之相提并论，因为小孩的肉有种天然香气，世人所谓"乳香"是也。他每次接近小孩，一闻到这股乳香，都会忍不住馋涎欲滴，吃过这世间至味，搭上两个眼珠子又算得了什么？说罢咧嘴大笑，露出白森森的牙齿，吓得观者相顾失色，再也不敢多言，或许这个人就属于天生厉种，其行为不能用常理解释。

驴头狼

《谜踪之国3 神农天匦》中，主人公探险的地点在神农架。那是个充满神秘色彩的地方，处在鄂西腹地，又恰好位于北纬30度地带。围绕着这一纬度，存在着许多难以解释的谜团，失落的亚特兰蒂斯、壮观的金字塔、百慕大魔鬼黑洞，全都出现在北纬30度。

自古有"神农四宝"之说，被称为"江边一碗水、头顶一颗珠、文王一根笔、七叶一枝花"。那是指神农架林海茫茫，古木参天蔽日，生长着许多珍异药草，甚至溪水都有药性。每当春雷过后，下到山溪里舀起一碗水，便能治疗跌打、风湿，头顶一颗珠能治头疼，文王一根笔能表热解毒，七叶一枝花更是具有奇效，堪称"疑难杂症一把抓"。所谓"七叶一枝花"，顾名思义是一种草本植物，其特征是有七片叶子，在山里随处可见，诸如阴寒热毒之类的症状药到病除，相传乃是神农老祖所留，山区那些抓不起药的穷苦人，便以此物救命。

神农架的原始森林里，更有无数珍禽异兽出没，除了恐怖的野人传说，还有一种非常特殊的生物。相传这种怪物驴头狼身，当地山民将其称为"驴头狼"。它体形和驴子差不多大小，头部很像驴，却长着四只狼一般的利爪，尾巴又粗又长，行走如飞，生性凶猛残忍。在找不到食物时就伤害牲畜，甚至吃人。单想想"驴首狼身"的模样也足够可怕，那些相关传说，更像笼罩在深山里的迷雾，面目模糊诡异，令人望而生畏。

据说在二十世纪六十年代初期，还曾有猎人在山里打到过驴头狼，可惜尸体没有保存下来，甚至连张照片都没留下。所有关于驴头狼的传说，仅存在于目击者的口头叙述中，截止到目前，还没有任何直接证据证实它的存在。

这些传说听似荒诞，可往深处想想，却又合乎情理。有考察古生物的科学家认为：驴头狼的外形特征，与上新世的史前生物"沙犷"非常接近。由于神农架特殊的地理和生态环境，动植物群类非常丰富，与"沙犷"一起生活在上新世的动物如金丝猴、苏门羚等，在别的众多地区都已绝迹了，但在神农架依然生存着。因此我们也就同样有理由认为，可能有少数残存的"沙犷"也在这块土地上继续生存下来，仍然栖息在人迹罕至的深山密林之中。

◖ 地底世界

我在长篇探险小说《谜踪之国》中，设定了一个核心秘密，其背景源自苏联的"地球望远镜计划"。顾名思义，人类设计制造了天文望远镜，可以通过它来窥探宇宙星空，但人的眼睛不能穿透地面，因为向脚底下探索要远难于向头顶上探索。人类已经可以离开地球，但很难打出超过三千米深的深井，所以才将穿透地层的深渊称为"地球望远镜"，意指直通地心的洞穴。

该计划的原型是早在六十年代冷战时期，苏联和美国这两大阵营，受到冷战思维支配，将大量财力、物力投入到无休止的战备竞争当中，军事科研也以近乎畸形的速度突飞猛进，双方竭尽所能开发各种战略资源。当时苏联国土的南部和东部幅员辽阔，环绕着山岳地带的天然洞窟和矿井极多。为了比美国更早掌握地底蕴藏的丰富资源，以及人类从未接触过的未知世界，苏联人选择了贝加尔湖中一个无人荒岛为基地，动用重型钻探机械设备，秘密进行了前所未有的深度挖掘。这一工程耗时将近二十年，他们挖出的洞穴，垂直深度达到一万两千米，是世界上已知最深的洞窟。因为涉及高度军事机密，所以"地球望远镜计划"始终都在绝对封闭的状态下进行，外界很少有人知道其中的内幕。

关于苏联科学家通过地球望远镜发现了什么，一直以来都有很多传说，内容非常离奇恐怖。有种说法是深度钻探挖掘到一万两千米左右，就再也挖不下去了。虽然钻头的熔点几乎等于太阳表面的温度，可有时候把钻头放下去，拉出来却只剩下钢丝绳，而且钻井中传出来了奇怪的声音。电台里会收到大量从地底发出的诡异噪音，那简直像是恶魔的怪叫，没人能理解这些来自深渊的信息，也无法用科学来解释，现场人员都以为他们挖通了地狱。随着深度的增加，难以置信的奇怪现象越来越多，最后因为各种可知和不可知的因素，这项工程被迫冻结。

据说美国宇航员，也在外太空接收过与之类似的"幽灵电波"，近年来被科学家证实是宇宙微波辐射，如同电视机里出现的雪花，或电台中的噪音干扰。从遥远的过去到无尽的未来，自然界中始终存在着这种看不见摸不到的电磁波，或许地底深渊里的可怕现象同样是电磁作用，不过这些情况还有待于科学家继续探索。至于小说《谜踪之国》中，那个深埋在地心的秘密又是什么，也留到小说里再作分解。

康小八

《谜踪之国》里提到的绿林盗贼康小八，在历史上确有其人。清代光绪年间，土匪盗贼特别猖獗，其间尤其以当时北京城的康八、康九两兄弟最为有名。

那时在城东，也就是现在的北京通州一带，有一对兄弟，因为穷苦出身没个名号，兄长称作康八，弟弟叫作康九，哥俩都以偷盗为业。兄弟二人纠集了一些当时社会上的闲散人员，组成了一个小有规模的组织，专门对旅客、行商进行敲诈勒索，毒害一方。这兄弟俩不仅偷盗行窃，还特别好色，据说那时在路上见到一个稍微有些姿色的妇女，这伙人就尾随其身后，只要趁人不备，就会绑到隐蔽处将其奸污，或者绑回去做了压寨夫人。如遇到更漂亮的，也一样绑回山上，然后再将先前抢来的妇女用绳子勒死。

兄长康八早年是在地里干活的农民出身，认识他的人给他起了个绰号"康小八"。因其厌恶了终日面朝黄土背朝天的劳作生活，所以自己弄了辆骡车，专门运载京津两地行人、货物，赚点运费糊口。但一段时间下来，每日入不敷出，连基本的饭钱也挣不到，所以铤而走险，收钱替主顾报仇杀人，又因惧怕官府知道后抓其正法，干脆逃到山里落草为盗。

做了盗贼后的康八害怕官府缉拿，常常更改自己的姓名，变换着装衣束，出没于京津两地为非作歹。有一天，他行至天津，忽然想变换一下容貌，见不远处有一理发店刚刚开张，便一头走了进去。师傅见有客人进来，连忙招呼康八，甚是热情。准备工作就绪后，师傅拿起剃刀为康八剃发，和照顾别的顾客一样，边剃边与康八闲聊。

师傅问："客人是从哪里来的？"康八回答："从北京来。"师傅又问道："客人要是从北京来的话，可曾听说过康小八这个人吗？听说他是个匪盗，凶残至极，弄得行商和旅客都不敢两地通行。虽然朝廷下令要抓其正法，但是捕头派出去若干，搜查了好一阵，就是抓不着。你说这小子狡猾不狡猾？"

康八装作没听见一样，继续闭着眼剃发。等到剃好了头，康八起身对师傅说："今天我身上带的钱不够，你跟我去取，我就住在不远处。"师傅点头应允后跟着康八出了门。俩人走到一个曲折隐蔽的小巷中时，康八突然转身掏出洋枪对着剃发师傅，冷冷地问道："你也知道康小八？你看我像康小八吗？"师傅立刻明白，原来见到了真人，吓得呼救的力气都没了，跪在地上又是磕头又是求饶。康八坏笑一声，开枪打死了剃发师傅，转头扬长而去。康八虽然狡诈凶悍，但坏事做绝，到头来终究难逃法网，被五城练勇拿住，剐在了菜市口。

猫城

猫是一种十分神秘又非常有趣的动物，自古驯兽里唯独没有驯猫，它们与人类的距离，好像很近，又好像很远。众所周知，猫在古埃及被视为神明，在中国却从来没有拜猫仙的习俗。古时曾有动物八仙和五大家的传说，老鼠是其中一家，却始终没有猫的一席之地。但在东方，不仅是中国，包括日本、泰国等地，都将猫视为神秘的灵物，比如"老猫会讲人话，但因为犯忌而不敢说"之类，都可当作很有趣的故事来看。

我在《贼猫》里描写了一座灵州城，地处水陆要冲，热闹繁华，还是大群野猫聚集的"猫城"，因为城里的人都喜欢猫，甚至是崇拜猫仙爷。曾有很多读者问我灵州城的原型是不是苏州城。其实灵州城的地理位置虽在江南，但其本身的背景和猫仙之说，都是完全架空虚构的，中国历史上没有"猫城"。我最近到厦门鼓浪屿，发现岛上有许多人家养猫，还有的商家用猫做宣传，也出售一些与猫相关的精美纪念品，不过还没到那种每走一步都能看见猫的程度。

真正名副其实的"猫城"，位于马来西亚古晋。"古晋"在马来西亚语中的意思就是"猫"。可能与宗教信仰有关，当地人从不养狗，但家家户户都要养猫，这里除了全世界独一无二的长屋和人猿，最出名的居民可能就是各种各样的猫了。在沙捞越河两岸，至今还留存着古老的猫形浮雕壁画，近代的雕塑更是惟妙惟肖。如果不算已经消逝在历史长河里的古埃及，古晋大概就是现在世界上唯一一个崇拜猫的城市了，这里甚至还有个"猫博物馆"，再加上西方殖民统治时期，留下了大量欧陆风格的建筑，这些奇妙的文化和古老的传说，使古晋散发着独特的魅力。

距离古晋城区很远的山里，还有座古寺，幽静偏僻，隔绝外界尘俗，去到那里的游客也少，寺庙中常年居住着很多猫。它们既非四处游荡的野猫，也非寺里特意养的家猫，而是属于两者之间，而且跟寺中的和尚混得很熟，每当有游客到来，和尚就会用饼干招呼群猫过来，表演钻圈的把戏。但那些猫对饼干没什么兴趣，却往往为了钻圈的先后顺序打成一团。后来游客走了，和尚有些寂寞，猫咪们也懒得继续打架，便又爬到墙上晒太阳去了。

◯ 怒晴鸡

《鬼吹灯之怒晴湘西》的冒险地点在湖南，实际上这个故事里出现的怒晴鸡，其原型来自河南的民间传说。

据说很多年以前，在嵩山一带，每逢春天惊蛰时分，住在山里的居民夜里常常会看见两道红光围绕在少室山巅，一道大约六七尺长，另一道大约四五尺长，蜿蜒起伏，就好似两条火龙一样。到了天明，报晓鸡打鸣之后，就会逐渐消失。只要春天一过，到了初秋季节，这两道红光便不会再出现，很多看到的人都搞不懂这到底是怎么回事。

话说在这少室山下居住着一户山民，其家中养有一只雄鸡。这只鸡体形高大，身材魁梧，其相貌颇有气势，足有十多斤重，所产之卵全都光滑圆润，而且假以时日孵化，无有不活。主人一直视其为宝贝，并且称呼它为"老雄"，养了十余年，一直不肯宰杀。有一年初春季节，又到了这老雄产卵之时，但谁知此次这老雄家的母鸡产了数十只蛋，到最后仅存活了一只雄性鸡崽，其余的尽数夭亡。主人看后，每日垂头丧气，以为此事乃不祥之兆。这天，忽然有一位番邦模样之人来到这户山民家中，看到老雄与那只雏鸡，转头便问主人这两只鸡是否肯卖。主人正在因之前的事情而犯愁，认为是这老雄已经年老无用了，就随口说了句："客人如果出得重金买之，我岂能不卖？"那客人问道："这两只鸡你想卖多少价钱？"主人回应："五百就够了。"客人听后面露喜悦之色，立即应允下来。主人起初想找那客人索要五百个铜钱，但见其面露喜悦之色，便立即明白自己索要的价钱低了，于是急忙改口说道："我所说的五百，乃是五百两纹银，并非五百铜钱。"客人听其这样说后，沉思了许久，说道："既已如此，我答应你便是。五百两纹银的价钱我不会吝惜，但是你不可再反悔！"主人听后大喜过望，答："你若拿得五百两纹银前来，我誓不反悔。"客人甚是高兴，次日便带了五百两纹银前来，付给了这户山民。

主人见其果真带了银两前来，喜形于色，收好银两后便立即打开笼子，将两只鸡交付在了客人手中。客人接过鸡时，主人拉住其衣袖，笑着问道："我起初只是想戏弄一下贵客，没想到你果真携重金前来，敢问一句，你买这两只鸡所为何用？"客人笑着回答："尊翁执意要问，我只好如实相告。"

那客人说道："你在这少室山下居住，可曾见过这山巅之上有两道红光？"主人疑惑地看着他点了点头。客人继续道："那两道红光乃是两只蜈蚣精，一父一子，若再过百年，其子长成，必为一方妖孽，到那时必定残害生灵，为祸一方。你不但一家难保，就算我们这些外乡人，也要受其牵连，所以实为大患，不得不除。如今那只小蜈蚣精，尚为年少，不成气候，其父老矣，而且势单力孤，还不敢公然横行肆虐，唯有这两只鸡可以制伏它们。老雄体壮，不足为虑，但其幼雏年纪尚轻，若是每日将稀世珍物作为饲料喂之，便可迅速丰满其毛羽，壮其体力。听说这幼雏乃是数十只卵中仅存一枚，可想而知其精气独钟，难怪其余之卵尽数夭亡啊。"主人听罢这一番话，整个人傻愣在了那里，随即问道："你说这两只鸡可制伏那蜈蚣精，但这两只鸡乃普通家禽，没有特异之处啊！"客人微微一笑："这你就有所不知了，普通家养之鸡，皆为眼皮上掩，这两只鸡则恰恰相反，此目名为怒睛，此鸡实为凤种。"说罢，客人便带着这两只鸡由山路走了。

过了一段时日，客人带着这两只鸡来看望主人。主人见那只幼雏已然长大，无论体形还是姿态，居然都和老雄十分相似。客人住下后每日给雄鸡饲以精食，直到某天暮色微降，少室山上又浮现出那两道红光。客人看到后满脸喜悦地招呼主人从屋中走出，道："那妖怪又出来了！我带凤种去制伏它。"说完携鸡便往门外走。主人随后跟上，想去看个究竟，被客人拦住了脚步。"山顶之处妖气凝重，你乃一介山民，不知其中利害，倘若中了剧毒，性命万难保全。"客人说完，转身上了山去。主人听了客人之语，留在家中抬头看着山巅，仔细观察所发生的事情。

过了二更时分，主人看到少室山上那两道红光好似燃烧起来一般，其红愈发鲜艳，瞬间变得像两股擎天闪电一样时闪时烁，一会儿蹿向东南，一会蹿到西北，有时上下起伏，有时宛然缠绕，分分合合，若即若离。一会儿变成一个圆环的形状围于山顶，一会儿变成一根木棒模样笔直伸缩，或像雄鹰盘旋一样围转，或像鱼跃龙门一样激奋，时而旋转着慢慢停了下来，时而穿行着骤然停止，其形亦迷亦幻，虚实不定。

主人为眼前所看到的景象惊得目瞪口呆，这时忽然见其中那段较短的红光一阵剧烈的上下翻腾，好似要挣脱束缚一样，然后变为笔直的一条光柱，倾斜着疾驰而下，半明半灭，落入山中，顿时山上冒出一道五色光芒，瞬间消逝无踪。主人心中窃喜，心想必定是那妖怪已被歼灭。再抬头观望，见还有一道红光飘于山顶，忽左忽右，忽高忽低，知此乃老妖之气，看起来已经气渐低迷，估计是要落荒而逃了。果不其然，一会儿的工夫，另一道红光就好似一片惨落的树叶，在空中任由狂风摧残，萧瑟飘荡，慢慢地堕入山中荒地处。到此，两道红光都已悉数灭绝。

清晨时分，东方渐渐亮了起来。主人知两妖已除，早就备好了饭食准备接待客人。这时见客人左臂抱着两只鸡，右手提着一段树条缓缓地走入屋内，树条上穿着两只蜈蚣，一大一小。主人迎上前去说道："知道你大功告成，所以特意备下饭食为你祝贺。"客人却长叹了一口气，说道："两妖虽除，可惜这两只鸡也身受重伤，命不久矣。"主人听后，立刻走上前去，观望两鸡。只见那只小鸡，浑身羽毛脱落殆尽，唯有一息尚存；老雄也遍体鳞伤，精神沮丧。又观那两只蜈蚣，大的长约六尺有余，左钳已经脱落，脚足还有一两

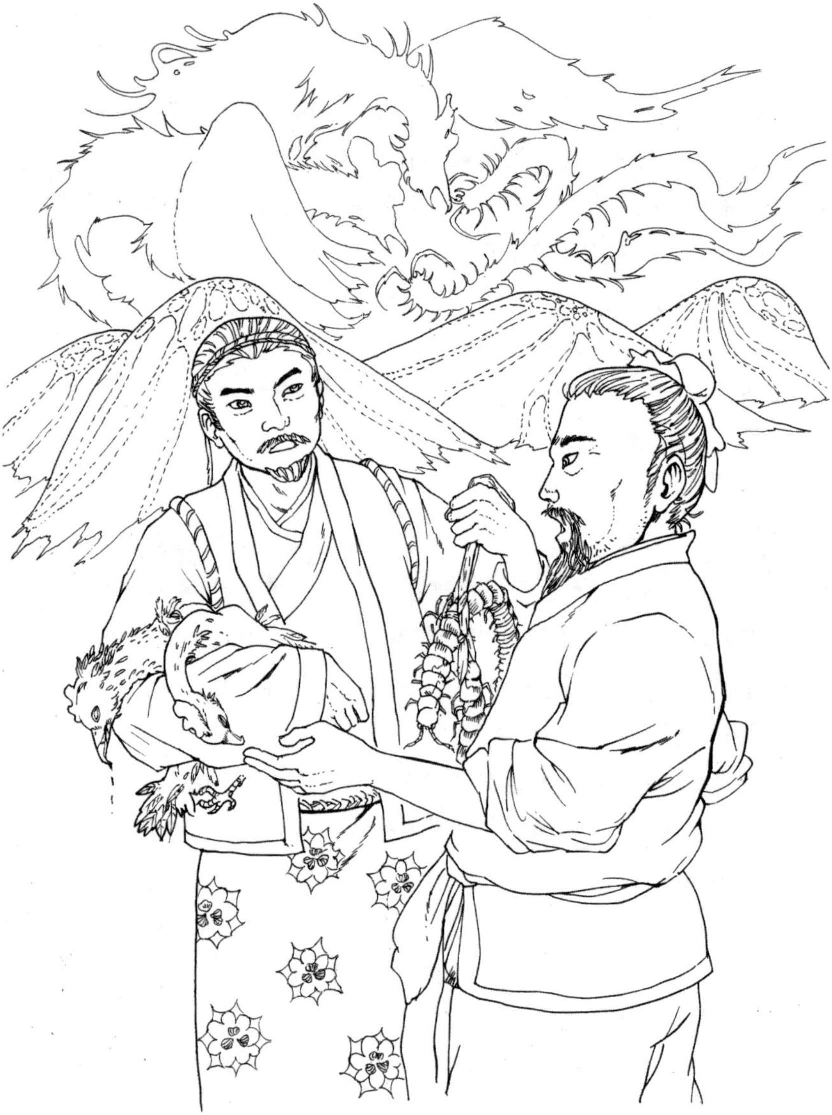

只在慢慢蠕动；小的那只也有五尺多长，双钳全被摘下，足已没大半，身体就像枯木一样僵硬。主人抬头询问："这两妖既然已除，你还抓来做什么？"客人答："这两只蜈蚣虽为妖精，但其身体发出红光，道行终究不浅。若用其躯壳制成刀剑之鞘，也可值千金。"说完，便把两只鸡递到主人手上，语气诚恳地嘱咐道："这一战两鸡出力过甚，小鸡不过十日，老鸡不过半年，皆会死去，因其有功于人，所以死后一定要将之好生埋葬。另外，两鸡与妖激战之时，也都身中剧毒，切记绝不可食用，切记！切记！"说完便转头休息去了。

次日一早，客人与主人辞行，又给了二百两黄金以示谢意，然后用一个木匣装上两只蜈蚣，负在背上而去。不久这两只雄鸡果真如那客人所言，先后脱羽死亡。主人也遵照嘱托，将两只怒晴鸡好生埋葬。埋有雄鸡的山峰耸立至今，唤作"金鸡岭"。

黄妖

《鬼吹灯之怒晴湘西》中古狸碑老猫洗肠一段，读来极尽惊悚诡异，此事也并非完全虚构，在自然界的动物中，有着数不清的凶猛野兽。它们一直维持着自古不变的食物链体系，依靠残食比自己弱小的动物为生。然后古语有云："弱为强所制，不在形巨细。"这是说有些飞禽走兽，相互间彼此克制，被称为"天敌"。书里描写的狸子，体形和猫的大小相似，却能捕猫而食，再怎么机敏灵巧的猫遇上它，也毫无反抗余地，所以说此物是猫类的天敌。

猫是种得天独厚的生灵，传说它有九条命，天敌少之又少，而专门吃猫的这种生物，现在很可能已经灭绝了。据说它体形如猫，头大鼻尖，耳朵竖立，且身体发黄，乍看之下好似狐狸，所以见过的人都误称其为"狸子"。又因其腰间长有一圈金黄色的毛发，很是显眼，所以也有人叫它"黄妖"。在古时则将它称为"白狐子"，是道门里的妖怪。还有的说法认为这种生物实为犬科，体形接近黄鼠狼一样大小，双目滚圆，炯炯有神。

相传黄妖的饮食习惯也颇为奇怪，它既不食林间草木，也不吃各类飞禽走兽，唯独对一种食物情有独钟，那就是家养之猫。黄妖的捕食手段更是堪称古怪，要不然名字里怎么带了个"妖"字呢？它从不会自己去围抓捕猎，而是通过释放一种类似催眠效果的气息，或说是积蓄愤怒之情，以袭家猫精神之虚，家猫会自行随之而去，任其活生生地寸磔而食，根本不会挣扎反抗。

据曾经目睹过黄妖吃猫的人所言，那黄妖常会在有人居住的村边出没，每到月明星稀之夜，便从乱坟岗子上下来，到村中寻找家猫。如有家猫遇见黄妖，便会浑身战栗，吓得不敢出声，想逃也迈不开腿，只能绝望地跟着黄妖离开村子，走到有溪水流淌的所在。然后那猫就会在黄妖的注视下，像口渴难忍似的不停饮水，喝完吐出，吐完再喝，以此反复数次，直到将腹中五脏全部洗净，嘴角流着血水，仰面朝天地躺在地上。

这时黄妖才会挤眉弄眼地缓缓走过去，先用舌头将猫从头到尾舔遍，猫毛被它所舔，会自然而然地迅速脱落，它再伸出爪子在猫肚皮上来回抓挠，随即划破肚皮将肠子一截截拖出来吃掉，还要饮血食肉，最终只剩下几块残骸才肯罢休。

◐ 关东军地下要塞

胡八一初出道时被困野人沟金代将军墓，正走投无路，误入了一处与地下古墓相邻的"关东军地下要塞"，其规模之大难以估量。东北边境地区的日军地下要塞，是真实存在着的，而且不止一处两处。关于这种日本人修建的地下军事设施，有一些已经被发现，开辟为揭露日本军国主义罪行的展览馆，还有一些已经在战争时期被毁，更大一部分却还隐藏在不为人知的山区，至今未被发现。

小说中的地下军事要塞规模庞大，实际上真的有那么大吗？现在已经发现的最大军事要塞——黑龙江虎林县虎头永固性地下军事要塞，中心区域正面宽 12 公里，纵深 6 公里。在此方圆数十公里的范围内，共有大小十余处要塞，由猛虎山、虎北山、虎东山、虎西山、虎啸山五个阵地组成。正是由于虎头要塞的分布范围广、工事规模大、军事设施全、防御坚固、攻击力强，又处在扼制苏联远东乌苏里铁路的咽喉要道，日本关东军将其吹嘘为永久要塞，是"东方的马其诺防线"。不过这座要塞的下场也和西方的马其诺防线一样，被人迂回包抄了老窝，徒然消耗了大量的人力、物力，备而不用。

迄今为止，在东北发现的日本关东军地下要塞，以及弹药物资，实际上只是一小部分。日本无条件投降时，曾将大量地下仓库和军事设施封存隐蔽。

日军的弹药武器在战败后藏匿得极深，关于此类的事迹不胜枚举，据说在八路军刚进东北的时候，到处收集日军残留的武器，但是收获不大。有一次几名战士在一条河畔发现一座大坟，坟前立着个墓碑，上写：战马之墓。底下署名是一个日本军官的名字。看样子是关东军留下的，大伙也没太留意，侦察连的连长却觉得这座坟很不对劲，这么大的坟堆里面得埋多少匹马？于是带人将战马坟挖开，结果往里边一看，坟中全是被拆散了的火炮，重新组装起来就可以使用，原来这是日军撤退时所藏的一批武器。在大兴安岭林区也隐藏着许多地下要塞，有种传闻，据说前些年大兴安岭的火灾，就是由于关东军地下军火库爆炸引发的。这些传闻虽然荒诞不经，但也从一个侧面印证了小说中那种地下要塞，是完全有可能存在的。

至于《鬼吹灯》中描写的地下要塞位于中蒙边境，现实中这里尚未发现如此大规模的军事要塞，但在关东军对苏联采取的战略防御体系中，中蒙边境是重要的组成部分，守满不守蒙，等于守河不守滩。在草原的边缘设立秘密要塞，是理所当然的事情。

◯ 尸香魔芋

胡八一一行人等进入精绝古城的遗迹之后，几经波折，终于找到了安葬精绝女王棺椁的地宫入口。棺椁悬挂在一个无底大洞之上，棺木是由罕见的昆仑神木制成。如果按现代家居装修的说法来说，这基本没有雕琢痕迹的棺木，属于原色风格。正是这样珍贵的昆仑神木，才使妖艳的"尸香魔芋"永不枯萎。昆仑神木是虚构的产物，是一种即使砍断也不会枯萎的树木。类似神树的传说在很早就有相关记载，扶桑、建木、若木这三大神树，是中国古代文献如《山海经》《淮南子》等著述中记载的众多神话传说中最出名的三种，其中若木又名"昆仑若木"，它可以看作是昆仑神树的原型。

生长在昆仑神木上的"尸香魔芋"大概是勾起网友们对《鬼吹灯》中提到的各种神奇生物浓厚兴趣的第一号，因为这个故事中"尸香魔芋"的原型根本就不难找出，也就是同它一字之差的"尸臭魔芋"，学名泰坦魔芋花 (Titan Arum)，原产地为印度尼西亚苏门答腊岛。因为它会散发尸体腐烂的恶臭，吸引苍蝇和以吃腐肉为生的甲虫前来授粉，所以又俗称为"尸花"。"尸臭魔芋"是世界上最大的一种花，造型像个大水桶，有着类似马铃薯一样的根茎。它和那种同样号称世界上最大的花、无茎无叶只有花瓣的大王花外貌不尽相同，但都是奇臭无比。这股子据说类似鲜牛粪或是腐肉的臭味是为了吸引嗜食腐肉的昆虫前来传粉。植物也要传宗接代嘛！

　　网络上有人指出"尸臭魔芋"便是"尸香魔芋"的后裔，这就有点过于牵强。在这里要说明的是，世界上从没有过"尸香魔芋"，也没有过"尸香魔芋"守护所罗门王陵墓的传说。书中所谓的"尸香魔芋"不会发臭，却会令埋于根茎下的尸体产生异香，而这种能传播数十米的异香会刺激大脑中的多巴胺，使人脑产生幻觉，它曾是所罗门王的守墓者，利用死亡幻觉，杀死了无数妄想接近所罗门王宝藏的盗贼，这些都是我虚构出来的。虽然"尸臭魔芋"是真实存在的，但它并不会制造幻象，有些植物、真菌虽然的确会产生致幻物质，例如一些可以加工成神经性毒品的植物如罂粟、大麻之类，还有云南那边的某些菌类，吃多了就会看见有小人在眼前跳舞，但直至今日，尚未发现能在人脑中制造如此强力幻象的品种。

◯ 鱼骨庙

　　《鬼吹灯之龙岭迷窟》中，胡八一等三人听了陕西农民李春来的说法，奔赴陕西"铲地皮"。他们在黄河边好不容易搭上一艘机动船渡河，却没承想船只撞上了"铁头龙王鱼"，差点没掉河里喂了鱼。后来他们一打听，原来这种大鱼以前也出现过，还曾有人花钱买了大鱼的骨骸，建了一座"鱼骨庙"。

　　这是书中的小说情节，而事实上"鱼骨庙"在天津邓岑子、山东日照、浙江甚至越南等沿海诸地均有出现过。天津邓岑子的鱼骨庙甚至传说有康熙皇帝的御赐对联：

　　　　百年鱼骨为梁架，千年龟髓附至尊。

意思是说这鱼骨庙的房梁檩架为鱼骨所造，庙中神像底座为千年龟壳。不过此庙在清朝道光年间因鱼骨断裂而塌毁了，倒是山东日照的鱼骨庙保存至今，并留下了非常完整的民间传说。

山东日照这个地方在青岛西南，靠近古黄河出海口，因有淡水相济，一直是渔业重地。传说早年间海里潮信经常失序，不时有惊涛骇浪、狂风暴雨，桅折舱漏、船覆人亡之事一年甚于一年，渔民一出海，全家人的心就悬到嗓子眼上。有一天大潮时，在海口外的海滩上漂上来一尾大鱼，双眼已没，是两条小鱼送上来的。奇怪的是，那两条小鱼一把它送上来就掉头回游，把大鱼孤零零地撇在海滩上，再也没有回来，就跟出公差似的。更怪的是海水从此涨不到那里，连日太阳也像出火一样毒，连渴带晒，大鱼最后干死在海滩上。也就在当天夜里，周围村的人忽然做了个一模一样的梦，梦里龙王爷告诉大家：那条大鱼经常兴风作浪、吞食渔民，触犯天条，依律摘除双眼、赐死海边，向当地百姓赔肉还骨，以昭天德、安民心。

第二天一大早，那些在海难中失去亲人的人半信半疑地奔走相谈，一传十、十传百，终于大起胆来，持刀背筐，涌上海滩，揭鳞割肉。为报答龙王的厚恩大德，示龙威、警百鱼，当地渔民有钱出钱、有力出力，在大鱼落浅的海滩西边岭坡上用鱼骨盖起一单间小庙，骨为檩，鳞为瓦。庙中只供龙王一像，取名为"鱼骨庙"。

照这传说中的说法，搁浅的大鱼应该是鲸鱼，以几米长的鱼骨为梁，这种长度也只有鲸骨可用。我国沿海鲸鱼搁浅的新闻虽然不像南半球澳洲鲸鱼经年累月成批冲上海滩那么多，但隔个把年总能听到一两起。

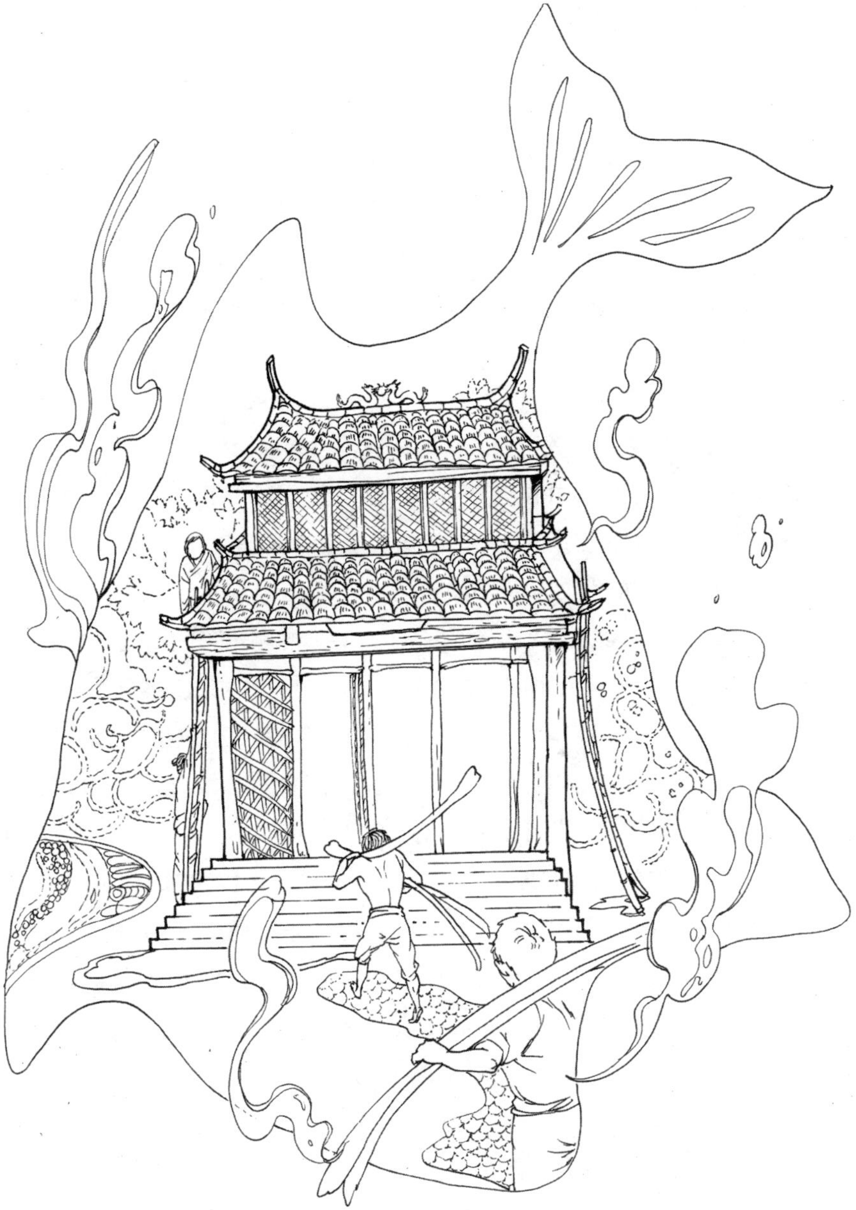

黑驴蹄子

胡八一和胖子的首次摸金之旅，起因是两个穷急了眼的家伙在大金牙的怂恿下，终于决定要去倒斗发财了。二人凑钱买了火车票，路上做梦都在数钱，然而事与愿违，他们的目标——大辽太后之墓已经不能下手了。不过听屯子中的老猎人说起了大兴安岭的野人沟，他们茅塞顿开。

兴安岭的故事多得说不完，除了人熊和人参娃娃，以及游荡在山林中的猎鹿人之外，关于野人沟的那些神秘传说似乎也是其中之一。而实际上，大兴安岭并没有野人沟，也完全没有"野人沟"的地名，这些都是作者虚构出来的。不过在这次摸金的行程中，有许多东西还是有真实出处的，比如说黑驴蹄子。

许多人都觉得摸金校尉的装备中，最具神秘色彩的便是"黑驴蹄子"。之所以神秘，是因为它是本书的常客，却从来没派上过什么用场，扔出去似乎还不如石头好使。按摸金校尉自古相传的说法，"黑驴蹄子"可以克制僵尸，所以凡是去倒斗的摸金校尉，都要带上几个"黑驴蹄子"，宁可备而不用，也不能用而不备，这就叫作有备无患。尸变的原理有很多，其中最受认可的是生物电的作用，将"黑驴蹄子"塞入僵尸口中便能对付尸变，大概是起到一种类似屏蔽器的作用。要在阴暗狭窄的古墓中把"黑驴蹄子"对准僵尸的嘴塞进去，还真不是一般人能做到的，心理素质不仅要稳定，而且要眼疾手快，否则可能塞进僵尸嘴中的就不是"黑驴蹄子"，而是自己的手指了。

"黑驴蹄子"倒不完全是我凭空虚构出来的，黑驴可以驱邪的传说流传甚广，东北地区的江湖术士，降妖捉怪，尤其是对付千年尸魔，多半离不开此物。关于"黑驴蹄子"有这样一个民间故事，有个农妇在田间劳作，无意中一脚踏破了一个古瓦罐，脚上立刻生出一个脓包，臭不可近，疼得死去活来，问医用药多不见效。眼看就要一命归西了，正好有位道人善看病诊脉，知道她这是撞克了，便命这农妇的丈夫尽快去捡黑狗屎，要以干燥色白者为佳。又取"黑驴蹄子"，混合黑狗屎，点火焚烧，以其烟熏灼农妇脚踝上的患处，脓包上立即破了一个小孔，从中流出清水半盆，混杂着一团团黑色的长头发，细数之共一十九绺，自此患处痊愈。后来我就把它改头换面写在《鬼吹灯之昆仑神宫》那一集里了。

火瓢虫

在《鬼吹灯》里提到过许多神奇的生物，其中最早出现的是胡八一在昆仑山当兵时所遇见的火瓢虫。后来在《昆仑神宫》那一集里给它取了个名字叫"达普"。这种瓢虫形状很像常见的七星瓢虫，但身体是半透明的，内部似乎有股暗色的火焰在隐隐流动，一旦与任何生命体接触，就会引出大量温度极高的烈火，直到将与之接触的生命体彻底烧死，方才熄灭。那种蓝色的火焰，仿佛能把人的灵魂烧成灰烬，西藏轮回宗称之为"无量业火"。在现实世界中当真有如此可怕的火虫吗？

在青藏公路沿线，有许多关于昆仑山中人体自燃现象的传说，其中有一则是这样的：川藏公路横跨昆仑山，而且还要经过金沙江、澜沧江、怒江、雅鲁藏布江四大水系，是世界上最险峻的一条公路。解放军战士某甲和某乙，开着一辆军用解放大卡车，给部队运送一车紧急物资，途中经过川藏公路昆仑山一段。当时正是深夜，下着鹅毛大雪，为了保证安全，车开得很慢，在漆黑溜滑的盘山公路上前进。眼瞅着再有一个小时的车程就能抵达目的地了，俩人都松了一口气。在雪夜的川藏公路上行车，实在是太危险了，还好没出什么事。

两个人正在庆幸，忽然有一团蓝色的火球撞到了车窗上，正在开车的战士某甲，下意识地一踩刹车。车轮虽然装了大铁链子防滑，但是这一下还是使整个大卡车斜着滑了出去，斜撞在了路边，最后边的一个车轮卡在了悬崖上。下边就是万丈悬崖，没有别的车辆牵引，这辆车是拉不上来了，车上装的重要物资，也因为车身倾斜而散落了一部分。幸运的是两个战士没有受伤，他们下车察看，发现地上有一团蓝色火球，正逐渐熄灭，他们凑到近前，见是只红色透明的小虫子。这冰天雪地里怎么会有活动的虫子？某甲取出一个空水壶把虫子装了进去，准备带回去给战友们看看。随后两人一商量，决定某乙步行去兵站求援，某甲留下看守物资。天亮的时候，某乙带着人来帮忙，发现卡车仍然斜挂在悬崖边上，地上的军用物资没有被人动过的迹象，但是某甲已经死在驾驶室里了。他的身体被烧成了灰烬，但是他周围的物品没有任何被火烧的迹象，他装虫子的水壶里面空空如也，那只奇怪的虫子已经不知去向。

此外还有另外一个传说是这样的：九十年代初在中国兴起了一股昆虫热，有一队自发组织起来的学生，到昆仑山去搜集珍稀昆虫标本。在昆仑山的深处有一个山谷，里面一年四季百花盛开，有许多叫不出名字的奇花异草，就连谷中的泉水也芳洌清甜，整条山谷犹如世外桃源。这些学生在导师的带领下捉到了不少奇形怪状的虫子，足足逗留了两三天，才心满意足地准备收队离开，却发现队伍中少了一男一女两个人。在这里失踪可不是闹着玩的，大伙不敢怠慢，立刻开始在附近寻找他们两人。他们应该不会独自走出山谷，大伙不停地呼唤着他们的名字，可空山寂寂，没有任何回应。

反复搜寻无果，两个大活人竟然生不见人，死不见尸，队员们无可奈何，只好向附近的驻军求援。在解放军的协助下，终于在山谷最深处的一道岩缝中，发现了齐刷刷的四条半截人腿，膝盖以上的部分全部被烧成了灰烬。如果不是岩缝中背风，山风一过，这些细微的灰烬便都会随风散去，留不下半点痕迹。

通过剩下的腿部残肢可以辨认出这正是那两个失踪的学生，看来他们已经遭遇了不测，他们在这里究竟遇到了什么？经过法医判断，他们都是被火焚致死，但即使是火葬场的焚化炉也难将人体彻底烧成如此细的灰烬，要烧到这种程度，至少要达到华氏三千度的超高温。三千度是什么概念？连铝合金都能熔化。即便是这样也要持续燃烧一个小时的时间，才能够将死者烧得连骨头渣子都成了细灰，而现场除了人体被烧的灰烬之外，没有任何起火的迹象。最奇怪的是两名遇害者的四条断腿都完好无损，没有被火烧灼的痕迹，只是在断面上，有不少受热流出来的脂肪油膏。

只能推测这两名不幸的遇难者，是在一瞬间被神秘的烈焰烧成了灰，而那火焰很快就熄灭了。他们两人进入岩缝，很可能是想在里面找寻昆虫制作标本，那究竟是什么东西烧死了他们？难道这就是传说中不可思议的超自然现象——人体自燃？人体自燃现象一直是人类未解之谜，到目前为止都还没有一个明确的结论。不过昆仑山附近的人体自燃传说，都会涉及昆虫，也许真的有这样一种古怪的七星瓢虫，具有某种神秘的生物能，可以引发灵魂深处的业火焚烧。

潘家园

《鬼吹灯》里，胡八一和王胖子走上摸金之路，皆因在北京潘家园古玩市场遇到大金牙，后来胡八一和胖子也在潘家园落了脚，做起了生意，可以说潘家园是推动故事发展的一个重要纽带。这件事应该发生在八十年代初期，而那个时候是没有这个市场的，这个情节根据故事发展的需要被演义化了。

真实的"潘家园旧货市场"位于北京三环路的东南角，其雏形起源于1992年上半年。当时一些当地下岗职工，在现址西南马路边的坡上摆摊，把家里的旧家具、旧电器等旧货拿来卖。几个摊，几十个摊，市场就慢慢形成了，并正式定名为潘家园旧货市场。定名"旧货市场"明显是经过考虑的，"古玩""文物"太惹眼，"工艺品"又不说明问题，"旧货"的含义就宽泛多了，各种古玩行的杂项都可以囊括其中，而且现在已经不再局限于此，就连"文革"时期的一些时代产物，以及各种民族工艺品也都有人经营。现如今您就看吧，像什么仿古家具、文房四宝、古籍字画、旧书刊、陶瓷、中外钱币、竹木牙雕、佛教信物、"文革"遗物、毛主席像章、革命样板戏的海报、各种连环画小人书、明清或现代名人的真假字画，历代的陶器、各种真伪的古玉、造假的青铜器，古旧钟表老首饰，五花八门的各种旧货，足能把人看得眼花缭乱。

如今老外们来北京，除了登长城、吃烤鸭之外，还有一件最重要的事情，那就是逛一逛潘家园旧货市场，各国来京的洋人喜欢来淘宝，也是这里的特色之一。

大金牙什么玩意儿都倒腾，做的是"杂项"，并不局限于金石玉器，他称自己的生意为"古玩行"。这个行当里，行话术语是最基本的沟通手段，从介绍、点评、讨价还价、买卖成交，都有着自成一体的用语套口。如果连这些都不明白，就别指望能在潘家园混出名堂来。除了这些行话切口，还有许多规矩讲究。例如，一件买卖双方要交易的明器，得先让人看看货啊，于是卖方就要把明器拿出来。但是您别着急，明器不能过手，不能直接递到想看货的人手中，必须先由卖方自己将明器摆在桌子上，这时候想看货的买家才能伸手从桌上拿起来观看。这样做是为了万一东西掉到地上损坏了，可以分清楚是谁的责任，尤其是瓷器、玉器，千万不能直接过手。倒卖古董的港商明叔和大金牙都是古玩行的人，所以都知道这规矩。

像这些都是约定俗成，是不成文的规定。比起这些行规，更专业的是术语，要是外行听起来，简直就像听天书似的，比如翡翠叫"绿头"，玉器叫"石头"，字画叫"纸片"，复制品叫"下蛋"，卖给外国人的叫"洋庄"，卖给国内的叫"本庄"，换东西叫"打仗"，收到了好东西叫"吃仙丹"，做第一笔生意叫"开冲"，到外地收古玩叫"铲地皮"，仿制品做得不高明叫"判眼"，诸如此类，说都说不过来，简直可以出一本字典了。

刚刚讲的那些，都是行家与行家交易时说的，如果碰上不懂这些行话的买主，那就是"菜头"。如果菜头要问的话，也都有很圆滑的套话应付。若是问这件东西是哪个朝代的，他就会告诉你这是"明式"，而不说是明朝；问货从哪儿来的，标准答案是"山西侯马"。潘家园中的假货一般都是这种说辞。

古玩行里的行话术语，都是由清末那个时代产生的，然而时至今日，有些古老的行话已不再适用，便逐渐被淘汰。现在保留下来的已经很少很少，大多都是近代产生的新术语，同以前的行话比起来，有很大差异。

比如行话中同样一个名词和动词，在不同的年代或者不同的区域，或许会有不同的说法。有的称外出收古玩的为"铲地皮"，也有的称他们为"游击队"，假货还叫作"高老八"或者"高八爷"，而且为了避免露白（"白"是钱财的意思）被别人眼红盯上，在说明价格的时候，都是百分之一，说一块钱，实际上就是一百块钱，一百元即是一万元。

现在总有专家给古玩鉴定价值，其实古玩的价值是很难说的，有市无价或者有价无市的情况很普遍。一件东西，卖家说值多少钱不行，没人买它就不值钱，只有在买家认可的前提下，它才有这个价值。而且古玩真伪难辨，做假的实在是太多了，就连专家也可能有看走眼的情况，京派语言通常叫作"懵买懵卖"，说白了就是"隔着口袋买猫"。

总之，潘家园旧货市场就是这样一个给买卖双方施展眼力、财力和魄力，斗智、斗口、斗心理，极富戏剧色彩的自由市场。就在这个市场中，发生过许多听起来十分传奇的故事，也有许多珍品由此得以浮出水面。有空的话去这里逛一逛，说不定会捡个漏，天上掉馅饼的美事，也许就让您给赶上了。

十六字阴阳风水秘术

在《鬼吹灯》中，胡八一的摸金理论，全来自半本《十六字阴阳风水秘术》，据传此书出自清朝摸金高人张三链子之手。

世上当真有这本摸金校尉所写的《十六字阴阳风水秘术》吗？很遗憾，因为事先已经说了，小说中的摸金校尉便是一个虚构的设定，所以《十六字阴阳风水秘术》自然也是作者凭空虚构出来的，就连类似的书都不存在，世界上从来没有过这样一本书，也绝对没有过这十六字风水的传说。不过有一个十六字算命先生的传说，与风水相去甚远，在这里简单地讲一下。

相传当年有一家姓王的豪族，家中有位千金小姐，某年游至一荒园中，拾得谷穗一枝。这谷穗生得好生奇怪，是从地下一具死人枯骨中生长出来的，上面仅结了一粒饱满异常的谷籽，闻之芳香扑鼻。王小姐当时也不知道是怎么想的，竟然将那谷粒吃了下去。她回家之后，忽有感应，从此怀有身孕，十月怀胎，一朝分娩，便产下一子。这个孩子因为没有父亲，只好随母姓，姓王名禅。成年之后便进山学道，自号鬼谷子，能知过去未来之事，后人称之为王禅老祖。此人不仅能推算万事因果，还能演算日月星辰的变化，称得上是前知五百年、后知五百年。通常算命先生为人算命，都是批八字，而鬼谷子则批十六字，故此又得了一个别名"十六字算命先生"。但鬼谷子批命图没有流传下来，而且这段故事只是民间流传着的一个传说。

真正的鬼谷子是确有其人的，他活跃于战国时代，以乡里族姓王，而不知其名，因住于鬼谷，遂以鬼谷先生称之。战国时著名的风云人物张仪、苏秦都拜在鬼谷子门下习纵横之学，而且他精通相术及兵法，中国历史上最杰出的大军事家孙膑也是鬼谷先生的弟子。鬼谷先生周游列国，在世数百年，最后不知其所终。又有一种比较近似神话的传说：鬼谷先生名利，或为蝻，号玄微子，亦系秦、汉之师，与二郎真君交往至厚，位列仙班，奉为王禅老祖。后世流传的有关他的图画，最有名的是被称为中国在世界上最有价值的瓷器"鬼谷下山图"青花瓷罐，这件价值连城的元代瓷罐现在流失在美国。"鬼谷下山图"中的鬼谷先生相貌慈祥，如同元朝平话中所说的坐二虎车下山，实则拉车的是一虎一豹，这就显出他与其他道佛居士绝不相同的仙风道骨，令人肃然起敬。

☾ 地理篦

《鬼吹灯之巫峡棺山》最后面有一个外传叫"金点"，实际上是主角胡八一祖父胡国华给人算命"看风水"相地的故事。书中写此类通过术数为他人占卜吉凶来糊口的，因为这种事技术含量比较高，所以往往被尊称为"金点"。这其实是我的揣测，照评书大师连阔如老先生的说法，"金点"是江湖艺人对算卦相面的总称，如同一种群名词似的。

这些金点先生也分好坏，最高境界莫过于通晓江湖金点十三簧。这些算命的金点先生，说话都隐含机锋，处处给人下套，这个套儿，行话就叫簧头儿。今天先不说别的，就单表一下这十三簧的首簧：地理簧。

什么叫地理簧呢，其实就是金点先生套问算命的人家乡何在。要知道中国地大物博，人口众多，但是每个省每个地方都有自己的特产、能耐，甚至可以通过四处奔走延伸出特殊的职业来：山西、陕西的走西口，山东、河北的闯关东，福建、广东的下南洋，四川、云南、贵州的走下江，这都是大家所熟悉的。往细里说，旧时北京干果子铺的上下人等，多是山西文水人。粮行里头，则基本上是山西榆次人的天下。山东章邱县的人，旧时则有两个出路，一是去瑞蚨祥等祥字号的绸缎庄做伙计；二是去打铁，反正都是本乡本土的亲戚朋友推荐，出来进去都是熟人，干别的活儿的也有，但少。假设算命的金点先生懂得这个，有山东章邱县的人来算命，就知道他少不了这两个去处，再一瞅他衣饰整洁，是个买卖铺伙计的模样，就恭喜他说"您该入商界"，这不就正对上簧头儿嘛。对方准能佩服这算命先生是有功夫的，这算命打卦的钱也就顺理成章地掏出来了。

话说这江湖金点地理簧虽然说的是旧时事，但其中还是有几分道理的，比方说现在北京城里多来自河北、河南、山东的北漂，广东各地多湖南、江西的外来工，这是大家生活里遇得着的。北京城里开成都小吃的多是重庆开县人，深圳、广州街上开桂林米粉店的多是广西钦州人，这知道的人就不多了。我说出这个，可不是教人算命骗钱来着，就当是个谈资，和人聊天扯闲篇的时候说说乐呵乐呵。

蝎子倒爬城

《谜踪之国》的男主角司马灰和胡八一最大的不同之处，大概就是他出身旧家，不仅更加通晓江湖规矩，而且身上还带着功夫。

司马灰的家传功夫就叫"蝎子倒爬城"，能够倒立起来，头顶向下，双膝弯曲，用脚尖钩住岩缝，张开的双手交替支撑重心，犹如一只倒立的壁虎，贴在壁上游走而行，故称"蝎子倒爬城"。

据说"蝎子爬"本是民间杂技中的一门，中国最有名的杂技之乡河北吴桥，上至九十九，下到刚会走，不论男女老少，都会几样绝活。近几年的春节晚会，也都有来自吴桥的杂技表演，亦可证明所言不虚。前不久在吴桥附近出土了一座魏晋时期的古墓，墓中壁画上就描绘了"肚皮顶碗、蝎子爬、火流星"等古老的杂技项目，这说明此类绝技自古已有，历史非常悠久。

虽然在近几百年的杂技项目中，古代绝技"蝎子爬"早已失传，旧时的军队却得以将其继承并且保留下来。在军中会使这套本领的，大多是受朝廷招安的绿林盗贼。在中国传统公案小说《大八义》《小八义》中，神偷赵华阳、阮英均以此绝技作案。据说就在民国年间，燕子李三还在济南的城墙上玩过这么一手，许多老年人亲眼目睹过。

不过我写的时候还真没想过现在还能有会这种功夫的人在，我那本书刚到编辑手里，编辑就很兴奋地告诉我，网上名博萨苏就写过"蝎子倒爬城"的故事。那篇博客的名字叫《蜘蛛大侠黄象明》，这位黄大侠乃是萨苏的中学同学，从小到大就脚上头下地爬房头蹿屋脊，老萨他们都见惯了。不承想，那天黄象明在数百人的面前，头下脚上地施展蝎子倒爬城绝技爬上三楼房顶救一个想自杀的人。最精彩之处，楼上要自杀那主儿一看有人要上来，扔下一东西，黄大侠不慌不忙，手脚用力，钩住砖缝，蝎子一样向右平移三尺，接着又是三尺，虽然惊险却应对自如，楼下喝彩声如雷，这一段听着都让人神往。

憋宝

天津卫的老故事里，南蛮子憋宝非常常见，尤以天津开埠成立租界后为多。那个时候来了许多外地客商，勤恳务实，凡事精打细算，逐渐发了大财。而天津卫本地人守着老婆孩子热炕头不思进取，看别人赚钱却又眼红，也想不明白自家的生意为什么不如外来户，怎么钱财都让外地人赚走了？便往往将责任归咎于那些外来的商人，说是这伙南蛮子会憋宝，施术摄去了秘宝，才使得天津卫这片土地灵气枯竭，害掉了此地风水。

这种故事其他地方也有传闻，流传已久，上岁数的人大多知道。据说西域胡商与江西土人擅用方术，天下之宝，无所不识，然而这两者有所不同。江西术人是在地窖子里开地眼，小孩生下来就不叫他见天日，一直在地下生存，《鬼吹灯》里提到的陈瞎子和港商明叔的干女儿阿香的眼睛差不多就是这么一回事。只不过憋宝的做法是再施与秘术传授，日久这小孩就能看见种种埋藏的宝物。西域胡人则是在身上养血珠，所谓血珠，乃是江底老鳖体内结出的肉瘤，大如丸球，不甚光泽，所以旧时也称此法为"鳖宝"。一般是用刀在自己胳膊上挖个口子，将鳖宝埋在肉里，待到伤口愈合，再遇着宝物便能有所感应。

有着铁齿铜牙的纪晓岚甚至还有个鳖宝的故事：说是纪家太夫人喜欢喝鳖汤，杀鳖的时候都要冷不防一脚踩住鳖背，趁这东西伸头之时一刀剁下鳖头。结果那天出了奇事，鳖头剁下后从脖腔里跑出来一个寸把长的小人儿，围着那鳖跑了几圈又跑回脖腔里了，厨子好奇剖开鳖身一看，小人已死。后来有人告诉他，其实那小人就名叫"鳖宝"，谁要是得到了它，把自己的胳膊用刀切个口子，把鳖宝放进去用血脉养它，这人从此以后就能看见埋在地下的金银财宝并把它挖掘出来。可不久以后鳖宝就会吸尽这人的血脉，令他血尽而亡，然后子孙就能把鳖宝从他的胳膊里取出，再放到自己的身体里，如此往复可以致大富。那厨子听说后，又气又悔，恨自己怎么把这么好的机会给放过了。纪家的太夫人于是劝他说："那东西是怪物，用了会把命丢了，到时候就算找到了金山银山又能怎么样？快别想了。"可惜厨子到最后还是想不开，活活气死了。

◯ 筷子桥

我在《贼猫》里曾提到一座深埋地下的筷子城，整座城楼全以日常所见的木筷、竹筷搭成，虽然形制颇小，但五脏俱全，有城门、城楼，两侧都是由无数筷子搭建的城墙，那敌楼上竟然还留有数十处观敌的箭窗。城门前护城河上还架有一座筷子桥，通体都用筷子搭成，虽然筷子有长有短，材料新旧各不相同，但黏合得甚是坚固平整。桥面微成拱形，宽不足两尺，但也足以让人踏桥而过。

以筷子这一平常所见所用的平凡事物，搭建成也是日常所见的城池、桥梁，就显得这城中更加诡异非凡了，这只不过是行文时的一个手段，要说起出处和关联也是相当有趣的。

早年间北京天桥最为兴盛的时候，三教九流云集，金皮彩挂齐全，讲究的是各有各的绝活，各有各的本事，要不怎么管卖艺挣钱叫平地抠饼呢？就是因为他们不种地不行商，单凭这绝活本事就能让看热闹的人把钱掏出来，好让他们买大饼糊口。有个保定府的江湖艺人，既不见他卖艺，也不见他卖药，甚至也不见他吆喝拉场子。他就是见早儿就来，找一片地方，拿着成百上千双筷子搭建城池楼阁，每天不重样，煞是出奇，是他独一份儿的买卖。还真有人照顾他的场子，每天都来看他搭筷子楼，并扔下几个钱。不过这江湖艺人全凭筷子横搭竖构搭建的城楼，还不像我书中所写的筷子城中那座筷子桥，是以胶黏合而成的。你想想，如果用胶把筷子黏合成城池楼阁，回头怎么拆下来啊，那不是砸了自己的买卖吗？

不过呢，真有不用胶黏合、不用钉子构造的木桥。话说英国最著名的学府剑桥大学有座数学桥，就是牛顿利用数学和力学原理设计建造的，整座木桥上既没有用胶黏合，也没有使用一根钉子，就能架于河上供人行走往来于两岸之间，堪称奇迹。后来，好奇的学生把它拆下来，想看个究竟。谁知拆下来容易，恢复原貌就难了。无论学生们用什么方法，就是恢复不了原样，连校方也无能为力。最后，不得不用钉子固定，才重新将木桥架起来，只是这木桥的大小形制，就远大于我书中所提的"筷子桥"了。

☾ 升官发财

棺材，一般来说都是忌讳的物件，因此有人按谐音喻为升官发财，在心理上博得个安慰。

我小说里棺材出现不少，只是《鬼吹灯》里的胡八一和王胖子，在出道未久就遭遇了"升官发财"的最高境界——精绝女王的昆仑神棺，令后面所出的棺材小字辈自愧不如。

昆仑神棺的材料是昆仑神木，据古书上说昆仑神木又称通天之木，远古的时候，天上的神与人间的人是相互来往的，而昆仑神木就是天上和人间的天梯。可能是因为神木上沾了仙气吧，即使只有一段昆仑神木，它仍然不会干枯，虽然不再生长了，却始终保持着原貌，如果把尸体存放在昆仑神木做成的棺材中，可以万年不朽。据说秦始皇就特别想要一款这样的棺材而求之不得，难道他早知道自己会有死在出巡途中、尸体臭在车上要用臭咸鱼来掩盖这么一个凄惨下场吗？

昆仑神棺不过是一个传说，阴沉木棺材可就是实实在在的东西了。阴沉木其实就是远古时期的百年、千年名贵古木，因突如其来的地震等变化被深埋于江河湖泊的古河床泥沙之下，或是缺氧的阴暗地层中，既似木化石又保留有木质特征，否则怎么用刀锯开解做成棺材板呢？

阴沉木做成的棺材万年不腐不朽、不怕虫蛀，这才是封建帝王们真正能够享受到的棺木极品。远的不说，窃国大盗袁世凯的皇帝瘾只过了八十三天就一命呜呼，但死后下葬用的一口棺材就是阴沉木做的，这是清朝后几位皇帝都没有享受到的待遇。但是袁世凯的那口棺材据说是拼出来的，而不是独幅的整料，尚未算得圆满。因为做棺材向来讲究用独幅，意思是棺材面的棺盖、棺底以及四帮等六幅木料全从一块木料上开解出来。民间常说：家有黄金万两，不如乌木一方。这个乌木就是指的阴沉木，可见这种木料有多么名贵。袁世凯集倾国之力也没睡上独幅的阴沉木棺材，待遇其实还比不上《鬼吹灯之云南虫谷》里僻处一隅的草头天子云南献王。献王睡上独幅的阴沉木棺材可谓是地利之便，四川、云南一带本就是阴沉木的出产之地，出土量远较阴沉木以往的产地青海龙羊峡、三峡奉节一带居多；后者这两处因处于人烟密集之地，早已挖掘殆尽；而云南近些年阴沉木的出土和大宗交易新闻不断，甚至还有一条近几年出土的一块云南万年阴沉木酷似中国地图的新闻。

落霞栖牛图

在《鬼吹灯之昆仑神宫》中，港商明叔为了得到胡八一手中的秦代法家神镜以镇取冰川水晶尸，曾经拿出过杨贵妃口中含过的玉鱼，还有一幅宋代古画《落霞栖牛图》要和胡八一交换。杨贵妃口中含过的玉鱼虽然也是个稀罕物儿，但不是这篇文章的重点，奇怪的是那幅《落霞栖牛图》中画着的在树下吃草的老牛，白天乖乖地在树下吃草，晚上便会回到牛栏中安然而卧。

据说《落霞栖牛图》这幅画儿最早是南唐后主李煜为救小周后免遭凌辱，献给宋太宗赵光义的。但宋太宗做事极为毒辣，他这皇位就是斧声烛影害了亲哥来得不明不白，此刻更是要美人更要名画，索性一服牵机药把李煜给毒死了，这才安安生生地拥有美人坐观名画。不过名画的变色之秘还是令他百思不得其解，问遍南唐降人也没有一个知道，文武百官也是不知其究竟而无言以对。

后来有一个名叫赞宁的和尚向宋太宗讲出了这幅《落霞栖牛图》的奥秘。此图是在牛栏内外各画一头牛，树下吃草的那头牛是沃焦山石磨色画的，只能白天看见；而牛栏里安卧的牛是海南珠脂画的，只能晚上看见。宋太宗觉得言之有理，于是遍寻天下，寻来海南珠脂和沃焦山石磨色，作为宫中秘药，对外秘而不宣。

这种宫廷秘宝中的奥秘，大多已经失传，对初次见到的外人而言，更是瞠目不知以对。

我去过山西临汾浮山，当地博物馆中有一颗著名的圣中佛珠，据说是慈禧太后当年从北京逃难出来经过此地，当地一官员侍候得老太太很舒服就此赏赐给他的，原来也是宫中秘宝。

这颗佛珠由赭色琉璃制成，珠上有一小孔，一头大，一头小。有一回有人无意从小孔的一端向里望去，发现里面有一尊大佛端坐于宽敞明亮的大厅内，项戴佛珠，手提念珠，若对着太阳光凝视佛像，更觉得满堂生辉，云雾缭绕，如入仙境。大厅墙上还挂有一方书法，上书"圣中佛"三个大字。这是此佛珠名字的来历，但为什么这颗佛珠会有如此神奇之处，来历是否真如传说中所说，就无人知晓了。

第二章

镜里乾坤

抚仙湖下的僵尸村

阿计是广州人，毕业后做了个小报的编外记者，也是业余作家，专门创作纪实文学，却始终没找到什么太好的题材，赚的稿费刚够糊口，加上年纪轻轻，名气更是谈不上了，十次有八次会被退稿。他本人却很热爱这个行业，觉得能够记录事实真相，有着非比寻常的意义。

那一年阿计到云南采风，在抚仙湖附近的山道上，搭了辆载货的卡车，途中跟司机天南地北地闲聊。

那个司机徐师傅是个热心肠的话痨，特别好管闲事，得知阿计是个作家，就问他怎么不写写抚仙湖，这里的怪事可太多了，讲上几天几夜也讲不完。

阿计说："我写的都是纪实文学，不是那种胡编乱造的小说，怎么可能随便听一耳朵就写？"好比前几年气功热，有的作家就在书里写道"某位气功大师，少年时在深山迷路，看到树杈上坐着个白胡子老头，胡子好几尺长，一直垂到地下，那老头看这孩子骨骼清奇，便授予天书四卷，出山之后就成了大师"，这不明显是胡扯吗？居然也敢标榜为"纪实文学"？不过牢骚归牢骚，阿计常到山区收集素材，听司机师傅提到抚仙湖，他还是很感兴趣，就递了支烟询问详情，想知道这里都发生过什么古怪离奇的事情。

司机徐师傅的老家就在抚仙湖边，便在车上滔滔不绝地讲了许多。从地图上看，抚仙湖的形状像个葫芦，南北宽大，中间窄小，北边水最深，都知道深，却不知道有多深。据说前清年间，有人把麻绳捆在铁牛上往下沉，一船的绳索都放完了还没探到底。老人们常讲"深山有灵，深水有怪"，这抚仙湖深不可测，通着海眼，里面自然有怪。当地凡是上岁数的人都知道，解放前湖里曾经捉到过僵尸。也有人说那东西是水里的猴子，但为什么没有尾巴？那模样就跟水鬼一样，体生白毛寸余，似人非人，有鼻子有眼，满身腥臭，身上有很多肉虫。用网捞起来抬到村子里的时候这东西还活着，整夜呜呜哀嚎惨叫，村子里的狗听到那声音，全都吓得夹着尾巴打战。村民以为此物不祥，是沉在湖底的僵尸所化，就拿乱棒打死喂狗了，谁都不清楚它究竟是个什么怪物。那年月真是愚昧无知，如今要是能逮到个活的，可就值大钱了。

阿计听得入了神，首先觉得十分诡异，其次又深感惋惜，如果司机所言属实，村民们在抚仙湖里捉到的水怪，倘若能留下活体，绝对是震动天下的大新闻。这很可能是种早已灭绝的深水动物，似乎比在神农架发现野人更为离奇，水怪被村民打死了实在是个天大的遗憾，但有没有留下尸骨呢？

阿计寻思，这件事毕竟隔了几十年，留下遗骸的希望非常渺茫，而且从未见诸报端，想必什么都没留下，因此只是随便问了一句，谁知司机给出的答案却出乎意料："那个从湖里捉到僵尸的村子，当天晚上便整个消失了，现在连地图上都找不到了。"

阿计十分奇怪："整个村子都消失了？怎么可能发生这种事？"

徐师傅说在湖里捉到水怪的那个村子叫"猛狗村"，因为村中自古多出恶狗，体形比周围的狗大出许多，性情十分凶猛，最适合当猎犬。据未经考证的说法，这都是当年蒙古大军打进云南，从漠北草原上带过来的犬种，不是本地的土狗。

由此可知，这"猛狗村"是抚仙湖附近存在了好几百年的古村，村民的迷信思想很深，一直流传着湖底有僵尸的传说，所以把那水怪乱棍打死。结果当天晚上发生了地震，整个村子都陷到了湖里，满村男女老幼几十口人，没能逃出一个，只有个别外出的人幸免于难。等附近的人们听到消息赶去看怪物的时候，村子早已陷入湖底，现在连地图上都找不到那个地方了。因此，风传村民打死的水怪可能不是僵尸，而是湖里的神，导致全村遭了天谴。

阿计被徐师傅的讲述深深吸引，虽然也怀疑徐师傅是信口开河，但回去之后满脑子想的都是这件事。当时有很多朋友劝阿计，写稿子没什么前途，养家糊口都难，恐怕连老婆都讨不到，不如趁早回到广州，凑点钱买辆雅马哈摩托，摆个鱼档做个体户，收入颇为可观。阿计也知道自己前途渺茫，理想抱负毕竟不能当饭吃，不免动了做个体户的心思。但他一直放不下在车上听来的传闻，决定再写最后一篇报道，然后就回广州摆鱼档，于是稍作准备，前去抚仙湖调查取材。

阿计先到县档案馆查阅了县志和大量资料，得知抚仙湖属于断层溶蚀湖泊，从远古时代开始就经常发生地震，周边不断塌陷被湖水淹没。相传湖底有座古城，少说也有两千年以上的历史了，至于具体是哪朝哪代沉入湖中的遗迹，迄今为止还没有定论。县志还记载每当大雾弥漫之际，湖中会出现耀眼的白光，由于县志属于信史，所以这些事还是比较可信的。

阿计查阅资料期间住在县城招待所里，无意间打听到了一些情况。前几年有空军某部一架飞机经过抚仙湖，仪表突然失灵，飞机直接坠入湖中，为了搜索飞机残骸和飞行员遗体，部队动用了大型潜水设备。飞机残骸虽然没找到，但使用深水潜望设备的时候，发现抚仙湖下一个极深的大洞中，似乎有房屋建筑，里面有不计其数的死人。那些尸体身上白乎乎的，不腐不坏，随着暗流前后晃动，就如同许多人在漆黑阴冷的湖底行走。

这件事听起来简直是匪夷所思，也许仅是田间地头流传的小道消息，谣言居多。不过阿计知道，前几年确实有架空军飞机失控坠入抚仙湖，至今也没有找到残骸，这倒不是凭空捏造。而潜水员发现湖底有许多僵尸，更是与村民在湖中捉到水怪的情形吻合，虽然未必全部属实，但会出现这种谣言，其中必定有些蹊跷。

阿计接连查询了几天资料，只找到几条民国年间猛狗村因地震陷入湖底的记载，但都没提到村民在湖里发现僵尸的事。关于地震的情况也皆是语焉不详，那时毕竟消息闭塞，外边又在打仗，大概是解放军发动淮海战役期间。抚仙湖远在云南，比起国共两党在淮海战场上千军万马的较量，这几十户人家的一个小村子陷入湖底，就当时而言，根本算不上什么大事，能在县志或报纸上提到几句，已属难得。眼下找到的这些记录，根本不够写一篇报道，最为难的是还没有找到直接证据，仅凭一些民间传闻，是完全站不住脚的。

阿计没办法，只好去找那位司机老徐。老徐因赌钱输了很多，正是手风不顺，想找个偏僻地方忍几天，一听阿计想调查猛狗村的事情，就自愿充当向导，只要阿计肯付些劳务费，他可以带路，到那个村子陷入湖底的地方走一趟。

阿计说酬劳好商量，但是当年的猛狗村整个陷入了湖底，咱们不会潜水，又没有任何装备，即使再去原地调查，也只能看到湖水茫茫。这抚仙湖深不可测，空军飞机掉进去都没处打捞，除了水就是水，能有什么好看？如今最理想的，是能走访几位当时的目击者，亲耳听听他们的讲述。

老徐告诉阿计这就不太可能了，猛狗村陷在抚仙湖里，距今已有好几十年，当时只有一个幸存者。她本人是个神婆，见到村民们打死了僵尸，吓得屁滚尿流，没命般地逃出村外，这才把消息带到外边，夜里村子附近就发生了地震，其余的人全是从这个幸存的村民口中听闻，得知了事情的经过。如今那个村民早就死了，死人又怎能从地下爬出来给你讲述？眼下还活着的人，大多是口耳相传，和他说的没什么分别。

阿计听罢很是泄气，合着说了这么许多，当年全村只有一个幸存者，那整个村子陷到湖底得是多大的灾难？没准这位幸存者遭受的打击太大，吓得神志不清，逮什么说什么，怎能当真？何况此人本身就是一个神婆，专以从事迷信活动为生，擅长妖言惑众，从她嘴里说出来的这些话，就更不可信了。

老徐说那个年代的人们思想虽不开化，却也不至于如此偏听偏信，大伙之所以会相信，是因为的确有真凭实据。1949 年年底国民党军队溃退，有一支部队经云南往缅甸逃窜，当时有位法国的摄影师随军报道，他跟部队经过抚仙湖，无意中拍摄了一张照片。这张照片里有些不得了的东西，谁都解释不了。

阿计听得晕头转向。如果从时间上推算，村子因地震陷入抚仙湖的时候，正值淮海战役期间，时间应该是 1948 年年底至 1949 年年初，而国民党军队溃退至缅甸，则是 1949 年底的事。地震和拍摄照片的时间几乎隔了整整一年，这位法国摄影师又能用照相机记录什么不得了的东西？

老徐说，计同志，你别总以为我是信口开河，也不要乱猜了，不是讲眼见为实嘛，咱们现在过去瞧瞧，你自己看了就知道了。

阿计半信半疑，跟老徐来到县城一户人家里。户主是个中学历史老师，也是老徐在县城里的亲戚，喜欢收集各种文献资料，家中存了不少解放前的旧报纸，档案馆里也未必能查得到。老徐让亲戚翻箱倒柜找出一份报纸，指着其中一页，请阿计仔细看看这条新闻。

阿计看那报纸上有张模糊的黑白照片，拍得本就不怎么清楚，再用油墨印到报纸上，隔得年头多了，报纸已呈深黄色，细节几乎都看不到了。他端详了许久，勉强看出照片里是个村子，村口有块石碑，字迹难以辨认，石碑旁倒着一个身首异处的死人。而在这死尸跟前，有个男子背向站立，手中似乎拎着什么东西，不远处有株枯树，周围全是一片模糊。

阿计盯着照片看了半天，又去看旁边的新闻稿，但报纸保存条件不好，很多字都看不清楚。眼看天色不早，就告辞出来，找了个小食店吃晚饭，同时请教老徐，报纸上的照片到底是怎么回事。

老徐二两白酒下肚，话匣子打开就停不住了，内容当然大多是听他那个教师亲戚所讲。他说这张照片拍的场景，正是发生地震前一刻的猛狗村，凡是以前去过那个村子的人，一眼就能认出来。

阿计更是茫然："徐师傅，你莫非是酒后胡言？先前还说法国人拍这张照片的时候，那个村子已因地震陷到抚仙湖底将近一年了，怎么如今又说是地震发生前的一刻？这不是前后矛盾吗？"

司机老徐文化程度有限，加上喝了酒舌头发短，连比画带说，解释了足有两个小时，阿计才逐渐听出一些头绪。

原来1949年年底，国民党某部溃退至此，有个随军报道战事新闻的法国记者，跟着一同经过抚仙湖。当时湖里突然涌出大团浓雾，雾中出现了海市蜃楼般的幻象，村舍人家历历在目。法国人连忙取出照相机，按下快门拍了一张照片，随后怪风忽起，浓雾迅速退散，再想看可就看不到了。当时刊发新闻的报纸，也不知道雾中隐现的村子具体是什么地方，所以报纸上只称抚仙湖出现了罕见的奇观，近似于海市蜃楼一般，历史上曾有多次记载，但被人用照相机直接记录下来，迄今为止还属首例。

然而当地人看到这张照片，都认出是猛狗村。那个村子里不过几十户人家，石碑前横倒的死人，就是从湖里捞到的僵尸，最初的照片还算清晰，能看到僵尸的样子。

报纸上的照片模糊不清，原件更是没处找了，但这个发现，仍然让阿计感到十分震惊。他非常想知道猛狗村陷入湖底之前都发生了什么事，更想收集更多素材，至此再也抑制不住好奇心，决定跟老徐到抚仙湖走一趟，进行实地取材调查，争取掌握第一手材料。

随着地质断层溶蚀扩大，湖岸不断向后推移，解放前那个小村子本就偏僻，又被湖水淹没了很多年，因此老徐也只知道个大致位置。

那一带交通不便，二人不辞艰苦，随身带了些干粮，有车搭车，没车步行，翻山越岭来到抚仙湖北端。从岸边的山上向下一望，只见湖面辽阔，碧波万顷，水天浑为一色，墨绿色的湖水就像一块巨大的绒毯，一直铺到遥远的天际，远处山体截面上，还保存着当年地震遗留下来的痕迹。

老徐熟悉地面，在芦苇丛里拖出一条被丢弃的木槽船。这种船就是在大木头上掏出前后两个槽子，极其简易，可以供两个人坐在上边，划到湖中捕鱼。他说当年陷湖的位置就在这一带了，可以载阿计到那个村子沉没的位置看看。

阿计正有此意，拎着背包上了老徐的船。待到舟行至湖面，只见抚仙湖水质清澈，能见度可达80~100米，探头俯视水下，可以清晰地看到湖底五彩缤纷的鹅卵石，以及身姿摇曳的深绿色水草，群山环抱的湖水在阳光下闪烁着绿宝石般凝重华美的光泽。他不禁由衷地赞叹，抚仙湖不愧是滇中高原上一块异彩纷呈的碧玉，恍惚中又有种错觉——这不就是海吗？

小船行出里许，湖水已深得发蓝。老徐说："阿计同志，咱们今天运气不错，老天爷没刮风，否则湖神就要变脸了。"

阿计说："此事我也听过，一遇风暴，这平静的抚仙湖就变成恶魔了，它会泛起狂澜，把一波接一波的浪涌推向沙滩，形成惊涛拍岸的壮观场面，气势不逊大海。可见这深湖之下，确实蕴藏着某种恐怖无比的力量，也不知这几千年以来，神秘的抚仙湖吞噬过多少生命？现在虽是青天白日，但我只要一想到整个村子沉在湖下，那么多人都做了水下之鬼，这身上就不免有些发冷。"

徐师傅自吹自擂地说："抚仙湖的地形我是再熟悉不过了，有我老徐给你保驾护航，只管把心放在肚子里就好了。"

阿计点了点头，又问："咱们距离村子陷落的位置还有多远？"

老徐把手往周围一指，说道："具体在哪儿可找不着了，总之就是这一片，没准就在咱们的船底下……"

一句话还没说完，远处的湖面上忽然升出一团浓雾，有若垂天之云，天色迅速暗了下来。老徐脸上失色道："变天了，咱们赶紧掉头回去。"

谁知这天气变得比孩子脸都快，船只顷刻间就被漫天大雾笼罩，能见度不足数米，就听四周水波翻涌，竟似开了锅一般。

老徐和阿计心头怦怦乱跳，大气也不敢喘上一口，均想："该不会是沉在湖底的村子浮上来了？"等二人壮着胆子向周围望去，出现在他们眼前的东西，却比预想中的更为可怕。

湖里有无数青鱼，翻着白肚皮浮上水面，密密麻麻，多得数都数不过来，这还仅仅是眼前所能看到的，看不到的雾中可能还有更多。阿计和老徐趴在起伏的船上看得头皮发麻，这些青鱼大小不等，最小的都有巴掌大，大者长度接近一米五。

老徐从来没见过个头这么大的青鱼。这种青鱼生长缓慢，体形越大所处水域越深，轻易不会上浮，因此很难捕捉。现在这数以万计的青鱼，大概都是从深水里游出来的。而且寻常只有死鱼才会翻着白肚皮浮出水面，今天遇上鱼群结队而出，全是鱼腹朝上浮出水面，却个个都是活的，这情形骇人至极，看得老徐目瞪口呆。

阿计来此之前，曾在途中听老徐说过抚仙湖里的种种怪事，其中有一件，便是青鱼结阵。每年5~8月，湖面上经常会有数万尾大小不等的青鱼，列队环游组成鱼阵，场面壮观，神秘诱人。关于这种现象有一个古老的传说，大致是说千年以前发生过地陷，有古之大城被湖水淹没，某代滇王随着城池沉尸湖底，尸身化为了一条大鱼，被困在城中找不到出口。每年这抚仙湖里的鱼群，都要成群结队前来参拜，因为那些青鱼也是淹死在湖里的古滇人的化身。当然如果用科学解释则更为合理，数万条鱼聚集在一处，从高空俯视，就像有个巨大的水怪在湖中游动，常言说大鱼吃小鱼，大规模鱼群在其他水族看来，就是一条超级大鱼，鱼群这么做是为了避免自身遭受侵袭。

所以阿计看到这情景，还以为是目睹了鱼阵，只是在茫茫雾中，陡然见到这许多大小不等的鱼浮出水面，未免有些诡异，让人心里发慌，似乎将会有不祥之事发生。

老徐告诉阿计："这可都是深水鱼，它们突然翻着肚皮浮到湖面，乱糟糟的不像鱼阵。此事过于反常，我许多年来从没见过这种现象，不是什么好兆头，恐怕要出什么大事了。政府一再告诫群众，人民的生命安全最重要，其他一切都是次要，咱们还是赶快回去为好。"

阿计也有隐隐不安之感，当下抄起船桨，跟着老徐一同划水掉转

抚仙湖·青鱼

船头，可是湖面都被雾气覆盖，失去了远处的参照物，又没有指南针可以定位，哪里还辨得清方向？两人胡乱划了一阵，累得手臂酸麻，却似在雾中反复兜着圈子，始终没离开原地，也分不出白昼黑夜。而抚仙湖里的鱼群则很快潜入了深水，开阔的湖面一片寂然，眼前除了雾还是雾。

两人心里打鼓，突如其来的大雾和翻着白肚的鱼群，都是天地失常之兆，由于不知原因，各种可怕的念头不免在脑中接踵而至。老徐甚至想到是湖底的村子闹鬼，作祟把船困住了，那些浸死鬼随时都可能爬上来吃人。阿计对老徐说："哪有这么邪的事？咱们在雾中迷失方向并不要紧，这种雾来得快去得也快，眼下应该镇定下来保存体力，等到大雾散掉再继续划船。"老徐说："雾急了生风，大雾散开之后一定会出现风浪，到那时处境更加危险，所以不能停下来喘息。"正在商量脱困之策，却听迷雾深处，突然传来一阵尖叫，那声音惨厉得难以形容，听得两人毛骨悚然。

二人相顾失色，听这惨叫声离此并不算远，但迷雾障眼，看不到远处的情况。阿计下意识地握紧了船桨，做好了应变的准备。这时船只忽然一震，雾中出现了陆地。

老徐喜道："靠岸了！"阿计虽感到情况有些不对，但脚下踏到实地，总比置身于深不可测的开阔湖面上稳妥，当即跟老徐弃船登岸。

大雾弥漫，难辨方向，两人穿过一片茂密的芦苇丛，一路向前摸索，不久来到一个土坡上。那里有株枯死的歪脖树，毫无生气的枝干张牙舞爪，迷雾中看来显得有几分狰狞，树上全是窟窿，躯干已经空了。

两人惊魂稍定，都感到有些疲惫，也不敢在雾中乱走，就地坐在枯树旁休息，抽着烟等待迷雾消散。

阿计吸了几口烟，低声问老徐："你刚才有没有听到，是什么东西在这附近怪叫？"

老徐说："听是听到了，可不知道是什么东西，今天这事真是邪了，湖上先是忽然起了大雾，又有深水鱼群出现，兆头很是不好，咱们等这场雾散掉，就得赶紧找路离开。"

说话间，就听那株枯树后有脚步声响起。两人起身过去察看，却见是个年轻女子，约有二十来岁，相貌长得还算周正。

老徐正愁找不到路，看到有人经过，连忙上前询问。谁知那女人脸色阴沉，只看了二人一眼就低下头，加快脚步继续赶路，嘴里好像在咕哝着什么"受天谴、遭报应"之类的话。

老徐讨了个没趣，骂道："哪来的村姑，居然听不懂人话？"

阿计望着那女子的身影消失在雾中，发现她经过的地方是条乡间羊肠小路，地势崎岖，坑洼不平。路旁有块石碑，上面布满了苍苔，看起来很是古老，石碑上赫然刻着三个大字：猛狗村。

阿计和老徐不看则已，看清石碑上的地名，立时惊出一身冷汗，感觉心脏都提到了嗓子眼。

老徐揉了揉眼睛，确认自己不是看错了，他吃惊地对阿计说："这村子在几十年前就沉到湖底了，咱们难道在做噩梦？"

阿计同样骇异，猛狗村在解放前因地震沉到了抚仙湖下，如今这石碑竟然出现在了岸上，难道是湖底的村子受地质变动影响，重新露出了水面？不过转念一想，又觉得并非如此，他曾在云南丽江地震时前去采访，知道地震发生前，都会有反常现象出现，此前突然涌出的大雾，还有数以万计翻着肚皮上浮的鱼群，岂不正是抚仙湖将要发生地震的征兆？

阿计推测：或许他和老徐两个人，是走进了地震湖陷之前一刻的猛狗村，已在不知不觉中卷入了几十年前那场灭顶之灾。刚才匆匆离开的那个年轻女子，很可能就是目睹村民们杀死湖神而选择逃离村子的唯一幸存者。

阿计越看这石碑枯树，越觉得像那照片里的场面，先前那声惨叫，肯定是村民杀死怪物时发出的。"猛狗村"随时都会因地震陷入湖底，他好奇心向来很重，自己也知道自己迟早会因此遇上大麻烦，正所谓"深泉之鱼，死于芳饵"，但还是忍不住向前走了几步，只见村舍房屋从雾中浮现出了轮廓，里面却看不到半个人影。

老徐一看阿计还敢往前走，忙说："你不要命了？咱们快往外逃，也许从雾里逃出去就没事了。"随即扯着阿计就撤，走不数步，忽见石碑后探出血淋淋一个狗头，那不是寻常的土狗，属于蒙古草原上的獒种，个头大得出奇，它吐出猩红的舌头，两眼充血，目露凶光，扑过来冲着老徐就咬。

老徐吓得愣住了，不知躲闪，腿上先被咬了一口，伤得不轻，一屁股坐倒在地。幸亏阿计素有胆气，他手里还握着那支木桨，见恶狗扑向老徐，便抡起木桨，从半空横扫过去，狠狠击在坚硬的狗头上。耳听"砰"的一声，震得阿计虎口发麻，手中鹅蛋般粗细的木桨齐柄折断，那恶狗七窍流血滚到一旁，但它翻身就起，当头挨了一记闷棍竟似浑然不觉，摇头摆尾，龇出满口獠牙，再次扑了上来。阿计手疾眼快，把手里剩下的半截船桨当作木矛，对着那恶狗的血盆大口用力戳去，尖锐的木棍从狗嘴里穿头而过，鲜血喷了阿计一脸。谁知那恶狗仍未死绝，嘴里插着半截船桨，摇摇晃晃地还想起来伤人。

阿计和老徐惊骇的同时，更感到无比诧异，村子里的狗为何如此反常？发狂一般不问青红皂白地见人就咬，而且那眼神也不对劲。两人此刻赤手空拳，再也不敢同那恶狗纠缠，附近又没处闪避，加上老徐腿上伤重难以走远，因此慌不择路，逃进了猛狗村。

两人见村子里到处都是血迹，雾中有几条大狗正在撕咬一个小孩，肚肠子拖了满地。二人心里愈发惊恐，看这情形，应该是村民们从湖里抓到的那个怪物，村民将它乱棒打死之后让村里的狗来吃，结果那些猛狗吃了死尸，突然变得狂性大发，把整个村子里的人全给咬死了，这多半与那怪物体内的虫子有关。

阿计见村子里发狂的恶狗太多，在村头遇上一条已是应付不了，让它们一齐扑上来更是无从抵挡，就同老徐撞开一户人家，倒插了门闩，又推箱移柜堵上门窗。老徐见房中墙上除了螺蚌空壳，还挂着支打猎的土铳，就摘下来用于防身。阿计则拎了立在屋脚的一根短柄铁锨，这时屋外传出抓挠撞击门板的声音。

阿计心知村舍简陋，无论如何都挡不住那些体大如驴的恶犬，皆是暗暗叫苦，但至此已经无路可退，只得同老徐握紧手中的家伙，准备殊死一搏。这时脚底突然摇动起来，屋瓦摇颤，两人面如土色："地震了！"

地震的时间持续得很短，震级也不高，但村中房舍古旧，许多地方的墙壁都在震中崩裂。阿计和老徐所处的房屋，后面山墙塌了半壁，好在墙体是往后倒，否则就把这两个人直接埋到屋里了。不过碎砖乱瓦和灰尘落下来，还是将他们砸得不轻。

二人在混乱的烟尘中看到后墙崩塌，均想刚才的地震还不至于使村子陷到湖底，毁灭性的陆沉式地震一定还在后头，此时不逃，更待何时？当下不顾身上疼痛，挣扎起来忍着刺鼻的灰尘，从断墙缺口爬到屋外。

两人面临绝境，只得豁出命去求生，跌跌撞撞逃到村口石碑附近，茫茫迷雾正在逐渐散开。阿计仿佛看见了一线希望，鼓励老徐坚持住，离开这个村子就安全了，但并未得到回应。他转头看去，却见老徐两眼滴血，张开大嘴就朝自己咬了过来。阿计一看老徐变成了活尸，心中惊骇之状难以形容，连忙伸手将对方推开，但臂上一疼，竟被撕下一块肉来，鲜血顿时染红了衣袖。他惊慌失措，不得不转身逃开，而那活尸般的老徐跟在后边紧追不舍。

阿计寻思那所谓的"湖神"，不知是抚仙湖里的什么怪物，村里的恶狗吃了它的死尸，就开始攻击村民；老徐被恶狗咬中，也变成了只会吃人的行尸走肉。想不到变得如此之快，他无可奈何，自己再不下死手就被活尸吃了，一狠心用尽全力抡起铁锹。锋利的铁锹挥在老徐脑袋上，齐着下巴切去了半截脑壳，活尸"咕咚"一声扑倒在地。

这时地动山摇，使整个村子沉到湖底的地震终于发生了。猛狗村下面是个存在了上万年的溶蚀空洞，地表十分脆弱，遇到强烈地震，村子立时整体陷入空洞。

在村子下沉的一瞬间，周围的雾中有奇光发出，阿计此时还有逃生的机会，但他手拎铁锹，转身望向村子，心中一片雪亮。那张法国摄影师拍到的照片中，有一个村民的背影，还有横倒在地的僵尸。那村民不是别人，而是阿计自己，身首异处的僵尸则是司机老徐。阿计手臂受伤，知道逃出去也会变成行尸走肉，霎时间心如死灰，绝望之余放弃了逃生的念头，低着头走向了开始沉入抚仙湖的村子。这一刻定格在了 1948 年年底。

据说抚仙湖下有一具古滇王的僵尸，南疆多有蓄蛊养虫之术，相传滇王体内有蛊虫，所以才在深湖中沉尸千年而不朽。这种蛊虫会使人互相咬噬，一传十、十传百，变成活尸。另外一种说法是当年日军侵华，有一架满载毒气弹的轰炸机掉进了抚仙湖，很多年后机舱破裂，使湖底出现了变异生物。总之那湖深有怪，各种流言蜚语都有，加上以前确实发生过地震湖陷村子被淹的事件，这才出现了"抚仙湖下有个僵尸村"的传说。

妖术

唐朝初年，观察使王即王大人，受皇帝委派，携带官银前往湖南监督某项工程，半路经过长沙，由于天色已晚，便停留在县令陈公府中休息。陈公见上级领导赏脸住在自己家里，自然要热烈欢迎，安排高档酒宴款待，又命下人收拾好一间大房子，请王即在此休息，欲将官银另行安放，派兵严加把守。

王即此次奉皇命出行，一路上押送官银格外谨慎，耳闻近几年长沙出现神偷飞贼，此贼行窃手段高明，至今已有十几家大户被盗，官府至今没有线索破案，丢失金银足有万两之多。因此他婉言谢绝了陈公酒宴，只请地方上提供简单的工作餐，也不喝酒，四菜一汤能充饥就行了，然后亲自在房中守着官银睡觉。

时值酷暑，天气格外闷热，到了晚上，王大人躺在床上只觉气息不畅，辗转反侧而久久不能入眠，直到三更时分，耳听得房梁之上像是有什么东西啄击木头，发出吱吱咯咯的响声，声音非常细微。王大人在夜深人静时仔细去听，才得以洞察，他心知是有贼人窥觑官银，立刻起身呵斥。只听轰隆一声，一个东西从房梁上面掉落了下来，顶板裂了个斗大的窟窿，仔细一看原来是只老鼠。不过此鼠亦有不同，不仅身形硕大，而且可以像人一样直立而行。

王大人素有胆识，看这情形怪异，立即从床边摸到一根棍棒打了过去，仓促之际没有打中。老鼠见势不好准备溜之大吉，王大人手疾眼快，拿起枕边随身的印匣又向老鼠砸去。那巨鼠行动敏捷，竟在间不容发之际闪身避过，未承想大印破匣而出，正巧击中巨鼠的头部。

它应声倒地，在地上滚了两圈，令人想不到的是鼠皮居然掉落一旁，底下竟然是一个赤裸裸的男子。

王大人被这触目惊心的场面吓得不轻，大声高呼唤来守备在外的官兵。这男子被大印砸昏了，卧地不起。众官兵如鹰拿雀，蜂拥而上将此贼人擒住。陈县令闻讯也赶到一看究竟，这一看不打紧，令他想不到的是，这名披着鼠皮的飞贼，居然是自己熟识的乡绅余某。余某也算是此地的大户人家，家中积蓄颇丰，有地有房，妻妾成群，无论是赈灾捐款还是修庙铺路，余某都出手阔绰，不知为何还会做如此勾当。

等上官到齐了，立刻挑灯审讯余某。起初余某还妄图抵赖狡辩，但王大人有铁面之称，最擅长折狱问案，当场下令对贼人施以大刑。这一用刑余某就熬不住了，只得乖乖地交代缘由，哀求上官手下留情。原来这几年，他所持有的钱财全部都是贼赃，行窃不下数十次，而且数额庞大，之所以不被发现能全身而退，全依仗他会使得旁门之法，利用鼠皮作案。这鼠皮的来历，还要从他来长沙之前说起。

余某自幼家贫，父亲因身染寒疾亡故，母亲在他十二岁那年改嫁，改嫁后他随母亲住到继父家里。继父以开米铺为生，虽不是有钱人家，但生活也还算过得去，起初继父对他还算不错，自从有了自己的骨肉，便对余某越来越差，竟把他视为眼中钉、肉中刺，最后卷了套铺盖将他扫地出门。

余某无处投奔，亲娘对此也没有过问，这使得他异常伤心，在集市里要饭，到处被人欺负。有一天他独自一人来到河边，回忆起这些事情，越想越伤心，真打算投河一死了之，恰巧被一路过的道人所救。道人随之询问余某轻生缘由，余某没有隐瞒，从头到尾如实讲出。道人一笑说道："铜臭足乃困人，但此等小事何必轻生，只要你拜在我

妖术·鼠

门下，为师传你些本事，保你今后锦衣玉食富贵无忧。"余某以为自己遇到了仙家，急忙叩头拜师。

道人将余某带到家中，在柜子里取出了一个大口袋，对余某说："里面装的都是本领，你伸手进去摸一个出来，摸出哪样我便传你哪样。"余某伸进手去，感觉里面放的都是一卷卷类似皮囊之物，层层叠叠放在一起。他随手取出一件，却是张老鼠皮。他茫然不解，正想询问究竟，却听道人说："我传你几句咒语，你便可钻进这鼠皮里，旁人看到你只会认为是只大老鼠，此后无论何处，都可随你出入。"道人随即传授余某咒语，以符咒顶皮步罡向北斗叩首，默念咒语二十四遍，向地一滚，身体就裹入鼠皮当中，还有一个皮囊挂在身边，可以将偷来的财物藏于此处，再念一遍咒语就可将鼠皮解脱，还回人形。余某遇了异人，得了异术，出山后不到几年，就用此法行窃致富。

王大人暗暗称奇，又问贼人在此次败露之前，可曾有失手之事。余某答道："此术神异莫测，只是在两年前碰到一个同门，才被对方窥破，其余均无败露。"这还是两年之前，余某见到一名打扮高贵的客商携带银两颇多，就动了行窃之念，当他披了鼠皮正想动手之时，不知道从哪里跑过来一只大猫。余某马上施法脱开鼠皮逃生，哪承想那只猫就地一滚就变成了人形，抬脚将余某踩住。原来对方是他的一个同门，但法术道行高深很多，他不用任何皮囊就可随意变换。他念同门的香火之情，就放掉余某，并告诫余某不要再做类似的事，否则得不了好下场，余某受惊不小，从那时开始一直没有行窃。

今夜是因为余某打算给两个儿子捐官，需要银子在朝中做疏通之用，苦于家中银两不足，迫于无奈只好铤而走险，没想到被飞印打到脑袋，以致败露现形被官府擒获。

废园之怪

清朝咸丰年间，爆发了太平天国农民起义，当时被称为"洪杨之乱"，因为太平天国的主要领袖是洪秀全和杨秀清。战乱规模空前，波及了很多省份，死的人实在太多了，除了那些打仗阵亡的，还有被乱兵山匪屠杀的、死于疫病饥荒的各种情况。据统计，这段时间非正常死亡的人数以亿计，整个大清国少说减少了一半人口。

当时有位姓丁名盛的商贾，四十来岁正当壮年。其家原住杭州，祖宅被兵火焚毁，等到乱事平复，他重新在苏州置了一座废园，准备携带亲眷定居下来过日子。

苏州城的园子最多，全是前朝富户所留，相传丁家所买的废园，也是某巨室的遗宅。早在发匪作乱之前，这处废园就闹鬼闹得很凶，常有怪异之事发生，一直空弃至今，战乱之时更是死了很多人，加上年久失修，从内到外都甚是破败荒废。

丁盛就是贪图便宜，才买下了这座废园。推开园门进去一看，只见天井间尸骸纵横，被砍下来的头颅数以百计；那假山竹树之间，到处都是腐骨烂肉，臭得出奇；后园有个小池塘，积满了腐烂的落叶，池塘里的水色呈猩红，黏腻如膏，看一眼能让人恶心得三天吃不下饭。丁家既购此园，为了省钱，没有雇人干活，全家男女老幼一齐动手，逐步清理修整。

邻家有位老者，也是乱后重归故里，他见丁盛举家迁入废园，便好心劝告，此园绝不能住，园中之人往往无故失踪，活不见人，死不见尸，乱前已被视为凶宅，连杀人不眨眼的发匪也不敢住。

丁盛历来胆大，所谓"生死有命，富贵在天"，该死的遇不上鬼怪也得死，不该死的撞见鬼怪也死不了，因此根本不把邻居的话当回事，等收拾得差不多了，就带着家人搬进去居住。

丁家搬入废园，当天没发生什么变故，只是夜深人静之后，池塘里有怪声传出，听着就像鸭子"嘎嘎"乱叫，声音凄厉，悚人毛骨。等到天光放亮，这怪声就没了，转天发现家中蓄养的鸭鹅鸡禽，意外少了几只。

一连三天，每天夜里都听得鸡吵鹅叫，声音显得极其惊恐，听得人头皮发麻，到早上必然丢失几只鸭鹅，家中上下人等无不恐慌，不知这废园里藏着什么鬼怪，纷纷劝说丁盛赶紧搬家。

丁盛把脑袋一摇，训斥道："无非是野狸拖鸡，值得什么大惊小怪？"

有个仆人战战兢兢地说道："老爷您没听邻舍讲吗，废园里常有人无缘无故地失踪，试想野狸拖得去鸡，可拖得去人吗？"

丁盛闻言大怒，对众人道："咱们丁家以前是财大气粗，但因发匪作乱，家财早被劫掠一空，祖宅也遭战火焚毁，如今只剩下当初逃难时带的一些钱物。全家这么多张嘴要吃要喝，加上穿戴用度，日常开销，到处都是花钱的地方。能置办下这座废园，殊为不易，有了住所，咱们才能安顿下来，再用余下的钱将本图利，做些生意谋求生计，岂可轻易更改预算？况且凡是世上凶宅鬼屋，往往作怪于一时，人住得久了，阳气即能冲压阴气，这就叫邪不压正。咱丁家满门善男信女，违法的不做，犯歹的不吃，从没出过男盗女娼的事，我不信镇不住这座废园。即使真要转手变卖，至少也得等到一两年之后，咱们现在刚买下来就急着要卖，岂不是明告诉别人此园有鬼吗？哪个吃饱了撑的，愿意用重金来买鬼宅？"

当夜阴云密布，怪声又起。丁盛壮着胆子，挎上宝剑，提了灯笼循声找去，一路绕到后园池塘附近。然而他找到东边，声音就从西边响起；他找到北面，声音又从南面传来，扰攘多时，未见分晓。三更时分，忽见池塘水面上伸出一只白森森的大手，露出一尺多长，似乎作势招人下水。

其时夜色深暗，灯烛忽明忽暗，丁盛站得远了，也看得不太真切，连忙揉了揉眼睛想要仔细看看，却见那只白手伸出一丈有余，竟冲着他抓了过来。丁盛虽然胆大，遇上这种情形也吓得全身发抖，仗着腿底下利索，掉头就往回逃。他跑到假山背后，再探头向后观瞧，眼前却是夜雾茫茫，一无所见。他心惊胆战，匆匆回到房中和衣而卧，想起池塘里那只怪手，不禁又惊又疑，辗转难眠。

丁盛躺在床上，翻来覆去难以成眠，正自忐忑不安之际，只听那怪声再次传来，鸭鹅吵嚷之声，惨厉动人心魄。所有的人都被惊醒了，举家大骇。好不容易熬到天亮，废园重新恢复了寂静。仆人四处察看，发现家中养了多年的一只大白鹅不见了，池塘上漂着几根鹅毛，推测白鹅是让水怪攫去吃了。

丁盛想起昨晚经历，兀自不寒而栗，不得不决定搬出废园。但全家好几十口人，行李器具颇多，也不是说搬立刻就能搬的，只捡紧要器物收拾，直忙到天黑还没完，准备再凑合一夜，天亮就立刻迁走。

不料早上刚要出门，丁盛发现自己五岁的独生爱子不见了。这小孩聪明乖巧，最得老爷宠爱。少爷这一失踪，使得全家上下乱成了一锅粥，众人在废园中四处寻找，喉咙都喊破了，却没有半分回应，最后看到池塘水面上浮出一只小鞋，正是少爷当日所穿。

丁盛见爱子也遭不测，不免悲痛欲绝。丁夫人当场要投水自尽，被丫鬟婆子们舍命拉扯劝阻才没跳进去。丁盛越想越恨，命人花重金请来苏州城里的水龙队，把池塘里的水彻底抽空，要看看水下究竟有什么怪物作祟。

有钱能使鬼推磨，城里的水龙队听得丁老爷有吩咐，当即全伙出动。园中架设水龙不易，便以大桶排水，上百人一齐忙活，日头出到头顶的时候，废园池塘里的水就快要见底了，只见在残存的淤泥黑水中，有个白色之物，形状像是人手，却比人手大得多了。

水龙队里有个壮汉，先前跟随九帅剿过发匪，湘军炸开城墙打进天京的时候，他是最先冲进去的团勇之一，历来胆大包天，不信鬼神。此时他有心请赏，便自告奋勇，站出来说："池塘里的残水虽已不深，但要彻底排干抽空，至少还要两三个时辰，不如让某下到塘中，将那水怪擒出，交给丁老爷发落。"

丁盛一听，连声赞好："如果壮士能生擒此怪，丁家愿出十金犒赏。"

那汉子谢过赏，便解开衣服，凸出浑身筋骨，把辫子盘到额顶，口中衔起一柄开了刃的牛耳钢刀，赤着膀子下到池中。这时池塘里的淤泥黑水仍然深可没膝，他刚进水，还没等站稳立定脚跟，水中那条白森森的怪手就已逐人而至，竟伸出一丈有余。搁现在讲，三尺一米，一丈大约是十尺，确是长得惊人。那汉子没想到如此厉害，也是准备不足，吓得骇然变色，惊呼了一声，连忙逃避躲闪，可陷在泥泞中动弹不得。怪手愈追愈疾，这一百几十斤的精壮汉子，被它齐腰卷住，就跟拖鸡拽鹅般毫不费力，而且越缠越紧。

幸好池边有几个人拿着渔叉，纷纷攒刺下来，怪手被迫缩回水中，众人乘机将壮汉从池底拽上。那汉子面无人色，好不容易惊魂稍定，说起适才经过，声称那怪手不见身体，但觉其手臂奇长无尽，皮肤滑如海带，腥臭无比，一旦接近，就使人忍不住张嘴作呕。

如此一来，众人再也不敢掉以轻心，用大桶继续排水。随着塘水逐渐变浅，那只白糊糊的怪手也渐渐缩短，直到水干见底，就看有个肉柱生于池底石板缝隙间，状若人手，坚韧非常，刀斧不能损伤，其身生有稀疏的黑毛，表面血筋缕缕，一遇水就开始活动。池底枯骨累累，腥秽撞脑。

丁老爷伤心爱子惨死，让家人用木炭堆积，焚烧这只怪手，烧到天黑才终于焦枯为灰，臭气传至数里开外。然而这废园之怪到底是个什么东西，始终也没人能够说清。

⊙ 尸变

浙江省有座城隍山，由山下城隍庙而得名，形势绝佳，历来禁止棺葬，不许任何人到山上修坟造墓。因为据风水先生说，城隍山是条龙脉，如果安葬先人，其后代必出真命天子，所以官府禁令极严。

清朝雍正年间，钦天监望气官禀告皇帝，说吴越之间当出真主，不过解释不出原因。雍正皇帝性喜猜疑，也深通风水形势，推测此乃城隍山埋尸之故，便下了密旨，命两江总督酌宜处置。

两江总督为封疆大吏，总揽江浙两省军政大权，每天都是日理万机，忙得马不停蹄，但接到雍正皇帝的密旨，绝不敢有丝毫怠慢，赶紧调遣五百兵勇，由他亲自指挥，在城隍山连续搜寻了十天，始终没发现山里有坟墓的迹象。

其时正值酷暑，总督大人没完成皇上的密旨，心里又急又躁，加上连日疲惫，就带兵在山谷里稍事休整，恍惚中遇到一位老者。

这老者仙风道骨，不同凡俗，径直走过来说："大人心中所想之事，老夫已知。你不必忧愁，要想解决这件大事，要等明日午时，城隍庙前会有一人经过，穿绿衣戴绿帽……"

两江总督大为奇怪，稍微一怔，后面的几句话便没有听到，忽然一阵清风拂面，他猛然惊醒，才知刚是荒山一梦，不免暗自诧异，寻思这怪梦来得蹊跷，可仔细想想那老者之言，又甚为荒谬，试想天底下有谁会穿绿衣戴绿帽？

两江总督虽然不信，但此刻无法可想，唯有等到转日，看看这个怪梦是否能够应验。于是转过天来，总督大人身着便服，带了几个亲随，来到山下城隍庙。眼瞅着时辰到了，果然有个人从庙前经过，就见来者是个乞丐，脑袋上顶着荷叶，身上披着荷衣，他是借此物遮挡似火的骄阳。

总督喜出望外，立刻命随从将乞丐邀进庙堂，好言好语详细地询问情由。那乞丐不知两江总督身份，只以为对方是位贵人，便哭诉说家父今年春天病故，奈何贫穷无以为葬，只得在城隍山上找了个土坑，推尸入坑，以浅土掩埋，连块墓碑都没竖。

总督称要做善事，资助乞丐造坟葬父，当即让此人领路，找到埋尸之处。兵勇们掘地刨出尸骸，只见土下死者僵而不化，尸身已生出鳞片，两手弯曲有如龙形。总督大人忙下令将这具发生尸变的尸体烧化，骨灰移至铁棺封存，迁坟到百里之外，又赏了乞丐两千铜钱。那乞丐领了赏钱，欢天喜地地去了。可能他永远也想不到，要是自己不说出先父尸体埋在什么地点，清朝江山早晚就是他的了。

◯ 兵家秘诀

相传战国时"鬼谷子"，世称王禅老祖，曾观天地开辟，知万物之造化，见阴阳之终始，有通天彻地之能，兼顾数术学问，古往今来无人能及。

当时诸侯纷争，天下不安，正值英雄豪杰建功立业之秋，有孙膑、庞涓、苏秦、张仪四人，先后拜师于鬼谷子门下，求其传授"兵家秘诀"，以平乱世。

鬼谷子告诉四个徒弟，兵家秘诀分为"权谋、形势、技巧"三篇，变化无穷，各有所归，或阴或阳，或柔或刚，或开或闭，或弛或张。然而势不相容，因此不能兼顾，只需精通其中一篇，武能安邦，文可治国。

四个弟子不知三篇兵家秘诀有何分别，都曾请教师傅，愿闻其详。

鬼谷子便说：

形势者——善知天时、地利、人和，以此权衡天下形势，度量各方短长，令其或纵或横，或南或北，或东或西，或反或复，或联合，或对抗，使天下形势握于股掌之中。

权谋者——事生谋，谋生计，计生议，议生说，以此审情定机，图取制胜之道，拥力而避战，交言而弭兵，不战而屈人，阴谋阳谋，方略圆略，揣情摩意，纵横捭阖，无往而不利。

技巧者——"攻杀占守，布阵行军，奇门数术，六韬三略，观象望气，言谈辩论"为技巧。学得此篇，当知兵无定策、策无定形，终能穷通变化，鬼神莫测。

四个弟子听罢，心中各有所想。苏秦出身农家，自幼刻苦好学，胸怀大志，请鬼谷子传授"形势"；张仪乃魏国贵族之后，心机深刻，有为相之才，愿学"权谋"；孙膑、庞涓都想拜为上将军，统兵横行天下，建立盖世奇功，因此想学"技巧"。

鬼谷子察其先后，度权量能，根据四人短长，分别加以传授。

不过兵家秘诀实为四篇，除了"权谋、技巧、形势"之外，尚有"阴阳"一篇，相传其中包含隐形藏体之术、混天移地之法，能呼风唤雨，撒豆为兵，斩草为马，为鬼神所忌，不能泄露于世。

其实兵家秘诀中的阴阳篇，是利用上古三式，从数学的高度抽象模拟了天地万物，演测宇宙间阴阳消长、交替变化的过程，并将其最大限度地用于战争之中，使之产生巨大威力，如果让它流传于世，恐有大乱难定，天下百姓尽受荼毒。

所以鬼谷子将兵家秘诀中的阴阳篇，分别藏匿于"权谋、技巧、形势"三篇之内，传与四个弟子，让其互为表里，相辅相成，生克循环，使天下不致受制于一人。

从此兵家三大流派出世，彼此在乱世中互为厮杀，表面上看，是权谋克技巧，技巧克形势，形势克权谋。可一旦有人领悟到任意一篇秘诀内的阴阳变化之理，就将生克易位，慑伏群雄，将相持不下的混乱时局归于一统。

庞涓嫉贤妒能、心胸狭窄，与孙膑二虎相争，终于惨死在马陵道；而孙膑则在齐国成就了功名，著书立说，使兵家技巧广为流传；苏秦出山后居赵国相位，提出"合纵抗秦"之说，并兼六国相印，以形势之利压制强秦，一时间威风八面；直至张仪做了秦国大夫，推行权谋之术，远交近攻，使苏秦的"合纵"荡然无存，也为秦国最后统一奠定了雄厚基础。战国争霸的历史，终于落下了帷幕，然而历史的车轮滚滚向前，三大兵家流派的明争暗斗才刚刚开始。

东汉末年，汉室衰微，豪强并起。有官宦世家公子，沛国谯郡人，姓曹名操字孟德，生而颖悟，倜傥不凡，少年时有机变之才，然而性喜任侠，游荡无度，不修品行学业，众皆谓之难成大器。

某日，一位苍髯老叟漫步街前，恰见曹操鲜衣怒马，驺从如云，拥簇过市。老叟目送而去，惊呼："真国器也，安天下者必为此人，吾当教之！"当即登门求见曹操之父曹嵩，当面说明来意，自称为"通玄真人"，曾于战国古冢中窥得竹简天书，此乃兵家不传之秘，得者翻手成云、覆手为雨，因于街中视曹操气宇不凡，故此愿倾囊相授。

曹嵩见这老叟容貌奇古、谈吐非俗，不敢怠慢，转日就命曹操拜其为师，并嘱之："自今以往，唯师命是听。"

从此老叟与曹操独处一室，并不谈经讲史，而是循循善诱，如有弓箭，即以技射教之；如有管弦，即以音律教之，随其所欲，引今证古加以开导。虽然事近嬉戏，而智识渐开，不出数年，已能熟诵群经诸史，又据其禀性授以兵法权谋，曹操尽测其蕴。

后值世事动荡，天下将乱，各方招募披甲持戈之士。曹操素有野心，自知精熟兵家权谋，足以带甲百万，与天下群雄争锋，急于到军前建功，又恐恩师再将"兵家秘诀"转授他人，成己之敌，便暗图窥得阴阳奥妙之后下毒加害。那老叟看出曹操用心不善，自恨养虎成患，当即翩然离去，从此不知所终。

曹操悔之无及，但木已成舟，也只好出仕为官，并在镇压黄巾军的过程中崭露头角，迅速从群雄逐鹿的乱世中脱颖而出，逐次歼灭北方各个割据势力，平定了中原，挟天子以令诸侯。建安十三年，曹操占据江陵，统率八十三万人马水陆并进，欲图统一南北，与孙刘联军对峙于赤壁，大战一触即发。

赤壁之战，双方实力悬殊，以孙刘数万联军，难挡百万曹军雷霆之锋。深谋远虑的曹操却感到处境极其不利，在营中昼夜难安：一来北兵不服南方水土，军中爆发疫情，士卒多有死者；二来马超、韩遂尚在关西，有后患未除；三是刚刚占据的荆州士民听命于曹军，也只是暂时受兵势所迫，而非诚心归服。此数者皆为用兵之大忌，而孙刘联军虽然仅有数万之众，却凭借天险地势扼守，诸葛亮、周瑜之辈，尤为精通兵家形势技巧，尚能以寡敌众，如果曹军不能一战成功，恐怕将会陷入腹背受敌之绝境。

所谓"一着棋错，满盘皆输"。曹操虽然多谋善断，当此局面也不禁束手无策，迟迟不敢挥师南下，眼看隆冬已近，军中粮草接济不上，兵士已无厮杀之心，形势对曹军更为不利。

且说曹操置身危局，心中焦躁烦恼，食不甘味，一日亲自率众前往江边勘察敌情，忽然大雨骤至，波浪汹涌，水流犹如滚汤一般紧急，江中沉沉浮浮似有两条蛟龙相争，不时有血水涌出。曹操见状甚觉古怪，指之询问究竟。

曹操部下立刻找来知情的当地人，禀告道："此非江中之蛟，而是两只巨鼋。那江鼋生来性独，只因窥此处江底洞穴渊深，都欲据此为巢，故而时时相争，数十年来难分上下，每次都是两败俱伤。"

曹操闻言默然不语，他麾下猛将如云，个个带着诛龙斩虎之威，皆有力敌万夫之勇。众将见曹操面有愁容，就纷纷上前请命道："丞相勿虑，容我等下水斩此妖孽！"随即搭一艘战船入水，乱箭齐射。江鼋见有敌来袭，竟然不再争斗，同时掉头撞击战船。

曹操窥觑江面良久，蓦地生出一计。兵家权谋之道，讲求审情定机，揣情摩意，不难看出这二鼋为争一穴互相缠斗，不死不休，遇着外敌时又能结阵以求自保，正同孙刘联军一般，古人言："鹬蚌相争，渔人得利。"如今赤壁之战难操必胜之券，荆州定而未稳，不如暂且收兵，留下荆州为饵，使孙刘两家反目成仇，令其自相残杀消耗实力，待到我军踏平西北，再来扫荡江南，岂不如踏平地一般？

曹操当即决定，要舍去一时之浮名，建立不世之奇功，于是主动露出败象，自行焚烧大营平息疫情，同时收兵北退。

孙刘联军趁势追击，但曹军有虎豹骑精锐断后，实力未受重创，天下由此形成了三足鼎立的局面。

蜀吴两方没能识破曹操的诡计，果然因为争夺荆州失和。曹操利用这一时机，西征击溃了以马超为首的关中诸军，又消灭了汉中张鲁，对西蜀和东吴构成了战略压制，构筑了整个魏国基础。

孙权用计夺取荆州，害死了关羽。刘备兴兵讨伐东吴为关羽报仇，结果被火烧连营兵败亏输，病死于白帝城。东吴也元气大伤，一蹶不振，不得不向曹操称臣。

曹操利用兵家权谋之术，彻底驾驭了天下形势，眼看大局已定，不免目空海内，但他还不想废献帝自立，声称："纵然天命在我，我也只愿意做周文王。"只是没想到螳螂捕蝉，黄雀在后，当年的老叟已另觅传人司马懿，并授以阴阳权谋之道。此人擅长韬光养晦，在曹操死后屡次进献巨谋奇策，灭蜀平吴，成为全盘掌控魏国朝政的权臣。曹魏江山终于落入了司马氏囊中，从此三分归晋，"兵家秘诀"也暂时在历史大轮回中销声匿迹。

元朝末年，官府统治黑暗腐败，终于大局糜烂，不可收拾。各地百姓不堪残暴压榨，纷纷揭竿而起，群雄相争，尚不知鹿死谁手。

当时有名士施耐庵，生而好学，博古通今，他痛恨元帝残暴，常年游走四方，联络各地义军，谋划抗元大业。

某日，施耐庵被元兵追捕，独自逃入深山，结果迷失道路，环视四周，所见尽是危石奇峰，绝无人迹，心里甚是惶恐，莽莽撞撞地走了半天，途中见有一个少年乞丐饿倒于路边，眼看就要饿死了。

施耐庵心地仁厚，便将身边仅有的半块干粮给他喂下。那乞丐跪地感谢救命之恩，然后与施耐庵二人结伴寻找出山的路径。走到深夜里，发现山林中有座破庙，两人又饿又冷，凄惶之际，只好栖身在破庙泥胎中过夜。

施耐庵刚刚睡着，忽听庙里窸窸窣窣有脚步声响起。他以为是元兵追至此地，大气也不敢出，从泥胎缝隙里偷眼观瞧，就见两位赤瞳黄衫客，正在灯烛下对弈，身后各有侍童数人，执礼甚恭。

施耐庵担心惹祸上身，不敢露面，继续藏身在泥胎中窥探，却听那两位黄衫客纵论古今得失成败，言辞古意昂然，高谈阔论，无不尽中机宜，再看棋局间往来纵横，似乎暗合兵法，神妙无方，常人难测其奥。

施耐庵大为叹服，知道是遇到了世外高人，连忙从泥胎中爬将出来，拜见那二位黄衫客，恳请收纳为徒，传授兵法古术，用以匡扶天下。

那两个黄衫客见状并不惊讶，当即请施耐庵落座。他们自称其祖辈乃是春秋战国时鬼谷子门下，历代隐居于此山，有许多年不见外人了，而今有人误入山中，也是机缘难得，看来天下大变在即，合该兵家出世定乱。于是取出一捆竹简，告之施耐庵："此乃兵家秘诀，分为形势、技巧、权谋三篇，内合阴阳术数，蕴涵天地形势变化，暗藏扭转乾坤之机，如能领悟其中一篇奥妙，当有九五之尊。"

施耐庵忙说："我一介布衣，从不敢有非分之想，只求能够辅佐贤明圣主，推翻元人暴政，以解天下苍生倒悬之苦。"

那两个黄衫客闻言怪笑了几声，当场将竹简尽数相授。施耐庵再次拜倒叩谢，随后在灯下翻阅"兵家秘诀"，越看越是入迷，浑然忘却了身外之事。

蓦地里一阵山风将庙门推开，顿时寒意袭人。施耐庵周身打了个寒战，等他抬起头来，却不见了那些人的踪影。此时天色破晓，晨雾中只见有一群长臂苍猿，正自穿林越涧而去，为首两头巨猿都是赤瞳黄背，空山沉寂，猿声转瞬间已在数里之外了。

施耐庵心中惊疑不定，站在破庙中茫然若失，还没回过神来，忽然脑后被人狠狠打了一记闷棍，当即昏倒在地，等醒来之后，发现脑袋上满是鲜血，"兵家秘诀"不翼而飞，而那个躲在泥胎中的少年乞丐，也早已不知去向。

施耐庵心知是那乞丐恩将仇报，趁己不备，盗走了竹简兵书，未承想世间竟有如此狼子野心之辈，不由得追悔莫及，却也无可奈何。好在施耐庵已将"兵家秘诀"尽数记在脑中，当下匆匆忙忙离了荒山野岭，后来他怀抱宏愿，投奔到农民起义军张士诚帐下，充

为军中幕僚，谋划了许多攻城夺地的奇计妙策。却因张士诚居功自傲，独断专行，亲信佞臣，疏远忠良，施耐庵几次谏劝，张士诚都不予采纳，于是愤然离开平江，此后心灰意冷，浪迹江湖。许多年后他才知道，当初自己在深山里搭救的少年乞丐，正是大明朝的开国皇帝朱元璋。

原来濠州有个出身贫苦的朱元璋，幼时名为朱重八，靠给大户人家放猪放牛为生。元顺帝四年淮北蝗灾，赤地千里，百姓易子而食。十六岁的朱元璋孤苦无依，成了一个流落乡野的乞丐。

有一次朱元璋饿倒于深山，被救后不思报答，反而恩将仇报盗走了"兵家秘诀"，以为从此就能当上皇帝。可竹简上面字迹古朴，难以辨识，就揣在怀中，回到市上请人解读，不过文意深奥，朱元璋大字认不了几个，哪里读得明白？留下来既不当吃也不当穿，还不如换几个钱饱餐一顿，但他想到如今天下动荡，正值英雄豪杰建功立业之秋，大丈夫岂可不动一念，这"兵家秘诀"迟早会有用武之地，于是藏带在身，秘不示人。

此后朱元璋到黄觉寺出家当了和尚，每日带上木鱼、瓦钵，到处游方化缘，终于找机会投奔义军，并以战功连续升迁，逐渐形成了自己的势力。他听闻刘基刘伯温有文经武纬之才，就想请其出山，共谋大业，为了表示诚意，不惜以部分"兵家秘诀"相授。

刘伯温深感其德，从此充为军师，追随左右，屡次献出奇谋良策，使义军取襄阳，收滁州，平芜湖，克太平，以摧枯拉朽之势，横扫长江两岸，诛灭张士诚、陈友谅，然后挥师北上，直取大都，将元顺帝逐回漠北，终于建立了不世之功。

朱元璋出身草莽，以徒手夺取天下，从一介放牛童当上了开国的太祖皇帝，自然对那些用兵如神、精通谋略的开国元勋深为忌惮，唯恐朝中有人起兵造反，所以刘伯温虽以大功，只封伯爵。但最使朱元璋感到不安的，还是当年救他的那位恩公，他十分后悔当初行凶时做贼心虚，手底下有些发软，以致留下了隐患。

朱元璋担心竹简兵书落入别人手中，早已将竹简付之一炬，可一想到世间还有某个人掌握着"兵家秘诀"，便寝食难安。但他并不知道施耐庵的身份姓名，时隔多年，也无法再按当年的形貌缉拿此人，于是暗中颁下密旨，命各地严加搜捕"兵家秘诀"的传人。

却说施耐庵浪迹天涯，多年隐居不出，因感时政衰败，作《江湖豪客传》寄托心意。不料此书被洪武皇帝看到，惹得龙颜大怒，认定是宣讲谋逆做乱之道，就勒令地方官员，将施耐庵问罪下狱。

施耐庵的门生罗贯中，早年间有志图王，也曾投奔张士诚及刘福通参加起义军，但未遇明主，都没能得到重用，只得遁隐江南，以撰写戏曲平话为生。在施耐庵下狱后，罗贯中求到刘伯温府上，望他念在旧日相识的分儿上设法相救。刘伯温当即上书请命，又劝施耐庵在狱中将《江湖豪客传》改为《忠义水浒传》，在八十回本之后另加四十回，专讲以宋江为首的草莽豪杰受了招安，报效朝廷，为国尽忠，才使得施耐庵免于一死。

施耐庵此时已经知道了朱元璋的身份，料想那洪武皇帝为人阴狠，又惯于猜忌，不愿像唐太宗一般与功臣同始同终，就算那些开国元勋想要急流勇退，恐怕也难得善终，今后朝廷中必然还有一场血腥浩劫。但大局已定，他身为一介草民，终无回天之力，只把"兵家秘诀"转授给罗贯中，嘱咐他妥善收藏，万勿失落，时移则事易，事易则备变，随后郁郁而终。

不出施耐庵所料，洪武皇帝果然开始大肆杀戮功臣，前后有四万多文臣武将遇害，军中为之一空，更不允许"兵家秘诀"留在世间。罗贯中暗恨朱元璋残暴狠毒，立誓让"兵家秘诀"流传后世，但朝廷上法度森严，明写兵书无异于自寻死路，况且也没有书商胆敢出版印制。

罗贯中心生一计，穷其毕生精力，将神妙无比的"兵家秘诀"分解开来，以明朝开国战例为素材，全部写入《三国志通俗演义》，全书借用三国时期复杂的政治军事斗争为背景，起自黄巾起义，终于西晋统一，书中褒刘贬曹，寄托了罗贯中师徒对仁君的向往，以及对奸雄的切齿痛恨。

这部暗藏"兵家秘诀"的《三国志通俗演义》，终于在嘉靖元年刊印出版，自此脍炙人口，广为传播，改编成评书戏曲的段落不计其数，却一直没有任何人察觉到被罗贯中隐匿在书中的"军事密码"。也正是由于这篇密码的存在，彻底颠覆了大明王朝的江山社稷。

转眼间时移物换，到了明朝末年，已是朝纲败坏，各地流寇蜂起，冲州撞府，势如席卷，内忧外患接踵而来。

清太祖努尔哈赤起兵攻明，八旗铁甲横扫辽东，消息传到北京，举国愤慨。大厦将倾的危难关头，天启皇帝授袁崇焕山海监军之职，筑宁远城，凭借壁垒坚固和红夷大炮，重挫八旗精锐。

袁崇焕认为八旗彪悍，来去如风，十分善于野战，但攻城战术有限，北骑尤惧大炮轰击，一遇坚城重炮便无可奈何，所以明军应当凭借火器，守而后战，坚壁固垒，避锐击惰，相机堵剿，可为取胜之道。他采用这一战术，先后取得了两次宁远大捷，预计数年之内即可收复辽东。

但这时候袁崇焕受到朝中奸党弹劾，不得不称病请辞，他回到北京叩见皇帝谢恩，心中不免感慨万千。返乡前无意获悉了一个惊天动地的大秘密，相传古时有"兵家秘诀"，神鬼不测其机，幽冥难穷其幻，罗贯中临终前留下一部手书原稿，比坊间刊印书籍，多出了一个关于汉代"传国玉玺"的古怪谜语，原来真正的"兵家秘诀"，都被他用暗语写在《三国演义》的字里行间。后汉三国时期，各路诸侯讨伐董卓时，率先攻入洛阳城的孙坚，在井中得一宫女之尸身上有一红色盒子，匣中之物正是传国玉玺。之后孙坚之子孙策将玉玺献与袁术以借兵马。孙策用此玺从袁术处换来三千兵将，从而奠定了孙吴霸业之基。袁术称帝失败后，玉玺归属曹操。罗贯中所著《三国演义》中，凡是涉及传国玉玺的段落，都与他生前留下的谜语有关，谜语的答案即解读"兵家秘诀"的方法。此时关外女真与李自成都在暗中寻找这份手稿。

袁崇焕急忙写表上疏，禀告皇帝，女真八旗虽然狡猾悍勇，却不懂兵法中的诡变之道，所以明军扬长避短，凭坚城大炮可以稳中求胜，倒也不足为患。但坊间流传"话本三分"，详细描写了三国前后一百多年间的战争，这些具体的战役和战斗——"或是陈师百万，正面决战；或是小股设伏，暗中偷袭；或披坚执锐，冲锋陷阵；或运筹帷幄，决胜千里；或坚壁清野，以逸待劳；或一鼓作气，连续作战；或水淹、或火烧；或寡不敌众，或以少胜多；或先胜后败、或反败为胜；有将计就计，于中取事；有诈降投顺，内外夹击；有嫉斩谋士，也有七擒七纵、恩威并施；有空城退敌，有气杀统帅"。其中所藏之兵机权谋，何止千变万化，其手稿中更可能暗埋春秋战国时传下的"兵家秘诀"，若为关外女真所窥，实乃与虎添翼，恐怕终将成为我大明心腹之患，恳请圣上明察严防。

此时朝政紊乱，奸党横行，袁崇焕的奏折并未受到重视。几番明争暗夺之后，罗贯中的手稿终于落入盛京，随即被范文程破解了其中的秘密。皇太极正愁统兵的旗主贝勒们不懂汉学兵法，他知道昔日太祖皇帝在大明总兵李成梁府中为奴之时，就常读"三分"，后来在行军布阵中获益匪浅，但也仅得皮毛而已，今得体用之道，何愁大明不灭？当即命范文程将《三国演义》译成满文，更作详细分解，用做兵书。皇太极终于得其所助，使用反间计，让崇祯自毁长城，除掉辽东督师袁崇焕，扫平了八旗入关的最大阻碍。

此后清军铁骑入关，定鼎北京，八旗席卷南北，削藩平叛，出兵西北，收复台湾，抗击沙俄，功业泽被后世。历史潮流浩浩荡荡，转眼间又是风云变幻，世事几度起落浮沉，然而关于"兵家秘诀"的传奇，却连清宫最机密的档案里都没有留下任何记载，它仍旧默默无声地沉睡在《三国演义》之中。

深山惊魂

康熙年间，吴三桂兴兵造反，云南与外省连接的几条道路，都因战乱而被封锁，许多外地人受困无法返乡。当时有潮州客商张氏兄弟三人，为了逃出云南，决定穿过勐乐山，奈何不识路径，在深山里步行了十余天，一直没找到路，饥寒交迫之际，只好采草根充饥，饮露水解渴。

这天兄弟三人一大早动身探路，沿途披荆斩棘，中午累得走不动了，就坐下来歇脚，忽然有狂风从西边袭来，远处的风声犹如海潮江涛，轰轰作响。三人大惊，起身跑到一处地势较高的地方观望。只见远处有一头野牛，通体黝黑，顶着三颗牛头，体形大得出奇，正朝这边狂奔过来，所过之处的植物均被踏为平地。兄弟三人见状不妙，急忙向后跑远。

拼命逃窜了许久，眼看天色将黑，在那人迹罕至的深山老林越走越迷。弟兄三个正在沮丧之时，老大忽然指着前方树下，对身旁两个兄弟说："前方大树下好像有户人家，咱们今晚不用露宿荒野了。"兄弟三个精神大振，忘记了疲劳飞奔而去。

老大来到屋前轻轻叩门，从屋中出来一男子。说来也奇怪，这男子真是伟丈夫，身材比常人高出半截，而且脖子上居然长了三颗头颅，面目黝黑，说话时三口齐开，乡音浓重，能听出来是中州人士。兄弟三人暗觉骇异，但既然敲开了屋门，也只有向对方说明来意。三头人听罢来者遭遇，甚为同情，就将他们请进屋来，那兄弟三个连连拜谢。

三头人进屋后，呼唤他的妹子为客人烧菜煮饭。其妹闻声从里屋走了出来，居然也是三头女子。她看了看张氏三兄弟，惋惜地对她兄长说道："这三位客人只有大哥可以长寿，其余两位兄弟不免会遇难啊。"三兄弟不解为何出此言语，但也没敢作声。吃过了晚饭，一夜无话。转天三头人折了一根树枝给了他们，说："用此树枝应对太阳的影子而行，可当指南针辨别方位。你们往山外走，途中肯定会经过一座荒废的寺庙，那座庙可以宿人，但庙中有一口铜钟，切记不可撞击使它发出鸣响。"

张氏兄弟三人千恩万谢，告辞了那对兄妹继续赶路，几天后果然在途中遇到一座古庙，看牌匾是"般若寺"。三人进到庙中准备过夜，脚步声惊起寺内的大群乌鸦，它们飞起来四处盘旋鼓噪。

老二觉得鸦鸣不祥，就拿起石子向天上的乌鸦投去。乌鸦没打到，石子落下来却意外击响了铜钟，钟声"嗡嗡"回响，震彻了山野。这时不知从哪里蹿出两只夜叉，抓住老二、老三活生生地撕成点心吃了，随后又要来捉老大，此时忽听海潮江涛之声汹涌而至。老大本来闭目等死了，听到声音不对睁眼一看，原来是先前所遇的那头硕大黑牛，从外面冲进来与夜叉搏斗。夜叉不敌仓皇逃走，黑牛也跑进深山不知去向了。老大这才得以脱身，寻思那黑牛应该是山神之类。他含泪收拾了两个兄弟的尸体，独自一人辗转多日，终于返回了故里。

◯ 义犬救主

京城中有位常公子，虽是男儿之身，却长相清秀不逊于美女。他皮肤白净细滑，讲话也是柔声细语，倘若不看穿着打扮，与女子真是别无两样。这位常公子平时酷爱养狗，身边有条爱犬取名"花儿"，终日与他出入相随，食则同桌，寝则同榻。

这一年春天，万物复苏，正是赏花的最好时节。某日天气晴朗，碧空万里，常公子携爱犬出门游山赏花，一时贪看春色，竟然忘了回程的时间，直到日暮西山，沿途行人逐渐稀少，一人一犬才赶忙往回走。

回来的路上，遇到三个闲汉坐在路旁饮酒，一看便知不是什么善男信女。常公子携犬经过，三人上前拦截，起初他们以为常公子乃女扮男装，就口里不干不净地加以调戏，最初只是拉扯拉扯衣服，一看常公子并没怎么反抗，就变本加厉上前亲吻。常公子又急又羞，拼命遮挡，但他这斯文公子，哪里有力气拒挡，只好大喊道："我乃男子，身非女人。"三个恶人起初一愣，随后大笑："就是有如此美貌的相公，兄弟几个更要快活快活，同你唱一出《后庭花》。"花儿见状对其三人嗷嗷直叫，扑上前来撕咬。那三人勃然大怒，举起一块大石向花儿砸去，大石击中了狗头，当场脑浆迸裂，惨死于树下。

三个恶棍更加肆无忌惮，将衣带解下捆住常公子的手脚，随后剥去下衣，两个人踩住他的后背压倒在地，另一人褪下自己的裤子准备进行鸡奸。这时忽从树下蹿出一条癞皮狗，由背后一口咬在那恶棍的裤裆里，立刻血流满地。那人疼不可忍，惨叫着满地打滚，其余两人看情况不对，赶忙抬起同伴仓皇逃窜。

随后有行人路过此地，发现常公子倒地不起，就给他穿好衣服送回家中。常公子回家后大病了一场，心里悲痛万分，一来身为男子遇上这种倒霉事，碍于面子没法报官，再者爱犬花儿也因忠于主人惨遭非命。他心感花儿有情有义，转过天来到树下将尸骨收回，立冢安碑供放。晚上梦到花儿前来探望，拜在床前，花儿说："奴多年来蒙受主人宠爱，始终无以为报，遇到歹人行凶时挺身救助，却死于非命，只好附魂在豆腐店的癞皮狗身上，终于咬死为首的贼人，虽死也可瞑目。"说完它悲鸣两声，缓缓离去。

转日常公子来到卖豆腐的店里，店中果然趴着条癞皮狗，听店主说："此狗已奄奄一息，又病又老，从来不咬人，昨日从外面回来，却是满口鲜血，也不知道什么原因。"常公子又找人去打探那恶人的消息，得知那人还没等被同伙抬回家，就因伤重一命呜呼了。

槐树庙

从前在京城广安门外，通向卢沟桥的大道边，长着一棵硕大的古槐树。据说此树在金元时代就有，大树枝繁叶茂，树干有两抱粗细。不过树老心空，离地一人高的地方有个窟窿，里面居然有一座小庙。此庙旗杆、山门、大殿、经楼样样俱全，全用天然木料建造，故此人们都叫它槐树庙。

此庙来历出自清朝末年，当时有位老汉在城外开了家饼铺，货真价实，买卖还算不错。他膝下仅有一女，取名秀兰，年方二八。由于老伴很早去世，老汉独自将女儿拉扯长大，虽然不是大户人家，但秀兰贤良淑德，十分聪慧美丽，早早地许配了一户好人家，只待择日过门成亲。

有一天恰是白云观庙会，秀兰发愿要给亡母做些功德，也想烧炷平安香，以佑全家没灾没病。老汉就雇了头毛驴让秀兰骑在上面，自己牵着驴子直奔白云观。出门不远就碰上了一伙凶神恶煞的官军，领头的骑着匹高头大马，跟随其左右的牵狗架鹰，此等人便是镇压农民起义军的刽子手胜保。他曾在河南延津将太平天国的英王陈玉成凌迟处死，此刻是到永定河边射兔子。

老百姓见了这伙人吓得仓皇而逃，人群拥挤之时惊到了秀兰骑的毛驴，小毛驴一下子撞到了胜保的马。胜保顿时大怒，但仔细一看原来是个貌美的姑娘，满腔火气顿时烟消云散。他盯着秀兰"嘿嘿"淫笑，老人知道不好，赶紧牵住毛驴掉头就往家跑。

胜保见这秀兰模样标致，立刻带着手下跟去饼铺提亲，要纳秀兰为妾。老汉自然不肯答应，但胜保身为统兵的大将，弄死个把草民简直比捏死只蚂蚁还省事，他要挟恐吓如不嫁女便烧铺抓人，扔下数十两银子当聘礼，随即转身离去。

胜保走后父女二人抱头痛哭，老人心一横，便让邻居匆忙请来亲家，将女儿匆忙嫁出。老人也打算收拾东西去投亲，不承想还没出门，胜保的花轿就到了。吓得老汉从窗后跳出去逃命，正巧被官兵看到。老汉在前面跑，他们在后面追，黑夜里不辨方向，只顾往前跑。老汉年老体衰，跑了一阵就跑不动了，他瞅见道边是棵大槐树，树干里有个窟窿可以藏身，这也是求生心切，不知从哪儿来的力气，竟爬到树上钻了进去。他躲在里面暗自祈祷，希望树神可保佑父女两个躲过此劫，如能躲过此劫，一定来给槐树修庙谢恩。这时候胜保的手下已经追到了附近，见那树洞有些可疑，正想攀上去搜查，忽然阴云密布，狂风闪电一齐袭来，一道道炸雷震得他们心惊肉跳，只得草草收兵回去复命。

转过天老汉安然离去，胜保也因得罪了朝廷，被赐自尽而死。事后老汉回到家里，一直没忘了许愿修庙之事，只是工程浩大无力而为。后来他终于想到个方法，找来能工巧匠在树洞中修了一座精美的木制小庙，称为"槐树庙"。

蛇胎

在山东有一名门望族蔡氏，兄弟四人家大业大，但四人已纳入妻室数年均无所出。不仅如此，没过几年老大、老二和老四相继病逝，这继后香火的重任就落在了老三的身上，但老三媳妇长久也没有怀孕的迹象，这可愁坏了老三。

老三求子心切四处寻访，什么土方妙丹都尝试过，钱没少花但也不见起色。恰巧一日，老三在集市得一古书，书上记载着各种旁门偏方，也有生子的偏方。书中道：不孕之妇身佩三年大蛇皮方可开枝散叶，但蛇皮须片鳞不伤才有其效。他便出重金令人四下寻找。不久便有人献上六尺大蛇皮，蛇皮映日通明，首尾完好且片鳞无伤。老三得此完好蛇皮，喜笑颜开，马上令人以红缎做成了个套袋，命其妻缠绕于腰腹之间。

起初没有什么特别的变化，就是觉得缠绕之处微微瘙痒，没过多久肚子的隆起逐日剧增，其妻也觉如身负五石。不许时日便产下一个如笆斗大小的胎胞，胎胞紫红色外皮极软，而且有一股很难闻的腥臭之味。产婆剖开胎胞并没有见到小孩，只见有形色像紫葡萄一样的物体，叠加粘连于其中，剖开每一个葡萄状物体，都能看到里面有条小蛇，黄纹斑斓像是蟒背的颜色。家人见后都很害怕，老三命人将胎胞带到山中丢弃，产妇却全然不知。

转过年来其妻又怀有身孕，没想到这次产出的和去年并无两样，依然是斑纹如蟒的小蛇，只是这次产下的紫葡萄状物体少了些许。其妻自己看了一眼，便吓得晕死过去。就这样第四年又有了身孕，家人都觉得会和前几次一样，大家对于产出胎胞小蛇厌恶到了极点，没想到这次产出的却是一个虎头虎脑的大胖小子，众人转恐为喜。因为屡产怪胎，老三经常到普门观去祈福，故此给这个孩子起了个名字叫"普佑"。

普佑出生后毒疮甚多，眼、耳、鼻、口以及四肢无时无日不患毒疮，孩子身受其痛且父母非常伤心。普佑慢慢地长大，他天资聪慧绝伦，读书过目不忘，记性和悟性均异于同龄孩童。很可惜普佑十二岁终因毒疮严重而身亡，老三也已过不惑之年，丧子之痛无以言表，大病了一场，从此蔡氏便断了子嗣。

如果老三不给其妻使用这种旁门之术，也未必没有儿孙，只是求子心切，妄信野书招来蛊毒纠缠。

韩舍龙

有一山西汾阳人士，其名韩舍龙，家里穷得连自己所住的房屋都没有，只得在城中一破庙楼上做佣工维持生计。韩舍龙有着一身的力气，干活没得说，而且心肠也很好。

有一天他去城中办事，回来的时候天色将晚，遇见寺门外躺着一个老道。那老道年岁已高，双眼微闭，奄奄一息，还剩下半口活气。韩舍龙走到近前询问，原来老道是去往前镇看望女儿，途经于此，身染疾病不能前行。他二话没说将老道背上楼去，对老道细心照顾，就像是对待自己父亲一样，每日三餐无论再忙也未曾落下。大概三个月过去了，老道的身体已无大碍，他被韩舍龙仁义所感，把其唤至面前说道："你连一素昧平生之人都可如此厚待，可见你为人善良，为了感谢你这些日子的照顾，我求道多年，一身皆空，平生仅有一颗宝丹，吃了它就能变得力大无穷，荣华富贵唾手可得，现在我将它送给你，但七十年后终得归还于我。切记，待你富贵之后不可从官，否则会折掉一半阳寿。"说完老人从口中吐出一只如拳头般大的小羊，送到韩舍龙面前。韩舍龙见此羊除了身材比平常的羊要小，其余均无两样，也看不出是何等珍贵。他推辞不过，应老道之命正要纳入口中吞食，小羊便一跃入口，自己顺喉而下。老道趁他不注意，以掌击其后脑。韩舍龙眼前一黑，当即晕倒在地。

待他醒来之后，发现老道已经不见了踪影，小羊下肚后只觉浑身气血旺盛，好像有使不完的力气。而后韩舍龙干活更加有力，锄头在他手中轻如稻草，更没想到好运随之而来，不久雇主召见他，任命他为工长。为了能使自己的工具发挥更大效力，韩舍龙自己买来铁料另铸器具用来耕地，所铸器具非一般人能拿得动，而他用起来异常顺手。他一日所耕地的数量，要比其他人耕种的十倍还要多，但每日必食米三斗，食量也大得惊人。雇主见他身魁力大而且非常勤快老实，更是喜爱有佳，委以重任。

一日，雇主命他出外买煤五十斤，在返回的途中，车子经过一个陡峭的土坂，骤马失足，整个车子马上就要倾倒。韩舍龙见状在后将车子一把压住，牵住车子缓缓而下，且面不改色心不跳。雇主得知此事，连连称赞他神勇过人，并说，韩大个从此以后不必再干农活，随着镖行押镖去吧。

韩舍龙押的第一趟镖，是运送一批布料至都中，哪承想第一次押镖就碰到山贼。两位保镖拼死抵抗而惨遭杀害，韩舍龙手中并没利刃，只得到路边使出浑身力气，将一棵枣树连根拔起来挥动乱打，竟以此将山贼击退。事后更加博得雇主的赏识，从而升职为镖头，手下管着几个跟班听其差遣。

苦于没有顺手兵刃，韩舍龙又找来生铁，自己铸了一根铁棍。他使用铁棍毫无章法套路，也没人教授他武功，只懂得用蛮力乱挥，别看没有招式，但他力大无穷，加上那根铁棍沉重无比，真正是沾上就死挨着就亡，所以江湖上送他绰号"韩铁棍"，打遍一十三省没有对手，这就叫"一力降十会"。

绿林盗贼们知道是韩铁棍所押的镖，就绝对不敢拦截，据说韩舍龙习惯将铁棍放在镖车后面，普通的人根本拿不起来，而他单手拎棍，犹如无物。

某次韩铁棍押镖至京师，到地方找了客栈住下，脚跟还没站稳，就听得外面有人要找他，出来一看，原来也是一位习武之人。此人长身玉立，气质不凡，可是韩铁棍并不认识他。来访之人自称白二，乃是山东人氏。白二不等韩铁棍开口，便自己报明来意，他行了一礼说道："听闻韩镖头擅用重棍，今日白某不请自来，正是想见识见识韩镖头这根重棍。"韩铁棍抱拳还礼，一指车后说道："铁棍在车后，白兄可随意观瞧。"

白二来到车后，不费吹灰之力，轻而易举地拿起铁棍，对韩舍龙说道："不知道阁下用此重棍伤了多少人命，我慕名而来，也是希望韩镖头用这铁棍与我较量一下，如果真能伤我分毫，我甘拜下风。"

韩铁棍摇摇头道："我与你并未结怨，又素不相识，为何非要以兵刃相见。兄台只是为了试探我的力量，不如我弯曲一指，如果兄台能将此指扳直，我就此洗手归田，今后不再押镖。"韩铁棍说罢弯曲手指，白二见对方划出道了，自然也不示弱，二人当场将手钩住较力。

韩舍龙趁白二力竭之际，乘势提力将对方摔倒在地。白二输得心服口服，起身拜道："我乃山东响马之首，所到从未遇过敌手，没想到今日败在韩镖头手下，今后山东境内任你往来。"言毕转身离去。此后韩铁棍经过山东，如在自家后院行走，名头越来越响，得到的酬金也越来越多。还有人请他做武官带兵，但他思念故土，辞掉了镖局的差事回到老家。

韩铁棍在家乡购置了田地，将铁棍放在家中摆放，后来膝下有两个孩子，务农至七十岁时，气力依然不减壮年。有一天他在田中看麦子，忽然有一只山羊不知从何而来，韩铁棍得知此处常有胡羊出没，便起身追赶。山羊到一枯井纵身跃下，他也随之而下，正想抓住山羊向上抛出井外，忽然半空一道白气将山羊吸入云中。韩舍龙一屁股坐在地上，但是并无大碍，只是突然感到自己手无缚鸡之力，豁然明白原来是仙人将宝丹收了回去。而后他又活了二十年，至九十寿终，铁棍依然供在韩家祠堂。

⟲ 长蛇显身

缅甸山区自古便有崇信蛇神之风，当地土人大多亲眼目睹过"长蛇显身"的灵异现象，说起来无不绘声绘色，神乎其神。

据说每当有大的灾难来临之前，悬崖绝壁上就会出现数十米长的一条黑蛇，蛇身如烟似雾，朦胧模糊。最奇怪的是，那条黑蛇竟然钉在笔直的峭壁上一动不动，仿佛是一幅古老而又神秘的岩画，平时是完全看不到的，这是长蛇显出灵异告诉人们应该赶快逃走躲避灾祸。

那峭壁上出现的黑色蛇形，既不是描绘怪蟒图腾的壁画，也并非一件没有生命的死物。如果不知其中缘故，谁都难以想象得到，留存于缅甸古老传说中的"长蛇显身"，竟会是一幅具有生命的神秘图像，离奇得令人难以置信。

其实岩壁上的蛇形黑影，根本就不是长蛇，而是在丛林里成群迁移的"红蚁"。缅甸北部地势环合，四周绵延起伏的山脉，大多为太古时期"喜马拉雅造山运动"的产物，气候终年恒定不变，通常的热带风暴难以波及影响此地，除非有来自印度洋的大规模热带风团。在恶劣的气候来临之际，缅北山区也将受到狂风暴雨的侵袭，骤雨会使平静低洼的河道变为湍急迅猛的洪流。

反常闷热的气候，会使深山老林里的生物提前有所察觉，因此有数以千万计的红蚁，将巢穴迁移到高处，以避免蚁巢遭受灭顶之灾。原始丛林中的红蚁数量多得惊人，虽然名为红蚁，但周身乌黑，仅尾部带有一点朱红，体形最大的接近人指，小者也如米粒一般，密密麻麻地聚为队列爬壁而上。

深山密林中生存的"红蚁"，又称"信蚁"，它们可以在觅食或行军的区域留下"信息素"，每次远距离迁移都有固定路线，等到天气好转，便要原路返回崖底，重新修造被暴雨冲毁的巢穴。

人们站在远处望见，自然会将其视作"长蛇"。也许早在千百年前，就曾经有人目睹过这一神秘的自然现象，所以才会留下这些令人难以琢磨的离奇传说。在自然界不仅是小小的蚂蚁，很多生物的感知能力都远比人类甚至科学仪器还要敏锐，比如地震前常有家犬夜吠，或是鱼群翻坑，都属于此类现象。

人熊

东北深山老林里流传最多，也最为人们津津乐道的传说，可以分为三类：一是黑瞎子，二是黄鼠狼，三是放山挖人参。

这回先说黑瞎子，黑瞎子就是黑熊。熊的种类很多，最可怕的是人熊。实际上，人熊的学名称作"羆"（pí），毛主席诗词中也有名句：

"独有英雄驱虎豹，更无豪杰怕熊罴。"

与熊最大的不同之处，是"罴"的遍体毛色呈现黄白，它不仅脖子长，后肢也比普通的黑瞎子高，力大无穷，一人粗细的老树说拔起来就能给拔起来，遇到人便人立而起穷追猛扑，而且姿态五官似人，性猛力强，可以掠取牛马而食，所以叫作"人熊"。

经验丰富的老猎人也不敢轻易招惹人熊，更别说打主意去狩猎人熊了。但人熊并非捉不得，只是要冒的风险极大，一个环节出了岔子就会把命搭上。因为这种猛兽膘肥体壮、皮糙肉厚，即使被弹丸洞胸穿腹，血流肠出，它也能掘出泥土松脂塞住伤口，继而奋力伤人致命，所以即使猎手枪法精湛，火器犀利，也绝难以力取之。

有言道："逢强智取，遇弱活擒。"自古以来，有许多猎人猎杀人熊的传说，大多是以智取胜。其中流传最广的一则，约略是说那人熊喜欢以千年大树的树洞为穴，空树洞里气热熏蒸，冰雪消融，人熊吃饱了就坐其中。猎人们找到熊洞，就从树洞处投入木块，人熊性蠢，见有木块落下，就会伸手接住，垫坐在屁股底下。随着木块越投越多，人熊便随捡随垫，越坐越高，待到人熊坐的位置与树洞口平行的时候，猎人们瞅准机会，以开山大斧猛斩其头，或从古树的缝隙中以矛攒刺毙之。

据说以前曾有个经验丰富的猎手，他有一次进山打狍子，无意间在山中遇到人熊渡河，便潜伏起来窥视。过河的是一只巨大的母人熊，带着两只小人熊，母人熊先把一只崽子顶在头上赴水渡河，游上岸后它怕小人熊乱跑，就用大石头把熊崽子压住，然后掉头回去接另外一只熊崽子。潜伏着的猎人趁此机会把被石头压住的小人熊捉走了，母人熊暴怒如雷，在河对岸把另一只小熊崽子拉住两条腿一撕两半，却忘了追赶，其生性之既猛且蠢，由此可见一斑。

鬼屋算命

"金点"一般在旧社会归属江相派，江代表江湖，相代表文。"绿林为将，金点为相"，这句话就是从这儿来的。

这回讲个金点算命的真事。

却说当年在保定府，有个鬼屋凶宅，里面邪得厉害，一直没人敢住。至于究竟怎么闹鬼，也没人亲眼见过，反正街上都这么传。

某天有个外地来的金点先生，道号玄机子，带着三妻四妾和十几个徒弟，很高调地举家搬到鬼屋里居住，还在门前挂上一块木牌，上写"玄机子在此候教"七个大字。那意思就是要在此地摆摊算命，并声称前知八百年、后知五百载，专能谈人祸福，观形貌知吉凶，闻履声知进退，卦金收一个至一千个大洋不等，因人而异，如果不准则分文不取。

不想惹恼了城里的一个人物，这位爷非同小可，乃是督军的大公子，平日里鲜衣怒马、从者如云，专好管些闲事。此人从来不信江湖伎俩，听手下说了玄机子在鬼屋算命，不由得怒从心头起、恶向胆边生，立时拍案大骂："不知哪里来的妖道，敢在保定府妖言惑众？"

大公子一心要拆玄机子的台，于是就找了伙狐朋狗友，事先编排了身份和说辞，又让手下人冒充成他的表兄弟，成群结队地找到玄机子门上算命。只要这江湖骗子说错了一句，立刻砸了他的招牌，胖揍一顿赶出城外。

有道是"强龙压不过地头蛇"，玄机子不知轻重，也没按规矩拜山，得罪了城里的一霸，还能有好果子吃吗？可谁也没想到这位玄机子真能未卜先知，他不言则可，言则必中，别说大公子这伙狐朋狗友编造的身份了，连大公子屁股上有颗痣都给算了出来，随后狮子大开口，索要卦金一千大洋。

大公子知道是遇着活神仙了，哪敢造次，老老实实地付了钱。这件事轰动全城，达官贵人争相前来请卦问卜，没出半个月，玄机子就收了数万光洋，发了一大笔横财，从此远走高飞，再不来了。

您瞧这事不是神了吗，其实无非是"金点"行当里的一门骗术，不知情的觉得神乎其神，但把窗户纸捅破了也很简单。原来大公子身边的狐朋狗友里，就有一个人是玄机子的徒弟，提前设好了局让他往里跳，那能有个算不出来的吗？

◯ 逆水行尸

再说个金点先生聚财的事。

三十年代军阀混战，民不聊生，黄河更是连年泛滥。老百姓都没活路了，就有当地乡绅聚集起来商议，打算在黄河边上修座龙王庙，保佑这一方风调雨顺。

这时不知从哪儿来了位跑江湖的算命老者，告诉众人说："尔等真乃愚昧无知，黄河两岸不知造过多少庙宇，供奉着五湖四海的行雨龙王，可该旱的旱，该涝的涝，黎民百姓还不是年年跟着遭殃，这是什么缘故？只因那庙里摆的都是泥胎，任你烧香上供，它又怎能显出灵验？如今听我一言，明天正午时分，这黄河里就有仙家路过，机缘难得，可遇而不可求，到时请各位都来观看。"

众人半信半疑，不知黄河里会有什么仙家，或许是有大鱼出没。多数人都认为这算命老者是信口雌黄，不想理会。但好事之徒从来不少，很快就将这个消息传遍了十里八乡，上至达官显贵，下至贩夫走卒，全都特意赶来观看。岸边围观的是人山人海，摩肩接踵，城墙也似砌拢起来，挤得水泄不通。

大伙从早晨开始就一直候着，黄河里浊流滚滚，却不见半点动静，眼看日头到了晌午，人们不禁议论纷纷，都以为上了江湖骗子的恶当。这时眼尖的人就看到下游出现了两个小黑点，当时那人群就炸了锅，都往前挤想看个究竟。就见两具童男童女的尸首，从头到脚穿着古时衣冠，在黄河中逆着水流漂了过来。当时目睹这逆水行尸的民众，也不知有几千几万，纷纷跪地膜拜。

此时那算命先生站出来，用钩竿子把浮尸拖到岸边，当众焚化，然后混入泥中，塑了两尊"和合二仙"的泥胎，就地起庙供奉。老百姓都道这回遇着了真仙，唯恐落于人后，有钱的出钱，有力的出力。那些善男信女当场就撸下金银首饰，请那算命老者主持修造庙宇。

其实这件事也是金点行当里的骗术，所谓"障眼法"的便是。黄河里漂下来的两具浮尸，是那算命先生从外地拐带来的乞儿，喂养得肥胖了就给害死，再拿戏班子里的行头装扮上，以蜡封存，并在河底藏了缆绳，上游有人用绞盘倒拖，才显出"逆水行尸"的奇观。这伙人利用了民间的迷信心理，趁机大肆敛财，一举暴富。

◯ 注水碗

"障眼法"在古时候也被称为幻术，这里面的名堂可不浅，向来都是金点行当里传内不传外的秘密，只有遇到大买卖的时候，才会拿出来使用。

旧中国的大上海是灯红酒绿，花花世界。却说十里洋场中有个富商，凭借跟洋人跑船贩货起家，一辈子起早贪黑辛苦经营，创下偌大家业，临死前嘱咐儿子："你从小养尊处优，不知世情险恶，我走之后，就把钱都存到银行里吃利息，今生今世当可衣食无忧，千万别惦

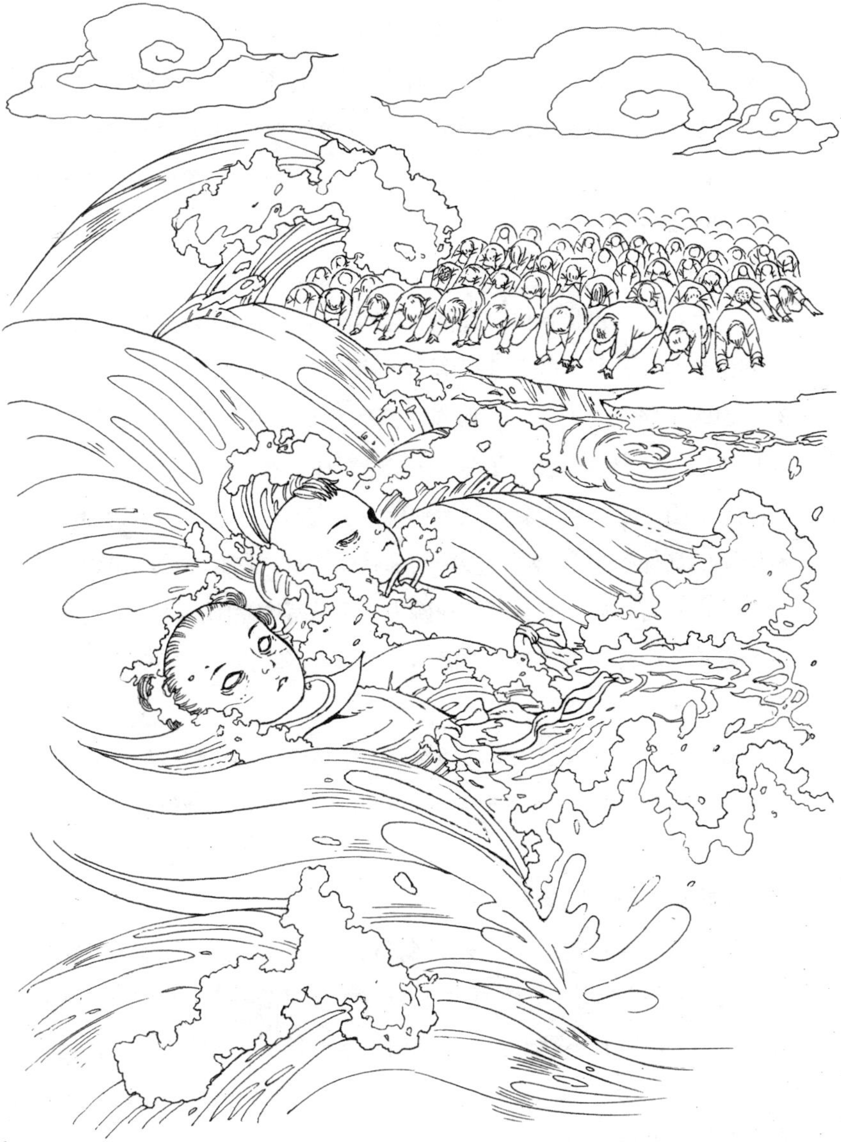

着做什么生意。你四体不勤，五谷不分，根本不是那块料。"

拿现在的话来说，有钱人家的子弟是"富二代"，当时则叫"二世祖"。听了他爹的遗言，反正有的是钱，也不考虑什么营生，但他染上了赌瘾，输了不少钱，手头吃紧，就想动银行里的存款，把先父临终前的话忘了个一干二净。奈何他不懂生意经，不知道做什么来钱快，听朋友说有个算命的陈半仙，凡是得过他老人家指点之人，没有不发达的。

二世祖开始也是轻信，只是抱着姑且一试的态度找到陈半仙，想问问做什么生意能够发财。那陈半仙掐指一算："看公子确有富贵之姿，但眼下将有一场大灾，眼看着家底都要保不住了，还想发财？"说罢取出一个空碗来，摆在桌上让二世祖往里看。

二世祖两眼一眨不眨，只看那碗中空空如也，很是不以为然，不料陈半仙又提起一个水壶，缓缓向那碗中注水，这时水碗中出现了异象。二世祖看到自己的身影就在碗中，身后有座金山，两个面目狰狞的恶鬼正在门外向里窥探，随着水面越升越高，碗中的影像很快化为乌有。

二世祖大惊，哪里还有半点疑惑，忙请陈半仙相救，把全部财产都从银行里提出来，放在陈半仙指定的地方藏起来，准备等劫数过了再取回。可转天就被陈半仙卷走了，二世祖这才明白自己中了局落了套，可再后悔也已经来不及了。

这就是"障眼法"了，只要碗底装个琉璃镜，压住提前绘好的透明影画，往里面注水到一定高度，自然能看到光学折射的虚影，水面过了这个高度就看不到了。此类利用化学和光学现象的伎俩，就是金点行当里的秘密手段之一。除此之外还有不少稀奇古怪的东西，今后有机会再接着说。

鹿哨

清朝以骑射得天下，所以清朝中前期的皇帝都喜欢打猎。后期那几位由于朝纲败坏，大局糜烂不可收拾，多半没这份心思了。康熙、乾隆在位之际，几乎每年都得到木兰打秋围。

据说乾隆皇帝御前有个随从，曾是白山黑水间的猎户，除了箭射得准，更有一身吹"鹿哨"的绝技。所谓的"鹿哨"，是一种模仿野兽发声的特殊技巧，相传早年间是由采药人所发明。在深山老林里采药的人，大多善识药草物性，能够攀爬峭壁危崖，但这只是末等手艺，要想找到罕见的珍贵草药，除了胆大不要命，还得有足够的运气。运气这东西最是不可捉摸，采到千年灵芝、万年山参的概率，可能比现在中彩票特等奖的概率还低，而上等采药人皆有独门秘术，"鹿哨"便是其中一项几近失传的神秘技艺。

如果采药人会吹"鹿哨"，他就不用冒险攀爬悬崖峭壁，也不必指望那份不靠谱的运气了。因为原始森林中生存着成群结队的麋鹿，那为首的"鹿王"体形比牦牛还要壮硕，生有骨钉般的鹿角，枝杈纵横，锋利坚硬，山里的大兽见了它也得避让三分。而且生性奇淫，每逢春末夏初，它都要在一天之内，先后同百余头母鹿交配，最后精尽垂死，卧倒在地呦呦长鸣。这种鹿鸣相当于一个求救信号，深山里的母鹿听到之后，便会立刻衔着灵芝赶来。别看采药的人苦苦寻觅不到千年灵芝，深山老林里的鹿群却总能找着，等那鹿王吞下灵芝，用不了多少时间，它就又能腾奔蹿跃恢复如初了。由此可见千年灵芝神异奇妙之处，谁能找到这么一株，就能换来一世富贵。

那些善吹"鹿哨"的猎户，便掐算着时日，比鹿王交配早那么一两天进山，事先做好伪装，要在头上戴顶鹿角帽，身上则穿一件鹿皮袄，怀中裹根铁棒，躲到原始森林中模仿鹿鸣，引得母鹿衔来灵芝，然后打闷棍放倒母鹿，剥皮刮肉再取走灵芝草。不过学这种声音得有天赋，一万个人里未必有一个人能够模仿得像。

倘若不走运，撞上凶猛无比的鹿王，拿弓箭土铳也未必对付得了，就得凭经验拼命逃向林木茂密之处。因为鹿最怕密林，倘若被藤萝枝杈缠住鹿角，动弹不得，它就只有任人宰割的份儿了。

放山

关东有三宝：人参、貂皮、乌拉草。人参是百草之王、中药之首，历来在关东三宝里占着第一位。山区将人参俗称为"棒槌"，管进深山老林采挖野山参的行当称为"放山"。一般春、夏、秋三季都可以放山，直到下枯霜为止。

放山人在近千年采挖山参的过程中，逐渐形成了一套独特的民间习俗，包括"暗语、技术、禁忌、工具"等。人参根据生长年代划分为"三花儿、巴掌、二角子、灯台子、四匹叶、五匹叶、六匹叶"，最大的是八匹叶。八匹叶人参主茎长两层叶子，称两层楼；每层四个杈的是四匹叶，两层四匹叶相加成为"两层楼八匹叶"，极其罕见。五匹叶以上即为"大棒槌"。

想去挖大棒槌，首先要拉帮，也就是进山之前组织帮伙，这事都由"把头"负责。把头是一伙放山人的首领。能当把头的人，必须具有丰富的经验，懂山规，讲仁义，有挖参技术，会观山景，能够看出哪座山会生长人参，进山后不会迷路。

有了队伍就能进山了，不过进山也要选黄道吉日，一般为初三、初六、初九或初八、十八、二十八。进山后的第一件重要的事是祭拜山神爷——老把头孙良。用三块石头搭成老爷府，在老爷府前祷告，祈求保佑。然后选择背风向阳的山坡搭地炝子，也就是简易的窝棚，再用木杆支架苫树皮防雨，里面铺上草和狍子皮，作为在山里过夜住宿的地方。晚间在窝棚前点起火堆，驱赶蚊虫，防范野兽，去潮气，暖身，以及为迷路的人指示方向。烧的柴火要顺着摆放，一般由把头点火。放山人每天从这里出发去不同的山林挖参。

到山里寻找人参的过程在行话里叫"压山"，又称开山、巡山、压趟子、撒目草，名目很多。压山之前先由把头"观山景"，选定去哪片山林，这需要对山形山势和树木植被进行仔细观察，判断哪里会生长人参。有时候把头会根据晚上做的梦决定压山的地点，此时众人只管跟随，不能点破。

压山时帮伙人员要分工"排棍儿"，把头为头棍儿，中间的人称腰棍儿，排在最外边的称边棍儿，边棍儿也要有丰富的放山经验。放山人拿索宝棍，按照排棍儿顺序横排，两人间距丈余，索宝棍尖可搭在一起，不放过一块砖的距离，拨草缓行，寻找人参。讲究"宁落一座山，不落一块砖"。

压山时不准乱喊话，看见东西喊出来就得拿着，即使看见蛇也不例外，怕分心和迷路。压山时头棍儿和边棍儿边走边"打拐子"，将细树枝折断成90°作为记号，以避免重复搜寻。

按把头和边棍儿所指的方向拐弯是"打拐子"，遇到林子太密了，几步之外可能彼此看不见，又不许乱喊，因此要用索宝棍敲击树干的办法彼此联系，称为"叫棍儿"，敲一下树干，每人依次回敲一声，既示意自己的位置，又示意继续压山。

休息抽烟时索宝棍要搂在怀里立着，防止人参跑了；绝对不准坐树墩，传说树墩是山神爷老把头的座位；烟口袋没烟了，不能说"没有"，怕不吉利，拍拍烟口袋，别人会送烟；不准打瞌睡，打瞌睡容易"麻达山"，也就是迷路。另外压山时还有个大忌讳，不准拉屎撒尿，是怕冲撞了山神老把头。

如果途中遇到了蛇可是个好兆头，因为蛇是"钱串子"，预示着即将开眼儿；遇到老虎也主大吉大利，放山人也称老虎为山神爷；走过的地方没发现人参，如果把头认为这个地方能有人参，就返回再找，叫"翻趟子"。放山人把干鹿角、干狍子角叫"干找"，见到不吉利，预示着白忙活。放山人抽烟称"拿火"，休息称"拿蹲儿"，吃饭称"拿饭"，睡觉称"拿觉"，改变住处称"拿房子"，意思都是为了拿到人参。挖到人参称"撮住了米口袋"，"没开眼儿"也称"没撮住米口袋"，做饭的称"端锅的"。

发现人参叫"开眼儿"，要大喊："棒槌！"这叫喊山。把头要问："什么货？"这叫接山。发现人参者得如实回答几匹叶。当发现人参者回答五匹叶或六匹叶时，大伙会一齐喊："快当！快当！"这在东北话中的意思是顺利，也有祝贺的意思。

发现人参者立即敲两下树干，把索宝棍插在人参旁边。因其有功，此时可休息抽烟。把头也要抽烟歇气定神儿，准备"抬棒槌"。如果看花了眼，喊了山却发现不是大棒槌，叫"诈山"。喊诈山要么回炝子，要么给山神爷老把头磕头谢罪，继续压山。有时几天没开眼儿，为振奋精神，故意喊山，叫"喊空山"。放山人对二角子情有独钟。二角子是开山的钥匙，预示能拿到大棒槌。发现二角子要烧香磕头致谢。压山第一次开眼儿如果是四匹叶，发现人参者接山时只能答"棒槌"，因为"四"不好听。

压山找到人参之后，接下来还要挖参，俗称"抬棒槌"。首先用棒槌锁锁住棒槌——两头拴着大钱的红线绳，大钱上的年号越吉利越好，红绳中间绕在人参的主茎上，两头大钱分别搭在插在地上的索宝棍和树枝上，以防止棒槌跑掉，因为地形复杂，参草难辨，转眼不见，有时再找很难。然后大伙跪在人参前，或搭建老爷府，以草代香，磕头拜谢山神爷老把头，再打火堆驱赶蚊虫，由把头开始挖参。

挖棒槌是很复杂的细活儿，用手扒去棒槌周围的乱草树叶，开出盘子，用"快当锯"锯断棒槌周边的树根，不能用斧子砍，树根有弹性，会震坏棒槌。细树根用剪子剪断。用"快当签"仔细拨除棒槌周围的泥土，直到棒槌全部根须露出，任何细小的根须都不能挖断。清理出每根须子都要随时用原来的土掩埋，以防失去水分。抬棒槌所用的时间与棒槌生长的大小和环境有关，有时抬一苗棒槌需要几天的时间。

人参挖出后，要"打参包子"。揭一块新鲜的苔藓铺好，放上一些原来的土，把人参裹住，包上树皮，用树皮腰子捆好。苔藓柔软、潮湿、不易干燥，用来包裹人参，利于保鲜。

抬出棒槌后，要"砍兆头"，继续压山发现五匹叶为首的成片人参，或是六匹叶为首的成片人参也要砍兆头，在人参附近红松树上用刀、斧距地面一索宝棍高的位置面向人参方向削去一块树皮，在光滑的树干左侧按帮伙人数刻横杠，右侧按抬出人参的匹数刻横杠。然后给兆头"洗脸"，所谓洗脸就是用火烧去兆头四周的松油，为了保护兆头几十年后也能看清，因此放山人往往能在许多年前的老兆头前找到人参。

放山人自觉遵守一条重要的行规："抬大留小"。小棒槌不挖，即使是遇到成堆成片的棒槌，小的也要留下，待其长大留给后人。放山人更讲究互助，放山挖到人参，卖的钱帮伙成员不分老幼一律平分。抬棒槌时遇到别的帮伙，就要见面有份儿。如果两帮都是单人，那就见面分一半儿。帮伙之间不争山场，讲究先来后到。发现已经有人在这座山了，就赶紧转移到另外的山场。

放山人的经历大多充满了此类传奇色彩，而且从采参专用的器具、放山场地的勘测、森林中方向的辨别，到环境保护意识，不少方面都体现了科学原理。

○ 字王

测字也称拆字，最早的时候叫相字，与相面算卦一样，跑江湖的先生摆个摊子，若有主顾来了，就随便说个字，先生将这个字写到纸上，据此决断吉凶。凡是以此技糊口的江湖人，都有口诀，不同的字对应不同的口诀，高明与否在于能否随机应变，有此则神，离此则庸。

以前杭州有位姓苏的老先生，每天在街上摆摊测字，测一个字收一百文铜钱，等赚够六百文，能维持一天的吃喝开销，就立刻收摊，来晚的人给的钱再多，他也一概不算，颇有周文王演卦之古风。

某天有个当兵的，一大早就来摊上测字，想问问终生，他写了一个"棋"字。老先生看罢，当场就给他断了几句，棋字有象棋、围棋，凡是围棋之子，是越下越多；而象棋之子，则是越下越少，多则吉，少则危。

当兵的问："您说我这个棋是围棋还是象棋？"

老先生说："棋字是个木字旁，从木不从石，应该是象棋，所以你家人口恐怕日益凋零。"

当兵的点头称是，但所答非所问，他是想问问自己今后的命运如何。

老先生说："看阁下装束，乃行伍中人，是象棋中所谓的'卒'。卒在本界只能行一步，渡河之后则是纵横皆可行，照此理言之，外出方可得志，你应当到外省闯荡闯荡。"

当兵的问道："先生是说我离家出去，就能发达显赫？"

老先生说："卒子渡河之后，也仅能一步一挪，纵然外出得志，亦是难得大志。"

有一次，有一个商人写了个"茆"字，问婚姻之事。

老先生说："这个字不好，你瞧茆字，是花字的上半截，又是柳字的右半边，花也不全柳也不全，这叫残花败柳。看来你要娶的这个女子，多半来自风月场所。"

商人说："您真是神数，我原配夫人前些年亡故，一直没有续弦。这两年跟一个青楼女子好上了，我倒不嫌弃她的出身，打算替她赎身出来娶为正室，先生您看看这个女子能不能娶？"

老先生说："茆字也有春来生机复苏之兆，这女子从良后应该可以旺夫。"

据说凡是苏老先生测字，事后十个里边能有九个应验，真是令人心服口服，所以名声远播南北，民间尊其为"字王"。但他测字的方法与江湖上各派相法口诀截然不同，好像都是他自己琢磨出来的，平生也不收徒弟，等他死后这路测字之术很快就失传了。

照妖镜

"照妖镜"的传说由来已久，按《西游记》里的说法，不管是什么妖怪化成人形，拿此镜一照便会原形毕露，唯独照不出"六耳猕猴"。因为周天之内有五仙，乃天、地、神、人、鬼；又有五虫，乃嬴、鳞、毛、羽、昆；又有四猴混世，不入十类，非天、非地、非神、非人、非鬼，亦非嬴、非鳞、非毛、非羽、非昆。那"六耳猕猴"即其中之一。

这类古镜照妖的传说，主要源于古人认为铜镜具有神明妙用，首先在于它能"观照妖魁原形"。如葛洪《抱朴子》言，世上万物久炼成精者，都有本事假托人形以迷惑人，"唯不能易镜中真形"，它们一看见铜镜，也就暴露了自己的本来面目，于是赶快溜走。基于这一原理，凡巫觋道冠一流在从事捉鬼妖等活动时，照例都要先用一面镜子当识破妖怪的法宝，其时镜子乍现，妖怪就逃之夭夭了，其中最著名的传说大概就是"照妖镜"了。

顺此思路，"照妖镜"又有了更广的应用范围，比如古代武将甲胄的后背或前胸部位，多嵌有一块"护心镜"，一方面是镜材的铜质本身，具有抵御剑矢之类武器侵害的作用；另一方面，它们又可以发挥镇吓诸多鬼怪妖物的功能。再比如，把一块小圆镜镶在大门顶端中间部位的民居建筑习俗，在中国许多地区盛行，甚至直到今天，这类具有镇邪驱怪意义的古镜，还常常出现在现代风格的建筑物上，只不过镜子的材料已由熟铜变成了玻璃。

此外在传统的婚礼风俗中，铜镜是使用场合和次数最多的祛邪工具。新娘穿着有铜镜的新衣上轿去婆家；在花轿进入婆家大门前，还要由专职人员用铜镜在轿厢内上、下、左、右仔细地"搜寻"一遍；用作合卺的洞房里，一面大铜镜是绝对不可缺少的器物。此外，铜镜也被使用在民间丧葬活动中，人们将其置于墓穴顶部，或棺床的四角，这些安排均出于辟邪的需要。旧时宅居因朝向不吉，如两屋大门相对、门对烟囱等，便在门楣间或窗户上方悬挂一面镜子避邪，期待妖魔鬼怪见此镜躲避，住户逢凶化吉。俗称此镜为"照妖镜"。

解放前的商人，大多特别迷信风水灵学，他们在风水先生指出的"死门"方向，即阴气最重之处的对面，一般要立一个奇妙的宝塔状建筑物，其顶焊有八面八方照妖镜，名曰"昭日塔"，此举是为聚集八方阳气镇压阴恶凶灵，只要能镇住邪气，往往不惜成本，这可能也是一种自我心理暗示。

皇姑坟

说起这皇姑坟，在北京、沈阳、天津、陕西、石家庄等地，都有此类地名。而天津这座皇姑坟有别于其他几座，它位于西郊一个叫小稍口的地方，坟里埋的是一名"草根皇姑"。

清朝乾隆年间，皇帝经常南巡，多次下江南微服私访体恤民生。有一年乾隆南巡返京，坐船行至天津西郊，坐船久了觉得闷得慌，想下船看看这一带的风景，又觉得大队人马不便，就决定换上便衣，找了大臣刘墉陪同，二人打扮成商人模样离船上岸。

正是初秋时节，天高气爽，蓝天白云，谷物丰足，声声鸟鸣划过晴空，乾隆皇帝看得如痴如醉，久居深宫哪知乡农田间的美啊！不知不觉走了许久，肚子开始咕咕叫，嗓子也开始冒烟，二人又累又饿，想找家客栈吃些东西。荒郊之处什么也没有，正巧迎面走来一位姑娘，胳膊上挎着一个篮子，上面罩着布，正从里面冒着热气，二人直咽口水。只见姑娘走到地头一棵大树下拿出一个枣饽饽给一位花甲老人食用。老人转过头，见有两个人的眼睛死盯盯地看着饽饽，笑了笑说："想必二位先生也是饿了，如果不嫌弃过来也吃一口吧！"

这下说到了乾隆的心里，二人谢过老人便吃起来，也许是饿极了，觉得枣饽饽和绿豆汤实在美味。为了答谢老人一饭之恩，乾隆将自己随身用的扇子送给了老人，并允诺如果遇到困难，就到北京找他，他一定竭力相助。

转眼间老人的女儿到了婚嫁之龄，与其青梅竹马的书生就在那

时金榜题名中了状元，之后就开始嫌贫爱富想要悔婚。姑娘终日茶不思饭不想且日渐消瘦，最后老人无奈只得上京寻求萍水相逢的商人相助。

老人到京之后，无处寻觅当年留下扇子的商人，只得拿着扇子在京城里游走，已近绝望之时，没想到被出宫办事的太监看见他手中之物，向前询问才知一二，便把他带进皇宫面见乾隆。老人受宠若惊，将女儿婚事的来龙去脉告诉了乾隆。哪承想乾隆一旨诏告天下，将老人的女儿认作了干妹妹，并赐婚于书生。书生得知消息后，竟受不了如此大福，一激动便一命呜呼了。姑娘得知书生死去的消息后悲痛欲绝，也自尽身亡。本欲成美事，没想到竟酿其祸，最后乾隆皇帝把此女以皇姑身份安葬于天津小稍口处。后人提起此事都觉得甚是悲惨、凄美。

偷人头

鸦片战争期间，英军攻入中国浙江，到了次年突然撤退。驻守南方的清军统帅虚报战功，向清廷报捷称"收复失地"，于是将军、参将都被加官晋爵、论功行赏，但当地人口耳相传的事实，另有隐情。

据闻当时地方上有个姓舒的县令，某日在军中巡视，忽听围场外有人正在吵闹，动静极大，他便走出去想看个究竟。刚出大门，见几个士卒带着一个男子，一边咒骂一边拳脚相加着往荒地里走。那人被绳索五花大绑，披头散发，一副邋遢模样。

舒大人立刻叫住士卒，走上前去询问事情端倪。士卒称刚在军中巡视，见此人鬼鬼祟祟，形迹可疑，于是上前盘查。那人果然不敢应对，转过身翻墙就跑，矫捷如同猿猴，谁知他跑出没多远，身上癫痫发作抖成一团，这才被士卒抓住。经过搜寻，发现此人怀中有两袋军粮白米，所以断定此人是个窃贼，盗窃军粮是要就地正法的罪过，便不由分说要拉到荒地砍头。

舒大人定睛一看这男子，有些面熟，原来正是宁波一个屡犯窃案的飞贼。此人往来无形，飞檐走壁如履平地，要不是突然发病，凭几个当兵的别想将其拿住。舒大人爱惜人才，寻思与其将这飞贼砍了，不如让他将功赎罪，便说道："你为偷受死，不如为偷而生。本官将你放回去，给你份差事，如何？"那飞贼茫然不解。舒大人继续言道："你回去使出浑身解数，偷来一颗'黑头'（印度卒首级），赏钱百文，偷一个'白头'（英国军官首级）来，加赏一倍，你看如何？"那飞贼当即叩头应允。

后来此人越偷越多，技法也越来越神。据说街上有两三个巡逻的洋兵，他从后边跟上去三下五除二，便把洋兵的头颅全部割下，拿去领了赏银。英军人人自危，四处风声鹤唳。相传当时英军指挥官接到的每日死亡人数通知，有时几人，有时甚至是十几人。洋兵洋将吓破了胆，随即率领其属下，登舟远去了。

后来听说，原来当时清军驻扎在绍兴，不敢与英军正面接战，正在束手无策之际，遇到了这个有见识的县官，想出了"以贼制寇"之策。迄今为止，第二次鸦片战争中，英军为什么突然从浙江撤兵，史料上的记录全是含糊其词。而这个"飞贼"的事迹究竟是真是假，也就无法得知了。

◯ 算命先生的秘本

算命看相属于封建迷信，大部分人不会相信，可有些人则认为这里面真有灵验的，未必都是江湖骗子。就我个人而言，我对算命这种事完全不信。我觉得旧社会中国没有心理医生，但任何人的生活都不是一帆风顺的，命运中每时每刻都要面临着重要选择，以及"家庭、学业、仕途、前程、生意"各个方面的压力，很多时候会陷入纠结与彷徨，不知道下一步该怎么办了，严重的时候会导致茶饭不思、寝不安席，现在可以找心理医生进行疏导，以前就只能找算命先生指点迷津了。那为什么有些算命先生能够料事如神？难道真有未卜先知的法子？

解放前江湖上有个很有名的"大师爸"，专以摆摊算命为业，日进斗金。据说看得很准，十个主顾进来，出去的时候有九个半心服口服，当年北洋军阀吴佩孚就特意请他看过相。解放后破除迷信，这门行当没法做了，但家承师传的秘本仍然得以保留。

这个所谓的"秘本"不是册子，而是一套口传心授的要诀，从头到尾不过几百个字，却把"封建社会人与人之间的利害关系、各色人等的意图欲望"全给分析透了，还告诉你怎么通过人们的言谈举止、衣着神色，去观察他们的内心世界，以及如何使对方吐露自己的身世家底。凡此种种，都是经过了几百年甚至上千年多少代算命先生的经验积累，在"秘本"中以高度概括的方式加以总结，里面还使用了大量江湖黑话，如果没有师傅亲自指点，外行人即使偷听到了也根本搞不明白。

金点行当里的算命先生掌握了这套"秘本"，基本上就有半仙的水平了。就像魔术师都有职业操守，不会向观众透露魔术究竟是怎么变的，因为观众知道了秘密就没人愿意花钱看表演了。算命先生也将"秘本"视作饭碗，知道一旦泄露出去，就等于砸了饭碗，所以传承方式极其严格。"秘本"虽然重要，却只是理论，现实中如何运用，则另有一套"军马"，意指"有组织、有层次地发言和发问"，也是施展"秘本"内容的关键。

鱼阵

在洞庭湖边居住的渔民家中，几乎每家每户都蓄养鸬鹚，民间俗称其"乌鬼"。其中嘴弯曲好似钩子的为最好品种，以往这样的一只乌鬼甚至可以卖到五十两黄金。那时，渔民们都用乌鬼下湖捕鱼，一只乌鬼嘴中可衔数斤重的小鱼，若是四五只乌鬼一同下水，便可衔得数十乃至数百斤的小鱼，然后轻轻松松地带回水面，工作效率颇高。

乌鬼下水捕鱼之前，渔民们都会把绳子捆在它们的脖子上，然后放入水中，等待片刻再拽出水面，从乌鬼嘴中倒出所捕之鱼。若非事先将其脖子捆住，乌鬼就会把捕到的鱼全都吞入腹中，吃饱后它就无论如何也不肯下水了。

相传年末岁暮之时，正是渔民们大量捕鱼的时候，他们纷纷放乌鬼下湖，但是接连几日，竟然半条鱼都没有捕到，渔民都感觉很是奇怪。其中有水性比较好的渔民亲自下水探查，才得知原来湖中鱼群已结为一座鱼城。

所谓鱼城，又称鱼阵，就是大鱼相互咬衔着尾巴，一层层地游走在外围，众多的小鱼群游在其中，然后又有体形颇大的鱼群，相互衔尾游在它们上面，就好像一个锅盖一样，把小鱼群盖住。它们众志成城，没有一条鱼偏离自己的位置，看上去这座鱼城就好似牢不可破、坚固无比的样子。渔民们得知此事后，纷纷商议对策，但都无计可施。

最后有人提议，在宜昌有位老渔翁，他家养有一只乌鬼，矫捷伶俐，而且非常聪明，被称为"鬼帅"，要是能把它请来，破此鱼城易如反掌。众渔民听后，即刻派人带着重金前往，找老渔翁借"鬼帅"

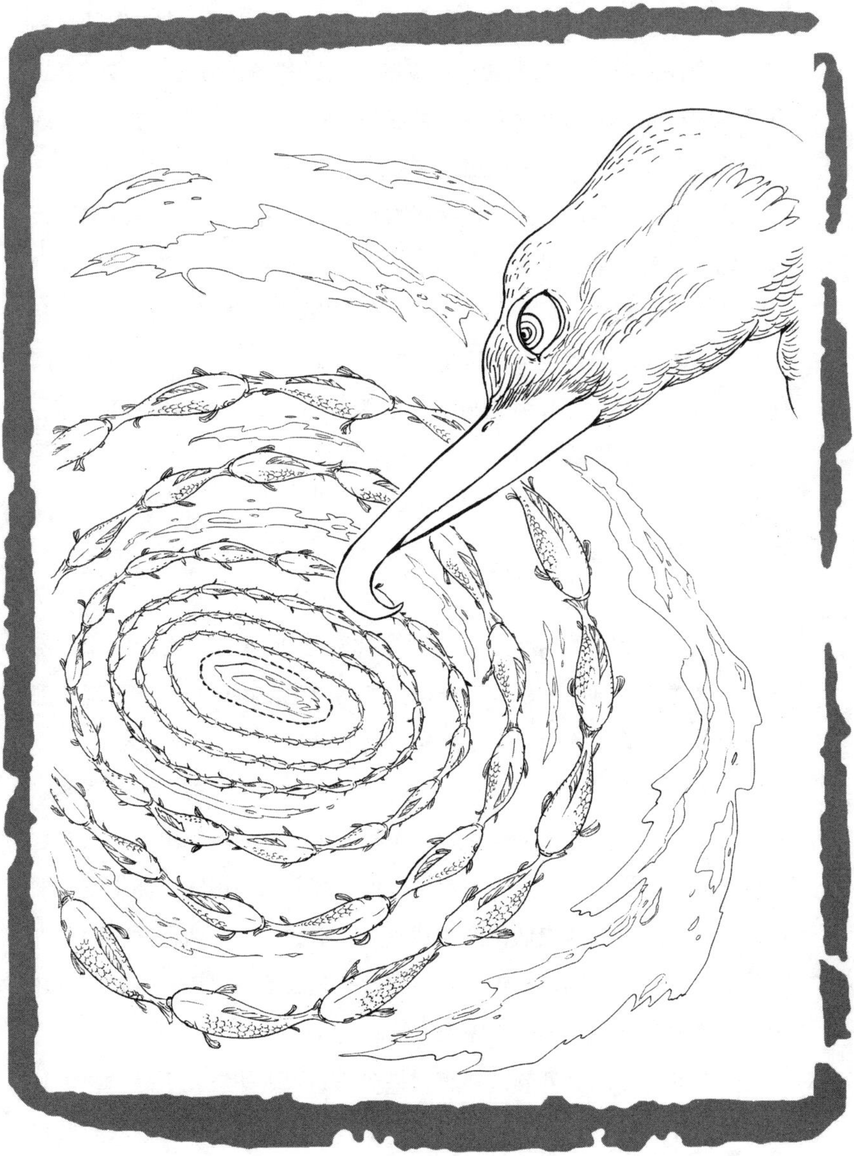

一用，并且约定，如若破了鱼城，还有重谢。

老渔翁得知此事后，满口应允了下来，没过几天便带着鬼帅来到湖边。渔民们纷纷上来观看这只鬼帅。只见其枭目鹰喙、雕翎鹤爪，真乃神物一般，随即宰杀家畜，设坛祭拜湖神。一番仪式过后，老渔翁便放这鬼帅入湖，渔民们随之前往，观其战技。

这鬼帅游到鱼城后，先是在周围游了两三圈，观察巡视，忽见大鱼衔尾之处有一空隙可乘，于是猛冲过去，以嘴破开鱼群，然后摇身直下冲入小鱼群中，四下横乱啄食。小鱼慌骇，全都向外游走奔逃，鬼帅来势凶猛，大鱼也难以坚持下去，随即散了开来，鱼城顷刻之间便被瓦解。渔民们看鬼帅得胜后，立刻游回岸上，放各家乌鬼入湖，一鼓作气捕了个满载而归。

◯ 石赞青计擒飞毛腿

清末曾经有个绿林大盗，名为"林五"。此人奸淫掳掠、无恶不作。这贼子生来脚心处就长有一寸多长的黑毛，可以日行五百里，都快赶上宝马良驹了，所以人送匪号"飞毛腿"。

林五凭着与生俱来的独到天赋，能够一跃数丈高，翻越高楼广厦如履平地。虽然此贼祸害百姓、案积如山，但因本领出众，官府也无计可施。据说林五虽然不识水性，但是渡河从不用船，徒步就可抵达对岸，见过之人都说他似燕子戏水般行水面之上，所以又称呼他为"燕尾子"。在诸多的杂记野史中，都曾提到过他的事迹，唯独此贼在天津卫被官府拿获之事，未曾被人知晓。

当时在天津的邻郊静海县有一县令，名叫丁朝贵。丁县令家中有个女儿，年方二八，生得国色天香、美貌无比。在一次出门观看迎神赛会的时候，不巧被这林五撞见。林五惊艳此女美貌，不免心生歹念，当晚潜入县衙，欲行非礼。哪知这女子性情刚烈，誓死不从，以头撞墙而死。林五见美事不成，便在窃得一些珠宝之后扬长而去。丁县令因爱女心切，撒下天罗地网围捕林五。林五知道案子作大了，本处不宜久留，于是便逃离了静海县来到了天津。

那时在天津府有个官员叫石赞青，此人才高智广，一众手下也均为能人异士，善断奇案冤狱。有一次，石赞青前往一个叫谒龙亭的地方调查一起偷盗案件，被偷之物乃是进贡朝廷的一颗宝珠。他即刻派出捕役调查，寻访之后得知是那大盗林五所为，但因其行踪诡异而不得拿获。石赞青与手下商议之后，决定暂缓围捕。林五知道捕役们都已撤去，便在天津侯家后落脚，那时在一个叫枇杷门巷的地方，经常会看到这贼子的踪迹。

到了林五三十多岁的时候，已经体态发福，衣饰华丽，俨然一副富家公子的模样，每日生活奢华，挥金如土。有次他遇到一个南方商人，此人虽来自南方，但一口京腔京韵。两人见面后一见如故，随即拜为兄弟，终日沉湎于花天酒地之中。一天晚上，林五喝得大醉，被南方商人留宿于家中。到了深夜时分，那商人忽唤随从进入屋中，将林五五花大绑起来，剪掉了他脚心黑毛，用条麻袋装了。后来林五酒醒，才知道那些随从乃是官府的捕役，而那南方商人正是石赞青的师爷，自己正是中了官府的计谋。林五落网被擒，有司翻阅其所犯案件，竟达数百件之多，当即奏明朝廷，石赞青官升一级。林五则被押赴静海县处决。

◐ 活佛升天

当年有个富家公子，喜欢到处拈花惹草，又通些文墨，因此常以风流儒生自居。有一年阳春三月，风和日丽，公子到山中一座庙中上香，以祈求自己登科高中。行完礼走出殿外，信步漫游，忽然看见两名美妇从身边经过。公子看得两眼放光，心中动火，不由自主地尾随在后。那两名美妇也发现有人在后跟随，一边以袖掩面，一边脚步加快地往殿后走去，三转两绕走进了寺后僧众所居的禅房。

这公子跟到禅房前心生疑虑，暗想："定是这寺院中的和尚不守清规戒律，从山下找了这些妇女上山来做些污秽之事。我乃圣贤子弟，对此有伤风化的事情怎能听之任之。"于是他愤然推开大门。却没想到禅房中不仅看到那两名女子，而且还看有一群和尚，个个手持凶刃，面目狰狞，正在做着分赃聚义的勾当。那公子吓得呆了，顿时瘫坐在地上。

原来那些和尚都是漏网的山匪，为躲避官府通缉，剃了头发化作僧人模样，在这寺庙中藏匿踪迹，先前两个美妇也是匪首的妻子。他们见被外人撞破，当即一拥而上把那公子捆个结实，抬进屋来商议怎么处置。有人说，要把这公子杀了扔到山涧里喂狼。充作住持的匪首却说："权且留他活命，好生养在香积厨下，今后我自有用处。"众匪齐声应诺，将公子幽禁在寺内。

从这以后，山匪每天都给公子好吃好喝，但是饭菜之中不放盐，而且都是些油腻食物。日子一久，这位公子便被喂得肥白异常，身体近乎废人，话都不会说了。

匪首见时机成熟，就把公子抬到了寺外，声称此乃寺中活佛，今日大彻大悟，要坐焚升天。前来拜佛的善男信女闻听此言，无不信以为真，纷纷顶礼膜拜，捐助的香火银两不计其数。

谁知新上任的按察使刘大人赶巧经过，在万民丛中看出了某些可疑之处。按察使大人暗自琢磨："若是活佛升天，该是何等喜乐？怎么这肥白僧人面容悲戚，脸上还挂着泪水？看来此事必有蹊跷。"当下命人先把活佛从柴堆上抬下，连同一旁的僧众，一并带到堂上挨个盘问。那公子口不能言，就用手指蘸墨，将事情的来龙去脉写在地上。按察使得知始末，立刻派人前往寺庙之中，抓住了为首的山匪，并且告知："活佛传下法旨，今日要住持替他升天。"随后不由分说，便把那匪首绑在柴堆上活活烧死了。

鲁班庙蜈蚣吐丹

以前有一个村庄，所居者多为木工匠人，所以也有人称这个村子为"木匠村"。村外山上建有一座鲁班庙。平日里，村中老幼都会前去拜祭，而且每家每户都会放上一些供品，以示虔诚，这个习俗一直持续了很多年。

可有一年的盛夏时节，接连几天，庙里频频发生供品不翼而飞的奇怪事情，只要是当天放上的糕饼鱼肉，转天早上便会消失得无影无踪。起初村民议论，都认为是深夜时分有乞丐或野兽进入庙堂之中，偷偷地把供品吃掉了，所以商定以后每晚都安排一个人前去当值，守护供奉之物不被偷食。但连续两天，村民早上到庙堂观看，不仅供品照样消失不见，就连安排当值的人，也像人间蒸发一样不知去向。村里一时间人心惶惶，都以为是祖师爷发怒了，收了东西不算还要收人，多半是大凶之兆。于是宰杀牛羊，祭拜神明。

到了第三天夜里，轮到村里一个年轻木匠前去当值夜班。木匠的妻子怕他也像其他人一样转天不见踪影，所以极力反对，不让其前往。但这年轻木匠素有胆识，自己想了个对策，让妻子不必挂怀。当晚他从家中拉出一口大木箱，孤身一人前往庙堂，事先把木箱的外皮处钻了两个小孔，然后把木箱安置在了庙堂正中，自己躲藏到箱子里，再合上箱盖，从小孔中往外窥看庙内动静。

木匠等了许久，就在箱中不知不觉地睡着了。大约到了三更时

分，外面忽然起了一阵狂风，大雨倾盆而下，声势十分骇人。木匠被声音惊醒，急忙从箱盖里向外张望，这时一道闪电，映得庙堂间亮如白昼，就见有条硕大的蜈蚣，自梁上蜿蜒而下。那蜈蚣身形能有常人大小，背上生有六翅，张牙舞爪，极是狰狞可怕。

木匠暗中观察，发现那蜈蚣爬到龛台前，将供奉之物一扫而空，随即对着鲁班祖师的画像，慢慢抬起前身，张口吐出一颗闪闪发光的红丹，然后又吸入腹中，如此反复不停。

木匠心知此丹为蜈蚣体内精气凝结，便瞅准时机，趁其不备，从木箱中一跃而出，劈手夺过红丹，转身逃回来，把箱盖从内侧紧紧锁死。那蜈蚣旋即追来，围在木箱之外抓挠敲打。木匠纵然胆大，此刻也吓得心惊肉跳，躲在箱子里蜷缩身体，两手堵住耳朵不敢出声。一直坚持到破晓时分，木匠听箱外动静越来越小，到后来一片寂然，才壮着胆子打开箱盖，发现那条几乎成精的大蜈蚣，兀自缠绕着木箱没放，但一动不动，早已毙命多时。

🌑 犬量床

古时候，民间曾经流传着这样一句话，叫作"犬无八年，鸡不六载"。意思是普通百姓家中所养家犬，过了八年便须放归荒山野岭，任其自生自灭；所饲养的家鸡，过了六年就要宰杀吃掉。否则日子一久，家畜便会熟知人的行为习性而模仿，心中必有所感，难免会有妖异之事发生。以前这样的传说层出不穷，《鬼吹灯之怒晴湘西》里提到了"鸡不六载"的故事。而"犬无八年"之事，可以在清代笔记志怪中找到出处。

话说昔时有位木匠，因其技艺高超、手工精湛，颇有口碑，远近之人都来找他为家中打造床柜器具。有一天来了一个雇主，请这个木匠为自己的女儿打造一套家具，作为嫁妆陪嫁。双方谈拢了价钱，木匠便随雇主来到了家中，他看主家庭院深广，知道吃住条件会相对不错，心里暗自窃喜。

这主家院子里养着一条大黑狗，此狗体形奇大，双目深沉锐利，浑身黑毛柔顺亮丽。木匠见此犬高壮，心里有些打怵，就多看了几眼。雇主见木匠怕狗，就说："此乃我看家之犬，在这里已有八九年，向来驯服，并不伤人，师傅不必担心。"说完招呼下人，打扫出一间大屋给木匠作为住处。

木匠住进大屋之后，每天起早贪黑，精心打造家具。雇主见木匠兢兢业业、一丝不苟，而且因其声名远播，技艺颇佳，所以每日三餐，都会嘱咐厨房，为木匠单开小灶，多做肉食，以补体力。

按农村里的习惯，每天把饭菜准备完毕，都会把饭菜放于竹篮当中，然后用绳子悬在木梁上，以防被耗子偷吃了，等到木匠忙活完了，进屋来解开绳索放下竹篮就能吃喝了。这样持续了几天，好景不长，一天傍晚，木匠收工回来，发现篮中碗碟还在，却都是空的。估计是那雇主财迷，每日三餐好饭好菜让他心疼了，所以故意不放饭食，为的是减免些银两的开销。

木匠越想越是生气，最后愤然前往，想要讨个公道。但是他找下人和雇主询问了一番，结果都说没有这回事，怠慢了谁也不能怠慢手艺人，饭食起初都已放好，绝没有减免克扣之事。木匠吃了个哑巴亏，只得忍了口气回到屋中，可接下来的几天，晚上收工回来，竹篮中仍然没有饭菜。木匠暗中打定主意，要躲起来看看主家到底有没有按时送饭。

木匠疑心雇主因财迷而免去了他的饮食，就在一天晚饭之前，藏在屋外树丛后偷眼观瞧。果然看见有个女仆把饭菜端来，放到竹篮里吊在梁上关门离开。木匠打消了疑虑，正打算从树后出来进屋吃饭，忽然发现那条大黑狗悄无声息地走了过来，它像人一般立起，用爪子推开房门后走进屋中。

木匠心知事有蹊跷，没有惊动它，继续留在原地偷看，只见那只黑狗进屋后，先环视一周，确定没人后，它把桌子旁边的一个木凳推到了竹篮下方，然后起身跳到了木凳上面，前腿抬起，好像人一样站了起来。它用前爪抓住竹篮，把头伸到篮中，顷刻间就把饭菜吃了个干净。吃饱后它跳回到地上，把木凳轻轻推回原处，然后溜溜达达地出大屋，掩上房门离去。

木匠见此情景才恍然大悟，于是气愤不已，立刻跑到了雇主那里把事情原原本本地讲了一遍。雇主听后还不太相信，认为这木匠说谎，是想借故加菜。木匠见雇主不信，为证明自己所言不虚，便让雇主跟自己一同去找那黑狗。两人一前一后来到那黑狗窝边，就见那只黑狗正卧在窝中酣睡，嘴边还残有其偷吃时遗留的残羹剩饭。主人顿时火冒三丈，随即命人把那黑狗打出家门，此事才算平息。

原以为从此平安无事了，眼看工期即将结束，木匠忙碌了一天很是疲惫，晚上倒在床上熟睡，半梦半醒间就感到身边有物体触碰自己。他还当是闹耗子了，悄悄睁开眼睛观看，没想到只见那条黑狗口中拖着一根竹竿，正在自己身边来回比画，行迹十分鬼祟。

木匠不知这黑狗意欲何为，又恐其暴起伤人，惊恐之余也不敢吭声，只好继续装睡。过了一会儿，那黑狗摆弄完毕又溜出房门。木匠好奇心起，悄悄起身从后跟去，想要看个究竟，他寻着踪迹来到一片荒野，只见那黑狗把竹竿丢到了一个大坑之中，作出一番比对长短的诡异举动，好像觉得坑的尺寸不够，就用爪子继续刨挖。

木匠看到这番情景，心里还琢磨这狗刨个坑要埋什么东西。忽然想到黑狗用竹竿丈量自己身体之事，顿时吓得一身冷汗，险些瘫坐在地。万没想到这畜生竟有如此心机，只因自己把它偷吃饭菜的事情告诉了雇主，使其被打出宅门，无家可归，所以怀恨在心，想趁夜深人静的时候咬死自己，事先挖好了坑掩埋尸体。木匠赶紧一溜烟地跑了回去，将此事全盘说出。雇主听完也同样骇异，忙吩咐几个下人带上棍棒刀枪，随着木匠赶到荒郊，将那仍在挖坑的黑狗乱棍打死。

王恭厂大爆炸

北方一到冬天空气就干燥得很，穿衣服不留神都会被静电打到，有时候还挺疼的。家里小猫突然炸了毛，这也是静电的作用。静电这东西可大可小，明朝天启年间太监魏忠贤当权的年代，北京城里曾经发过一场大灾，死伤近两万人，毁房上万间，就是静电、地震、火药和气体爆炸几方合力而成之效，史称"王恭厂大爆炸"。

据说当时这场大爆炸可真把魏忠贤给惊着了，两个小太监在他眼前被殿角掉下来的蹲兽给砸死了。那位爱好做木工的天启皇帝从殿里跑出来的时候，腿都软了，身边也没啥人，就一个侍卫挟着他赶紧往其他地方躲，这位侍卫的脑袋也被宫殿顶上掉下来的东西砸了个脑浆迸裂。紫禁城内修宫殿的几千木匠被一股脑地从脚手架上给震了下来，摔成了肉饼。

更奇的事情还在城外，有大木头直接飞到密云，东城石驸马大街几千斤重的石狮子被甩到南城宣武门外。长安街一带，掉下来无数的半拉脑袋，有的还有半截额头，有着带着一截鼻子，内城北门德胜门外掉下来的则胳膊、腿居多。北郊昌平、南苑附近掉下来的则是银钱衣物等轻巧物件，西山上也挂了许多衣服。与此对应的是，城内有许多尸体或是幸免于难的人身上赤身裸体。离北京城有一百八十里之遥的天津蓟县，居然从地下挖出两个人来，还活着，一问和做梦似的，言说来自京城。

爆炸中心的王恭厂是当时储存火药的地方，更是惨不忍睹。照书上的说法，十几里范围内"几成齑粉"。不过以当时黑火药的威力，估计还比不上现代的爆竹作坊，爆炸中心这样不足为奇，稍远一些的地方那些奇怪的现象怎么解释呢？

王恭厂大爆炸和印度摩亨佐达罗死丘事件、俄罗斯通古斯大爆炸一起并称为三大自然之谜。死丘事件虽然能检测出超高的核当量，毕竟发生于3500年前，通古斯大爆炸发生地方人迹罕至，更是难以得出结论。王恭厂大爆炸则发生于明末京师之地，诸多汇集于此的文人墨客以各种形式报道并记载下了种种爆炸发生前后的异常现象，有些虽然荒诞不经，有些更是顾左右而言他，但仍为现代学者研究留下了诸多蛛丝马迹。

虽然当时的记载以王恭厂大爆炸后的奇闻奇事为主，但是爆炸之前也还是有记录的。在爆炸的前几天，前门楼子上莫名其妙地多了好多萤火虫一样的亮点，在爆炸发生之前突然汇集为车轮状，向西南而去。最奇的莫过于东城的火神庙，半夜里突然响起了音乐声，一番鼓钹之类的响器，又一番丝竹之声的细乐，循环往复地放了三遍。管庙的人吓坏了，赶紧推门去看，门刚开一个大火球就摇摇晃晃地冲了出来，在众人眼前腾空而上，直奔西南而去。没有多久，就天摇地动，轰然炸响。或许是因为有火神示警的缘故，所以后来天启皇帝虽然将主管火药库的工部尚书、在这次大爆炸中失去了两条胳膊的倒霉蛋儿撤了职，但也不得不下"罪己诏"承认这是天灾。

有地震学者力证这些火球、火轮都是静电所形成的球状闪电，都是地震来临前大气静电场气流湍动引起的。甚至当时出现的音乐声也不是管庙的人为了推脱责任而凭空捏造，地声、地光和静电一样都是地震前的异样先兆，声音肯定是有的，描述得那么细致估计是当时文人的添油加醋。

地震学者们还大胆揣测，当时的地壳活动已经使得宣武门附近的王恭厂地区地下可燃性气体溢出，地震来临时地壳断裂引发静电现象，这就是人们所看到的火球、火轮从东城直向西南而去，点燃了那些已经聚集在地面之上的可燃性气体，既而引发火药库爆炸。当时地中仍然屡有霹雳震声不绝，烟尘扶摇而上，可见在大爆炸的过程中，还从地下爆出来相当多的气体。强大的气体冲击波形成的巨大冲击力，既造成了几千斤的石狮子飞到城外，大木头飞到百里开外的密云，又造成了爆炸中心区以外的城市部分民众衣物尽失、全身赤裸这种非常奇特的现象。

此次北京城有史以来的特大灾难，是由地震、火药、可燃气体、静电爆炸合力形成的旷古静电奇灾，奇就奇在它规模之大，奇就奇在几种平时都难得一见的因素绞在一起。平时就是打打手的小小静电，发作起来竟有如此威力，恐怕没有人能够想得到吧？

海中采珠

珍珠产自深海之中的蚌类身上，国内众多的海域之中，唯独广东新安县一个叫作"九龙洋"的地方，产珍珠最多。某客商曾经询问当地人："为何此地多产珍珠？"当地人说九龙洋中海螺最多，珍珠都是从捕到的海螺中剖取。海螺品种可分为珍珠螺、马甲螺、青口螺等，其实它们都属于蚌类。

清代嘉庆年间，九龙洋出过一位姓余的商户，他在海边弄了艘

智杀大鱼

采集珍珠的大船。出海前夕，余老板招募了一批在当地以采珠为生的"蛋人"，询问他们采集之法。采珠人回答道："珍珠都产于外洋海水的最深之处，海里生长许多铁树，有的高一二尺，有的则高七八尺，每一棵铁树的叶子都好像瓜子一样尖而细长，树的枝干粗糙稠密，铁树离开海水即死，只要将它拖出水面，用不了几天的工夫，那树叶就会自行脱落。在海底铁树的周围，一般都有很多奇形怪状的石头，很多铁树都是依附着那些石头生长。而成形的老蚌，基本上全长在那些铁树上面。我们采珠人下水，或拔出整棵铁树，或从铁树上拾取老蚌，出水后再把蚌壳剖开取出珍珠。但是蚌内有没有珍珠，或是珍珠质量的好坏，是无法预知的。"

余老板听罢不住地点头，又问采珠的过程。采珠人告诉他，虽然采集过程看似简单，但是也有凶险存在。在有珠的海域，往往会有一些大鱼潜伏游弋，若是不将其杀死，入水者必定会被其吞噬。

余老板大为奇怪，急忙讨教杀鱼的办法。采珠人说："我们入水之前，先要准备一个大西瓜，用锅灶把其蒸煮熟透，然后把瓜顶切去一片，取出瓜瓤，再趁热放入大块的生石灰，把西瓜内部填满。填完了生石灰，还要将切去的那片瓜皮，重新扣在原处，用竹钉钉紧。等游到产珠的那片海域，把西瓜丢进水中。那些巨鱼看见西瓜，必然会争先恐后地吞入腹中，过不了多长时间，大鱼就会被杀死而浮出水面。因为瓜皮虽然被水浸泡变冷，但是瓜内温度还极高，加上石灰遇水就会发热膨胀，所以鱼类吞下不久，便会死亡。用这种方法杀鱼的效率很高，海面很快就浮满了死鱼。什么时候将瓜投入海里，却不再有鱼浮出水面了，那就是将铁树附近的大鱼都杀干净了，这才可以入水采珠。但在真正下海之前，还要先用冷水把全身浸泡一遍，为的是不让身体散发热气，否则入水后，别的地方的巨鱼闻到活人气味，也会追寻着游来。"

余老板听罢，连声感叹："好凶险！"

○ 白蝙蝠

据传民国年间，雁荡山一带经常有小孩失踪。老百姓以为是有"拍花子"拐卖小孩，都不敢轻易让孩子们出门玩耍，谁知附近的小孩仍然是接二连三地失踪，使得家家关门闭户，惶惶不可终日。

后来村里来了个腰系白绦的老者，他说小孩都被"药叉饿鬼"吃了。那饿鬼吃了许多小孩，就要化成人形投胎了，方圆百里内的大肚子孕妇都有可能怀的"鬼胎"，如今没办法了，只有拿药堕胎，死胎都要扔到山里。

常说"心怀鬼胎"，而孕妇肚子里怀的是什么鬼胎呢？原来旧时没出嫁的女子受邪魔外祟侵扰，未婚而孕，或是丈夫早已亡故，寡妇却忽然有了身孕，那就是怀上鬼胎了。这鬼胎要是不治，等它长成了形，生下来指不定会是个什么东西，其实无非是种遮羞的说法。

解放前的人们都迷信思想严重，不免对此事信以为真，愚民愚众从者无数，到处逼着孕妇喝药堕胎，又把打下来的死胎全部扔进一处山沟，害掉了许多无辜性命。

后来有个猎户，平时以砍柴射猎度日。某天他在山里追赶一只白兔，迷路钻进了一处山洞，发现洞中白骨森森。正惊慌失措之际，见洞穴深处白影闪动，他当即以手中猎叉击刺，如中败革，上前察看，才知道居然刺死了一只灰白色的老蝙蝠，从那以后附近再没丢过小孩。

有人说这只老蝙蝠是混沌初分时，天地间一股恶气所化，专要吃人，又化为老者在市上妖言惑众，骗老百姓用药堕胎，扔进山里供养它，若再修炼百年，躯体由白转为赤金，那金刚罗汉也降伏不住它了。肯定是大慈大悲的观世音菩萨显灵，让兔子引着猎户进洞，为黎民百姓除了此害。可见佛天甚近，真是救苦救难，否则若无佛法周全，凭他一个山里的猎户，怎么有本事杀得了那洞中的千年老妖？

这位猎户得了白蝙蝠尸体，其事迹被广为传播，当即便有几个洋人来使钱买了回去，制成标本放在了自然博物馆中，一直保存到了今天。

这种传说八成都是虚构的，可能猎户捕到基因发生突变的白化蝙蝠，转卖到外国人手中制成标本是真，其余的皆不可考证了。多半是在田间地头传来传去，越传越不靠谱的小道消息。

◯ 落洞

湘西三大古谜，分别是"赶尸、巫蛊、落洞"。其中以"赶尸"和"巫蛊"流传最广，谁都听说过几段，唯有"落洞"知道的人就少了。

要单从字面上理解，"落洞"似乎是指人掉进山洞了，其实并非如此，不是人掉进山洞了，确切地说应该是魂掉进山洞了，而且只有女子才能"落洞"。苗语的一种叫法是"抓顶帕略"，另一种叫法是"了滚巴"。"抓顶帕略"意思是"天崩地裂"，它包含两层含义，一是从平地陷下去，与周围隔开；二是指心灵与外界隔绝，进入另一个世界。

湘西地方洞多林深，所以土人对洞穴有种很原始的崇拜，认为万物有灵，任何自然物背后都有一个超自然的灵的存在，所谓"山有山神、树有树神、水有水神、河有河神"，而幽暗神秘的洞，一定有着"洞神"存在。

当地有种"探洞找金脉"的行业，比挖坟抠宝还要神秘，千百年来演绎出了无数惊心动魄的传奇故事。湘西山区以溶洞为多，溶洞属于喀斯特地貌，地下洞穴都是被水流切割侵蚀而成，结构比毛细血管还要复杂，跟迷宫一样幽深难测。凡是到洞中探寻金脉，都要在开启洞穴前祭祀山神，此事必须由金洞的洞主来主持，最关键的环节是念"开山启动咒"。这种古咒代代相传，但只能单传，不能让金客们都知道，一伙金客只有一个头儿，只有这个头儿才知道开启山洞的咒语，如果同一伙人中有两人知道咒语，那必定会分为两伙。咒语大致是："东南西北众碾神，指点弟子造金碾；海里龙王送仙水，西天佛祖赐碾柱；梅山兄弟抬岩来，鲁班师傅分墨斗；山有山神、洞有洞神，山神洞神七十二路神仙，关照弟子洞煞不犯、山煞不犯、七十二煞天煞、地煞、水煞、火煞、土煞，煞煞不犯……"

女子是不敢进山找金脉的，因为在偏远的湘西地区，有无数大大小小的神秘洞穴，从而形成无数的溶洞和天坑。山洞因其惯有的黑暗、幽深、潮湿而显得更为诡怪，每当山风掠过，仿佛能听到冥冥中传来洞神的呼唤。如果一个年轻女孩进山后突然进入痴迷状态，那多半是被洞神的幻象所迷，说白了就是魂儿掉了。

落洞的女孩子十有八九必死无疑，偶尔也有能活着回来的，但也会变得痴癫，活不了多久就会死去，她的魂灵仿佛已被洞神勾去了。这女孩子的父母遇上此事也无可奈何，只能将其喜爱之物作为陪葬，放在洞口焚烧，算是为女儿办了个体面的葬礼。

诱人殉葬

用活人给死人殉葬，是中国古代一项残忍野蛮的制度，秦汉以前有所收敛，往往代之以木俑、陶俑。秦汉以后就很少有人殉葬了。

不过根据有关野史记载，人殉之风直到明代还没有彻底消除。明太祖首开先例，明英宗结束了殉葬制度。后清代皇太极、顺治时期都存在殉葬，直到康熙时期才结束了殉葬制度。朱元璋死后曾有很多妃嫔殉葬，葬在哪里却是未解之谜。不过明代的殉葬制度比秦汉以前的多了一层欺骗色彩。对于被殉葬的妃嫔宫女，朝廷从精神物质上给予褒奖。明孝陵的殉葬妃嫔，都得到了在孝陵殿内设置的一个"龛"，供后人祭祀。

最早诱人殉葬之事，可追溯到战国时期的吴王阖闾。阖闾有个女儿，他溺爱无比，要星星不给月亮，宠得没边了。

某天有民众献上一条罕见的白鲤，阖闾大喜，吩咐烹为鱼羹，自己先吃了一半，然后就把剩下的拿给女儿。

谁知女儿见吴王这般对待自己，居然立刻大发脾气："父王把剩下的一半鱼给我吃，这是侮辱我，这样活在世间真没意思。"随即在房中上吊自尽了。

吴王闻讯十分悲痛，便在国都城门外，修建了一个巨大的陵寝，用于厚葬女儿之用。当时吴王命人在墓中开挖池塘，大举修建地宫，而且用上好的石料雕刻上花纹，作为女儿的棺椁，又在墓中放了很多金鼎玉器、珍珠玛瑙、绫罗绸缎作为女儿的陪葬之物。

举行葬礼的当天，吴王请了很多舞者走在大街上，并且还叫人抓来数只白鹤放在其中。舞者与白鹤在街上相映成趣，翩翩起舞，引来很多百姓驻足观看。殊不知，吴王阴谋诡计刚刚开始。

过了一阵，围观的百姓越来越多，吴王悄悄命人在舞者队伍前面领路，将队伍及百姓引向女儿的陵寝。沿途观看舞鹤的百姓不知道自己已经中计，一边与舞鹤队伍高兴地手舞足蹈，一边沿路跟随行进，不知不觉走进了吴王女儿的地宫。

队伍末尾刚刚进入墓道，吴王突然叫人启动机关，放下了万斤

石门，把队伍里的人以及百姓通通掩埋在了墓道里面，任凭他们怎样哭喊哀求，一律置之不理。无数活人连同白鹤一起闷死在了墓中，做了他女儿的殉葬品。后来此事被人知晓，举国上下无不切齿痛恨。

地窖

民国初年，传闻山西平遥一带发现了一片墓葬群，而且大多数是王公贵族的墓穴。各路贼人闻风而至，都准备在此地大干一票。其中有两个外来的土贼也混在其中，想趁这大好时机，捞上一笔。

这两个土贼来到当地后，就立刻找了一个偏僻的村子落脚，随即便与村里人聊天搭讪，打听附近有没有大型墓穴可掘。村里人说："离村不远处好像有一处墓穴，不过不知道葬的是何人。只知道来过几拨盗墓贼，进去后就全都没再出来过。人们都说他们是被那墓里所葬之人的鬼魂拿了去，所以没有人再敢近前半步。"两个土贼听罢，当即决定去看上一看。

一天傍晚，两个土贼来到了村里人所说的墓冢位置，找了没多会儿工夫，便在一个小坡后面发现了一个盗洞。两人大喜过望，立刻钻了进去。没爬多远，就摸到有砖挡住了去路，其中一个贼人用手抚摸砖面，感觉到上面凹凸有致，乃是刻着花纹的古砖，他立刻便明白了，这是一座古代大墓，里面肯定有数不尽的金银财宝。两个土贼爬出盗洞，随即又犯起愁来。因为他们想用炸药炸开石壁，又不知道炸药的分量比重，害怕炸塌了洞穴前功尽弃。无奈之下，两人决定等到白天，再找别的途径入墓。

转天一早，两个土贼来到附近察看，见墓穴不远处有户人家正在做饭，就走了过去。其中一人走到门口，见屋外有一个存放甘薯的地窖极深，而且方向正是指着墓穴所在，便把这个情况告诉了同伙。两人商量了一番，便决定买下这户房屋，用以掩饰盗墓行径之用。双方谈妥了价钱，屋主搬离住处后，当天晚上，两个贼人便从地窖进入，开始向古墓的位置挖掘盗洞。

他们爬进去后，越挖越黑，不但找不到先前摸到的石壁，反而感觉呼吸越来越困难。就在两人想倒退回去时，却怎么爬也爬不到出口，最后两人都活生生地憋死在了洞里面。知道此事的人都说，这两个土贼也是被墓中鬼魂拿了命去。

其实人们有所不知，地窖里贮存的甘薯和我们人类一样，全是由很小的细胞组成。甘薯被贮存时细胞还活着，它们也会呼吸，而且它们吸进的是氧气，呼出的也是二氧化碳。在封闭的地窖中，氧气很快就会被甘薯吸尽，而它们所释放的二氧化碳也会越来越多。人如果突然进去，由于里面氧气逐渐减少，时间长了，就会被闷死在地窖中。但是之前提到的几伙盗墓贼，是不是也因为这种原因而死在了墓中，那就不得而知了。

◯ 隐人蛇

当年雁荡山里有个樵夫，常到深山老林中砍柴采药，遇到了不少稀奇古怪的事情。

这樵夫年轻的时候初次进山，觉得周边的树木多是初长新成，即便砍回去也卖不了几个钱，因此裹上干粮，独自一人走进山林深处，寻找一些高大苍健的老树砍伐。

不知不觉走到了一个洞穴跟前，洞口处布满了各种动物的尸体及枯骨。樵夫见状，暗觉头皮发麻，满身冒出冷汗，心想："这说不好是这山中猛兽的巢穴。我不可逗留，必须尽快离开，否则不免丧命于此。"他想到这儿刚要转头，忽听洞穴里发出一阵"沙沙"的声响，一条大蛇从里面爬了出来。

只见此蛇足有两米多长，蛇身有如粗壮的树干一般，双目赤红，全身鳞片泛着青铜色，一眼看去，就好似铜铸的一般。樵夫骤然看见大蛇，顿时骇得坐在地上，全身不住地发抖。大蛇也双目注视着他，吐着舌头慢慢向他靠近。樵夫一边后退，一边暗自琢磨："此时与其坐以待毙，被它吃了，不如舍命一搏，没准还能拼出一条生路。"于是他握紧手中利斧，鼓足勇气扑了上去，与那条大蛇缠斗在一处。

樵夫抓住蛇头，紧闭双眼，挥舞着斧头乱挥乱砍，这就叫"乱拳打死老师傅"，经过一番恶斗，樵夫竟侥幸将大蛇劈成了两段，而他自己也受了伤。樵夫走到旁边靠着石头坐下，看着长蛇的尸体，无意中发现此蛇竟然长着脚足，从前到后共有四只，样子颇为奇怪。他心念一动，打算把这怪蛇带出山里，给村里人看看，说不定还能换些米面。他随即起身砍断了一棵树木，把两段蛇身缠绕在树枝上捆好，扛在肩上踉踉跄跄地走出了山林。

正走在半路上，迎面撞见一帮巡山的官差，樵夫急忙跑上前去说道："我在山中杀死了这条大蛇，蛇身竟有四足！"

不想那些差官脸色骇异，好像听到了樵夫的声音，面对面却看不到他在哪里，纷纷喊道："你在哪里？出来让我们看看。"

樵夫一惊，说道："我就在你们面前，怎么你们看不见我？"随即把蛇丢在地上。这时，樵夫的身形才在众人面前显露出来。

后来樵夫同巡山的差役们一起回到了村中，众人听他们诉说事情经过，皆是大为吃惊。其中有一位上了年纪的老者说道："此蛇生时不能自隐其形，死后乃能隐人之形，并且身上长有四足，定是这山中的妖物，不能存留。"于是樵夫就与村里人一起，把这条大蛇拖出村子，一把火烧了个干干净净。

安土鬼城

在中国古代的木工行业内，有一种叫鲁班锁的技艺，俗称榫（sǔn）卯。那时建造亭台楼阁，会此技艺的木工会把建筑用的木材两端以及中间挖出凹槽，或者打出凸缘，再把这些木料一块块按照图纸上各个部位的需要，错落有致地拼接组装起来，就好像搭积木一样层层累加，把建筑搭建而成。整幢建筑不用一枚铁钉固定，依然可以坚固无比，屹立不倒。只可惜如今这种绝技早就已经失传，代替它的是钢筋水泥、石块砖瓦。

那时，邻国日本的木工也同样用此法搭造建筑，只不过叫法不一样。用此技艺搭建而成的建筑，首屈一指的当属日本战国时期，一代枭雄织田信长的住所——"安土城"。

这座安土城位于日本滋贺县的安土，整座城修建在一个海拔一百多米的山顶之上，从上到下一共七层，总共六十五米高。城下修建了一条宽阔大道，道路两旁建有民居、寺庙和武将的住所。由于织田信长生平十分喜欢西洋的天主教，所以在城楼顶端建造了一处阁楼，织田信长亲自为其取名为"天主台"。整座城多为木质结构，而且是以榫鉴形式搭建而成，不曾用过一钉一铆。

据说当时，织田信长曾在全国选拔筑城的建筑师，各路优秀的工匠都前来竞选，最后，织田信长选用了一个名不见经传的乡下工匠建筑安土城。本来预先计算，建筑此城需要花费五年的时间，但织田信长硬是要把时间缩短，改为三年建成。在这三年中，为建造安土城共花费了一千多亿两黄金，动用了一百多万名工匠，用掉了四万多棵木材，主梁木材树龄高达两千五百年之久。建成后，织田信长只在里边居住了短短不到三年时间，就遭遇了本能寺之变，死在了他乡，安土城也遭大火焚毁。日本历史上第一名城从此烟消云散。

对于安土城的消失，日本民间还存在着另一种截然不同的说法。相传织田信长攻打毛利、武田、上杉等各路豪杰时，肆意杀戮，积怨甚多，被其杀死的冤魂不计其数。所以在其建成安土城后，所有的冤魂集结于此，诅咒织田信长本人及这座豪华壮丽的名城，最终不仅带走了织田信长，也把这座安土城在一夜之间变得踪影全无。以至于直到今天，还有人把这座消失不见的日本古代名城视为"鬼城"。

乾坤袋

算卦的都是江湖手段，历来伪多真少，但必须通过一些方法，让人们觉得神妙无比，才会心甘情愿地掏钱上当。

据说旧时有一位算命先生，人称"冯半仙"，每天在大街上摆一张桌子，上面放着纸笔、铜钱、竹签等物用以占卜。他有时候是真按照生辰八字、周易八卦来推算你的运程，但一般不准。神验的则必然是用了某些手段，这位冯半仙主要通过"乾坤袋"来算命。

用这种方法行骗的人，会在摊子旁边摆上一个麻布口袋，里面鼓鼓囊囊也不知装了什么，如有人前来问卦，他会先听其口音，推断此人来自何处，然后观察体貌特征、籍贯年龄、穿着举止，推断来者家境贫富，是念书或是行商。如果是衣衫褴褛没什么油水，冯半仙就会找借口将其打发走。

如果遇到有钱的主顾，冯半仙就会故弄玄虚地说："人皆有命，造化穷通，冥冥之中全是定数。阁下的命早在我这乾坤袋里装下了，如若不信，咱们可以当场验证。"

怎么验呢？就是让来者把自己的生辰八字、籍贯行业都写在一张纸上，写完后交给冯半仙，他拿起来从头到尾念上一遍，其间还会说

一些大伙听得懂或听不懂的话。待其念诵完毕，随手把布袋打开，从里面摸出一张纸签请来者观看。

纸签上写的内容，诸如生辰八字、家里几口男女、有无子嗣之类的，都与那人先前所写完全一致，要看纸签反面的运势，则要收卦金了，卦金因人而异，从无定数，贵有贵价，贱有贱价。冯半仙道："您是贵人，至少十个大洋。"

那人不懂其中名堂，以为真是遇上活神仙了，任凭索要多少银两，都会不吝照付，请冯半仙往下批卦。

其实冯半仙的"乾坤袋"，乃是用了一个非常简单的障眼法。在那麻布口袋当中，往往装着一个侏儒童子。冯半仙在念诵主顾所写的生辰八字之时，袋子中的侏儒会以速记的方法抄录在其纸上，其间算命人或点或评，或说一些行业内的黑话，暗中告知袋子中的侏儒，他就会按照冯半仙所说，胡乱编写一些运程灾祸等。

等到冯半仙那张纸读完，袋子中的侏儒也按照他的意思把所谓的"命纸"写成了。冯半仙把手伸入布袋里，拿出这张临时攒录好的"命纸"让主顾比对，如果有丝毫不一样的，那才真是奇了怪了。

其实此种手段也不容易，首先要找一个既要能速记，又要字写得好看，而且认识字还要多的侏儒童子做徒弟。倘若找位斗大字也不识几个的半文盲，那算命先生念着半截，乾坤袋中突然出声叫道："师傅先别念了，前边的我还没记住呢，另外……某某字怎么写？"这算命先生的摊子非让人砸了不可。

☽ 破烂王

废品回收站的大垃圾堆，可是处名副其实的"宝山"，经常有成群结伙的人，拎着叉子在上面乱翻。但这些人大多不懂眼，拣出来的东西多属于"回收再利用"的范畴，其实中华人民共和国成立后从废品堆里翻出来的东西，还真有那惊天动地的国宝，其中不乏商周时期的青铜重器。当然现在是没有了，这些事都集中在六十年代到八十年代之间，以"文革"和大炼钢铁时期最多。

当初随着北京奥运城建规划的实施，很多政府机构、文化事业单位也开始搬迁，大批早期的文件、名人手稿、画稿、书信、日记被当作垃圾处理掉，其实这些东西也都值钱，可一般人谁能鉴别出来？那时有位姓赵的破烂王，是京城最大的旧货买主之一，文化底子很深，很幸运地赶上了这一时期。经他手淘出来的东西，就有周恩来的亲笔国书、杜聿明在战犯管理所写的申请信、日本731部队的细菌实验报告、被茅以升亲手炸掉的钱塘江大桥的蓝图、明代大书画家董其昌的手稿、北洋政府大总统徐世昌写的对联……

记得以前在北京潘家园旧货市场，有个叫"邋遢乔二"的老爷子，当年常在潘家园混的人，多半听过他的名头。乔二爷是收破烂发的财，四九城里收废品的没人不知道他。据说他是南方人，生下来的时候赶上打仗，家里带着他在一个被盗空的坟洞子里，躲了足有十多天，从那以后他那双眼睛就跟夜猫子一样，一到黑地方就冒光，变成了无宝不识的贼眼。

他早年生活窘困，就凭这双贼眼在成吨成吨的废品破烂中，一样样地拣出不少宝贝。这些宝贝都是文物，大多是"文革"时期失散在民间的，或是收藏者去世后，没来得及对后人有所交代。当时普通老百姓在观念上还不重视旧货，大伙都喜欢日本原装和美国进口，好多价格不菲的古董，都跟破报纸、旧书本和坛坛罐罐的破烂一起处理掉了。

乔二爷凭着家传长眼的本事，从回收来的破杂志中，发现了一幅乾隆御笔的扇面，从那以后他算是摸着门道了，专到老门老户老宅院扎堆的老城区转悠，收着了值钱的玩意儿，就到潘家园、琉璃厂之类的地方出手。那些古物贩子见他屡屡出手不凡，都以为乔二爷是"倒斗"的手艺人，不禁对他刮目相看。因为西贝货满街都是，真正的玩意儿，除了瞎猫碰死耗子赶上了，就只有"摸金校尉"手里才有。古玩贩子们后来才知道，敢情这位乔二爷，平时就是一收破烂的，等到大伙都明白了其中的猫儿腻，从废品里淘金的日子也就算是到头了。

瞽目巨贼

清咸丰年间，京城有巨贼出没，此人偷盗之术近乎通神，专窃富室大户，积下无数重案。那些富贵之家，无一不是坚壁高墙、重门叠户，可一旦被贼人盯上，宅中所藏的金银珠宝就会不翼而飞。

官府缉拿虽严，窃贼依然猖獗，毫无收敛。衙门里派出大批差役办案，但是到处探访无果，始终找不到可以破案的蛛丝马迹。

捕盗衙门里有个姓范的办差官，是专司探访贼踪的捕头，由于窃案接连发生，某天范捕头又为此事受到上司责罚，估计年底的奖金彻底泡汤了，工作能不能保住都不好说。他闷闷不乐，信步走到兵马司胡同旁的一个小店饮酒遣怀。

其时彤云密布，大雪纷飞，范捕头要了两个小菜，烫上一壶老酒，坐在店中看着雪景自斟自饮。那天色犹如铅灰一般肃杀，他酒入愁肠，心生感慨，不由得哼唱了几句戏文："彤云低锁山河暗，疏林冷落尽凋残，往事萦怀难排遣，荒村沽酒慰愁烦……"

这时就看有个盲目老者，手持一条很长的木杖探路，步履蹒跚地从街前走过。范捕头见这盲叟要走进一条巷子，那是条没有门户的塞巷，他也是好心，忙在店中叫道："老头儿走错路了，这巷子是条死胡同。"盲叟闻言点了点头，应声从别的道路离开了。

　　范捕头没把这事放在心上，饮尽了杯中残酒，正想回家，却见那盲叟又绕了回来，看样子还打算走进那条死巷。范捕头再次出言告诫，盲叟应诺如前，仍从旧路离去。范捕头向来精明谨慎，他觉得这盲叟行迹有些可疑，就继续留在店中想看个究竟，但守了一整天，也没见此人露面。

　　若是糊涂人，这事过去也就过去了。偏巧范捕头是位明白人，转天他仍在原地蹲守，果然发现那盲叟又在街上现身，持杖走进死巷。范捕头这回没有声张，而是悄悄尾随其后，要瞧瞧这老儿到底想干什么。

　　那巷子尽头是某富商宅邸的后墙，只见那盲叟走到墙下，先是伸手摸索墙壁，然后用木杖测量墙檐高度，待到摸清了地形，就把木杖放到旁边，解开裤带在墙角撒尿。

　　范捕头看得分明，见了这盲叟的举动，断定此人是个翻墙跃脊的飞贼，说不定京师最近发生的窃案皆是其所为。他暗中合计着可以先窃其杖，次击其人，独自拿住这个老贼，于是趁那老头撒尿的工夫，蹑手蹑脚走过去想把木杖偷走，谁知他两手一抓那根木杖，竟给吓出了一身冷汗。

　　原来盲叟所持之杖，系以生铁铸就，重达百余斤，只是外层涂了漆皮，看着像是木制，任凭范捕头使出吃奶的力气，也移不动它分毫。

　　那盲叟听到响动，发觉到情况有变，立即寻到铁杖握在手里，返身奔走而出。范捕头骇然呆在当场，等到回过神来追出去，早已不见了那盲叟的踪影。他明白此贼必有异术在身，恐怕难以力制，所以没敢禀报官府，免得自找麻烦。

次日，有富商到衙门投状报案，自称夜间门户不开，家中财宝已失，范捕头核实地点，知道必定是盲叟所为，于是暗中查访。后在骡马市见到那盲叟点杖而行，范捕头跟踪到一个偏僻之处，看看左右无人，当下上前叫道："先生的所作所为已被人发觉，还想装作若无其事吗？"

那盲叟冷笑道："既被发觉，且听其发落。"随即伸出手来将范捕头拽住，带到一个酒肆中对饮，问其姓氏居址，以及管辖的地段。

范捕头对这老贼心存忌惮，无不如实相告，坦言说自己和捕盗衙门里的众兄弟，也无非是混口饭吃，奈何凡事都受上官指派，处处身不由己，如今京师窃案频发，这天子脚下，首善之地，不是外省可比，因此朝廷下了大限破案，实在是逼得太紧。先生如此手段，天下都能吃遍，何不先到江南苏杭之地走上一遭，给京城里的兄弟们留条活路。

盲叟听罢，对范捕头说道："既蒙阁下相告，非厚赠无以为报，但此地不是谈心之所。明天你到陶然亭下等我，我还有些紧要之事说给你听，万勿爽约。"双方约定清楚，就此拱手作别。

"陶然亭"是北京南城的一个地名，就在现在的火车南站附近，发展到如今也都是高楼广厦、人烟稠密了，以前却荒凉无比，尽是一望无际的芦苇荡子，最为偏僻不过。

范捕头转天起了个大早，来到陶然亭等候盲叟，至夜也不见此人前来赴约，这才明白是被对方涮了。范捕头暗恨起来："我这好心好意全被那老贼当驴肝肺了，你说你涮羊肉片还能蘸着芝麻酱吃，涮我一个当差的有什么用？"

真所谓"冤家路窄"，过来三五天，范捕头又在街上遇到了盲叟，他上前责问对方，那天为何爽约？

盲叟却说："我当天等你不来，只好自己找上门去，听得你夫妻二人酣眠熟睡，因此未敢惊动，所有要言以及酬谢之物，皆已放在你家床榻之下。你要是不相信，回家一验便知。"

范捕头愕然心惊，匆匆回到家里，果然见床下插着一柄利刃，旁边放着一个袋子，里面有十根金条，还有一封密函。他揭函诵读信中内容，但觉冷气侵肌、透胆生寒。

盲叟在信中写道："老夫行径既被汝窥破，本该杀汝灭口，但念及尚无深仇大恨，不想多造杀业，所以留下金条十根，酬报未宣之惠。今后休问此事，彼此互不相侵，你若心生歹念妄想，当以此利刃为鉴。"

范捕头又惧又恨，从此对这些事守口如瓶，不敢泄露只言片语。可是京城里被盗的人家越来越多，官府怪罪捕盗衙门办案不利，杖毙了许多差役。

此时有江南两省的饷银运抵户部，那银子都被打成元宝，十二个装成一鞘，这即古时所称的"皇杠"。当晚还没来得及清点入库，都堆积在户部大堂上，四周派人守御。早上开门一看少了两鞘，上官为之震怒，密招五城练勇和九门差役捕贼，兵勇还没调来就又丢了两鞘饷银。

差役们禀告上官，绿林之中历来有两等贼人，分别是"钻天"和"入地"。"钻天"的能够翻墙过壁，穿天窗爬烟囱，专窃富室大户；"入地"的则是挖地掏洞，做些穴墓抠宝之事。如今库银失窃，与京师今年发生的窃案相同，必是飞檐走壁之人所为，须于高处节制，倘若只把住前后门户，根本防不住贼人偷盗。

众官差和兵勇当即分成数队，房前屋后到处埋伏，四周布下了天罗地网。范捕头也在其中，跟着一伙人各持器械，守在附近屋顶上等待贼人现身。当晚月黑风高，忽见一盲叟胯下骑着铁杖，左右两臂各夹一鞘库银，形如鬼魅般从月下飞过墙头。

众差役见之无不大骇，一愣神的工夫，老叟已从伏兵身边飞过。屋顶有个差役擅使铜鞭，当即抡鞭击去。铜鞭打在铁杖上立时折成两截，那差役也被震碎了五脏，口中鲜血狂喷，翻身从屋顶栽下。另有一名差役手持双铜，也在旁奋力阻截，一铜打在对方手臂上，使那盲叟遭铜伤坠地，差役自己则被掉落的铁杖压断了两腿。

范捕头自从上次遇到盲叟，推测此贼会使妖术邪法，就每天都把妻子的天葵布带在身上以防不测。天葵即女人的月经，与黑狗血同为秽物，据说能破妖法。此时他见盲叟跌落在地，放手丢掉银鞘，拾起铁杖欲遁，心想："再不出手更待何时？"于是投出天葵布，正罩在盲叟头上。那盲叟仓皇不知所措，被从四面八方围上来的兵勇一举擒获。

经过严刑审讯，盲叟对京中大案悉认不讳，但被问及同党下落，则至死不招，官府又问其两眼何以致盲？这老贼声称："因欲为盗，故自剜双目，使见者不疑，否则早就被办差官拿住了。"不久，后这盲叟就被押赴菜市口处以极刑，至今也没人知道他的身份来历。

◯ 山蝎子

湘黔交界之地山势险阻、人迹罕至，覆盖着大面积的原始森林，各种神秘离奇的传说最多。据闻深山老林中最能要人性命的是妖精鬼怪，都是些活了百年的老狸子，千年的蝎子、长虫，诸如什么古鹤、怪鹿也有。

这些传说虽然近乎荒诞，但也确实有很多罕见罕闻的东西。曾听一些当年参加过剿匪战斗的老人说过，那时解放军追土匪追到大山深处，只见森林中浓荫蔽日，老树狰狞的枝干横空斜出，杂草丛中那一

座座古老的石人、石兽、墓碑，还有不知是人是兽的森森白骨都在其间若隐若现，虽是光天化日，走到山里也会觉得不寒而栗。

深山里最致命的便是山蝎子，有不少解放军战士中毒牺牲。后来通过当地采药人的指点，部队才掌握了山蝎子的习性，有效避免了伤亡。

原来蝎子喜欢栖息于山坡石砾中、落叶下、坡地缝隙、树皮内、墙缝、土穴以及荒地阴暗处，而山里的蝎子不比寻常。它们的外形更接近"黑琵琶"，山蝎子的繁殖期都是阴月阴日，这时候它们尤其喜欢往棺材里钻，棺中死尸中的尸毒气息能使它发狂，那时候山蝎子是最危险、最凶残的。在湘黔交界看守义庄的人都知道这一规律，所以赶上阴年阴月，都会在屋中所有的角落缝隙处撒上大量花椒。花椒能克蝎子毒，是它天生的克星，只要有花椒，蝎子就不敢往里面钻了。

据说以前山谷里有块光滑平整的大青石，生满了绿苔，赶路的人路过此地，都乐得坐在上面歇脚，图个凉爽。但任何人坐完回家后就会暴毙，尸体全身乌青，一直查不出原因，久而久之，谁都不敢再往那儿坐。某年有个贩货的后生，背着一大袋子花椒穿山而行，他是外地人不知利害，途中走累了就卧在青石上打个盹儿，醒来后发现麻袋旁全是死蝎子，都有巴掌大小。他出去将此事说给山民们听，众人才知道那块巨石下藏了无数山蝎子，以前死的那些人都是隔着石板中了蝎毒，若非这后生背了一袋子花椒，此刻也做了屈死的阴世之鬼了。

山里还流传着一句民谚："蝎子从小没有娘。"是说山蝎子一辈子，只下一窝小蝎子，由后背爆开两层，小蝎子都从老蝎子背里爬出来，而且小蝎子的数量刚好是三十六只，绝不会多出一只，或少掉一只。在民间另有一种说法，说这山蝎子是属骨牌的，骨牌便恰好是三十六张，蝎子与骨牌一样是上应天数，刚巧对应三十六天罡星宿。

另外也有说"山蝎子逢单见单，逢双必见一双"。日子是按阴历算的，双日子必定是成双结对地出没。其实这都是对蝎子习性认知有误，就不足为信了。

☾ 褪壳龟

褪壳龟顾名思义，就是没了壳的龟，关于此物也有不少民间怪谈。只说在扬州有户人家，家中所养的鸡、鸭、犬、猪等家畜，经常会无缘无故地死掉，人们无不称怪，却没理会过，只好听之任之。某天有个乞丐，路过这家门前，就站在那儿看着这户宅院，看了许久后问那家主人："家中是否有家畜经常莫名其妙地死掉？"主人如实回答，并请教究竟。乞丐说："此妖物作祟，我有术可破之。如果能侥幸成功，也不要其余的酬劳，给我打一葫芦酒喝便可。"主人欣然允诺。

乞丐随即跟着主人，到宅中各处察看，走到厨房的时候，看见有一口大水缸。乞丐似有所悟，他瞪视了良久，告诉主人，宅中古怪都与这水缸有关。

主人听其所言，买来猪肉一方，清汤煮到半熟，拿铁钩子从中穿过，系了长绳绕到柱子上，将熟肉放到水瓮旁边，退到隔壁悄悄窥探。没过多久，就看见水缸底下爬出一个东西，那物闻得肉香，便探首而出，张开血口去咬，结果被钩子钩穿了嘴，痛不可忍，急忙缩首欲逃，但绳子拴在柱上绑得牢固，一时间不能挣脱。

乞丐立刻进去，将水缸下的怪物缚住，令主人观看。那活物遍体深绿，长得像只大壁虎似的，竟有一尺半长。观者无不大骇，谁都认不出这是什么东西。

乞丐说："此物俗名褪壳龟，也叫日蜥，多亏被我遇见，此物化尚未久，还能轻易制伏；倘若再过一年半载，它就能变化吃人了，那时已非人力可治，您家中满门男女都得被吃掉。”

主人大惊失色，记起以前确实养过一只大龟，已亡去多年，寻思此物也许与之有关，就提起来询问乞丐。

乞丐点头称是，接下来便按照主人所说去寻觅遗壳，果然在鸡窝里找到了。据推测是那龟无意中爬进鸡窝，被卡在了其中，龟猛力向前，竟脱壳而出。

乞丐又告诉主人："此壳为化骨妙药，能去死肌腐骨，当妥善收藏。"随即要来菜刀，将日蜥剁为肉泥，凡是地上血迹，一律铲刮清除，盛在瓦罐里，拿到荒山深埋。因为褪壳龟的血是剧毒，碰到谁的皮肤，那人就会化为清水，发作得很快，子不见午，午不见子。

主人一一遵循，事毕之后，摆出酒饭款待乞丐，又酬谢了十贯铜钱。从此家门安宁，恢复了往日的平静。

听地

古代王公贵族最怕的事，便是死后被人从墓中掘出形骸，再被盗墓贼抠肠撬嘴掠取珠玉。大概没有比这更倒霉的了，所以古墓常以其诡秘得以保存。据说元代流行的做法，是墓室故意偏离古墓的正规布局，使盗墓者难以用传统的"天鹅下蛋"之法，直接揭顶入内取宝，除非是运气好，否则把整座山挖成筛子，也未必能穴出墓室所在。

历代盗墓之术，其实不单有辨别山形地脉，还可观泥痕、观土质、观水流、观草色，更有嗅土、听地、问天打甲之术，若用此法，百不失一。

原来自汉唐以来，盗墓之风愈演愈烈，有世代相传的盗墓贼，将盗墓掘冢的经验逐渐积累完善，总结归纳出不少法门。例如观泥痕、草色之术，如果见庄稼地里，有某片庄稼与周围的农作物相比格外有异，或较周遭庄稼茂密或稀疏、或高或矮，则必有古冢藏于地下，茂盛稠密者为汉唐之墓，稀疏低矮者为宋明之墓。盖汉唐多用膏泥，而宋代之后多用墓砖之原因。这就是一个秘诀，有些盗墓贼便以这类方法找出过许多巨冢，掘出古代秘器，从而一夜暴富。

不过元朝古墓不合常理，就如同元代贵族古尸口中多半含有剧毒之物"驻颜散"，这在其余的各朝各代中都不得见。元墓葬俗也是独树一帜，一律深埋不树，观泥痕草色之术在这里是派不上用场了，而且没有多年积累的经验，便有可观之处也观之不出。

有经验的盗墓老手，遇到这种情况，就不用眼睛和鼻子了，而是用耳朵去听。他们往往能听出古墓在地下的具体位置，但使用这个法子，必须要趁风雨大作、雷声如炸之时，其余的时候都不灵验。

外人不知其中底细，以为凡是古墓必有异象，故将此术传得神乎其神。实际上无论是听雨还是听雷，都是对于自然环境变化加以延伸的一种利用。比如，想找的元代古墓十有八九是在脚下，可盗墓贼根本不知其规模布局，想要穴地而入，势比登天。如果得了天时，这时候来场大雷雨，那么以竹筒听地，雷声从地下传导，听其回响之轻重缓急、沉闷顿挫、远近高低，便可将地下情形听得一清二楚。倘若候了多日，既无风雨也无雷，再有经验的土贼，也只能空自着急没有咒念。

毒树

武侠小说和评书传奇里，常会讲到各种毒药，涂抹在兵刃暗器上，毒性厉害的可以见血封喉，沾上就死碰着就亡，尤以"鹤顶红"为百毒之王。其实还有许多稀奇古怪的毒药，也都是毒性猛恶，一旦中了毒就无可解救。

比如东北兴安岭山区有种野蜂，它们一旦受到惊动便会倾巢而出，群蜂汹涌飞舞之际，望去犹如云雾飘动，蔚为壮观。大群野蜂振翅之声在林间鸣动鼓噪，即使是山里熊狮虎豹一类的大兽，听到这动静也要远远避开。

此类野蜂会产"蜂溺"。"蜂溺"一词是方术家所言，实则并非"溺"，也许是野蜂的一种分泌物，透明而无臭。一只野蜂最多可分泌出一滴眼泪大小的"蜂溺"，而且只有在蜂巢起火之时，野蜂才会有"蜂溺"产生。

"蜂溺"本来无毒，但如果用野胡葱汁与之混合，就能制为"巫毒"。涂于箭镞，以之刺狸子，狸子走一步而死；以后用此箭射熊，熊中箭后同样也走一步即死，倘若狸子走两步而死，熊也同样走两步而死。其中原理外人难窥奥妙，现在这些土人巫毒已经失传很久了。

另外还有一种古怪的毒液产自广西，这种毒药系用毒蛇的毒液调制，并且还要混合一种毒树的汁液才能炼成，一滴就足以令人通身溃烂而死。炼制这种毒药主要原料的树汁，是一种名为"撒树"的树汁，"撒"在苗语里是"汉人"的意思，这种树是出产在广西边境深山中的。苗人所用的毒箭，箭镞上所敷的"见血封喉"的毒药，就是用撒树汁熬成的。苗山并没有撒树，他们要用重金向汉人购入，但汉人始终不懂撒树的毒性。

直到雍正年间，广西巡抚才遣人深入苗山，探明了这种剧毒的制作方法。原来广西诸苗之中，以猹苗之弩最毒，弩箭上涂的毒药有两种，一种是草药，另一种是蛇药。草药虽然毒性猛烈，但熬成两个月之后，就会失去药效不再灵验。而熬成了蛇药，可以使用数十年之久。

不过单用蛇汁，其药只能使人溃烂，中毒后仍有治蛇之药可以救治。更有一种蛮药，其名为"撒"，以此配入蛇汁熬箭，射中人兽身体，剧毒会随血液迅速流遍全身，纵是华佗再世也难解救。闻此"撒"药，系毒树之汁，滴在石上凝结而成，其色微红。此树产于广西泗城土府，自古罕见稀有，极为难得，苗山里的猎人暗中买回去制成蛇药，其价贵如黄金，一向被苗民视为至宝。

鬼庙

从前，在河北与山东交界的地方有一个村庄，因为是两省交界，所以过往的人特别多。村头有一座破庙，因为这个村子没有客栈，凡是经过此地的外地人，几乎都会借宿在此休息。有一次，一个外地商人借宿于此，来的时候还好好的，转天早上人们却发现他倒在地上，浑身抽搐，嘴里还不停地说："有鬼、有鬼。"没多久就一命呜呼了。消息很快传开，闹得村子里沸沸扬扬。此后这座庙就没有人来住了，闹鬼的事情就这么传了开去。

某日，一个秀才从这里经过，见天色已晚，他便想在此地过夜，四下寻找都没有找到客栈，于是他来到了村头的这座破庙，刚要迈进庙门就被一位过路的老大爷叫住了。老大爷摆摆手对秀才说："年轻人，这里可不能住啊！"秀才一脸疑惑："此庙一无损坏二无人家，为何不可住？"老大爷说："前两年出了命案，然后此庙终日有鬼缠绕，进去住宿的人必死啊！"秀才摇了摇头，对老大爷说："感谢您相劝，我乃读书之人，不信鬼神之说，我尽管住于此地，也好一探究竟。"

秀才不顾老大爷的劝告，毅然住在了破庙里。天渐渐地黑了下来，他点上一支蜡烛拿起书，窗外不时吹进风来，烛光摇曳，秀才虽然不信鬼神，但不免还是有些害怕。就在这时，供台上突然传来了"叽里咕噜"的声音，而且供台还在不停地摇动，声音越来越大，像是要从此处变出来什么东西。秀才刚想起身向外跑，转过头又想起来和老大爷说话时那胸有成竹的样子，也觉得如果跑出去读书人的颜面便会荡然无存。碍于面子，他鼓起勇气，向供台处走去一探究竟。借助微弱的烛光，他赫然发现，在供台上发出声响的居然是群老鼠。秀才不解，何来如此大的声响呢？原来老鼠个个体形庞大，在老鼠的尾部都有一个将近拳头般大小的疙瘩，一动起来便会发出这种恐怖的声音。

转过天来，村民们听说在庙里住了个秀才，都觉得会凶多吉少，一大早聚集而来，发现秀才依然在读书，都很不明白地询问他。秀才让村民拿来铁铲见鼠洞就挖，果然挖出不少体形庞大且尾部有疙瘩的老鼠，它们一跑起来就会发出"叽里咕噜"的声音。原来老鼠偷油吃的时候把蜡沾在尾巴上，一跑又滚上了泥土，日子久了就成了这样，这便成了"闹鬼"的源头。

大铜佛

抗日时期，位于老天津卫东南角草场庵地带有一座居士林。值得一提的是，居士林里有一尊铜质的佛像，高约五米，相貌慈祥。佛像前设立了香炉，供人们烧香供拜，香火很是旺盛。人们口口相传，只要在铜佛前拜一拜、摸一摸，身上疾病便烟消云散，久而久之，铜佛其身光亮耀眼。至于铜佛的由来，还有一个传说。

从前此地爆发了一场瘟疫，横尸无数惨不忍睹，临近的大夫纷纷前来一起救治百姓，疫情仍无法控制。恰巧一位路过此地的高僧一语道破，高僧说："这并不是普通的瘟疫，而是瘟神作祟，若想控制住疫情，需铸造一尊硕大佛像方可压住此劫。"

随后百姓们找来了附近铸造铜像的高手，准备铸造一尊通体金黄的大铜佛像。可自打铸造开始就非常不顺利，连着几次都白白地浪费了准备好的铜水。这些师傅急坏了，本来材料就紧张，这样浪费最后肯定失败。原料所剩无几时，只见铜水在炉中翻腾，取样几次大家都摇头，眼看就要失败了。高僧恍然悟出了些什么，纵身跳向炉内，霎时间炉火升腾，铜水翻滚。老铜匠心中震动，发出呼号："铸！"果然铸出了一尊通体金黄的铜佛。

佛像铸好后，疫情得到了控制，大家都说是高僧自己与佛像融为一体解救了百姓，大家就为铜佛设了香炉供拜。此后也有匪徒打铜佛的主意，但是一旦前来偷盗便头痛不止，有的当场晕倒被官府抓了起来。

不久，日军侵略到了天津，为了扩充制造军械，他们不停地搜刮一切有用的金属。日军发现了这座大铜佛，一心想霸为己用。无奈一来日本也是个信奉佛教的国家，虽然是军事行动，他们对于佛坛圣地多少有所顾忌；二来他们也想使用亲民政策，不想因为这件事情和当地的老百姓发生冲突。于是日本人便想了一个计策，谎称要将大铜佛移到一个安全的地方，修建宽敞的殿堂以供奉。

大家听到这个消息，谁都知道他们不怀好意，但是也不知道用什么办法才能阻止他们，众人都期盼着大铜佛可以像传说那样抵挡匪徒。到了日军前来迁移大铜佛的日子，来了很多百姓围观。当日军利用绳索铁链牵拉的时候，大铜佛不知从哪里溢出了鲜红的液体，恰似鲜血涌出，动手的日军各个倒地抱头，一副痛苦不堪的样子。这下百姓们欢呼起来，日军不得已才停止霸占大铜佛的念头。

天力击鼓

　　康熙年间，天津城里有一闲人姓赵，家中排行老二，故此大家都叫他赵二。赵二年幼时家境富足衣食无忧，从小饱读诗书，自视清高，壮年之时一场祸事，家道中落。其虽学富五车、写得一手好字，却游手好闲。没有了清高的资本却练就了一副厚脸皮，整天蹭吃蹭喝，但凡酒家商铺一见此人，便像驱赶瘟神一样四下哄散。每次被人驱赶，他便放下狂言："我终有一日可成锦缎玉封之人，到时候求我也不来。"

　　这天官员们得知康熙皇帝南巡途经天津的消息。天津的官员们绞尽脑汁，如何迎驾才可博康熙皇帝龙颜一悦？

　　有一官员提议，北门外有一大鼓，是件古物，据说只有赋天力者方可鸣其真响，真响有万人齐贺之声。凡人只可鸣其原声。逢跨年之时才击此鼓庆贺，但从未听过其真响。何不在城内张贴告示，寻觅些力大之人来试一试。凡能比跨年击鼓时声响大的，赏银。如能击出惊人之声，不仅有机会面圣，而且还赏金赏地。告示一出，引来了十里八乡的壮汉们，无不膀大腰圆、虎背熊腰，个个摩拳擦掌准备一鸣惊人。

　　众人来到大鼓之前排起队伍，等待官员吩咐前去击鼓，赵二排在最后，大家看见他这等样貌都笑他不自量力。反正赵二平日里招人取笑已成习惯，也不以为然。众人一个接一个地去击鼓都连连失败，到了最后一个就是赵二。官员们眉头紧锁，看他样貌这样弱，岂能击出惊人之声？无奈已无人来，便死马当活马医了。

　　赵二来到鼓前，仔细地打量了一下大鼓，偶然发现在大鼓的边缘有一个"启"字，虽然已无颜色，但字的样貌还是可以看得清楚。在字下面有一个拨动的机关，赵二随之拨动，鼓内传出了一声响动，

天力击鼓

随后赵二抡起鼓槌使出浑身力气敲击大鼓，果然大鼓声响似万人齐鸣。前来的官员们都吓了一跳，谁承想此人便是传说中赋天力之人啊！

不久康熙皇帝途经天津，天津举办了一系列带有地方特色的欢迎仪式，待最后赵二击起大鼓，鼓声连连如万人齐贺。康熙也为鼓声之大震惊，待知其缘由后便龙颜大悦，赏赐赵二黄马褂及黄金万两。此后赵二便在天津城里成了赫赫有名之人。谁承想他哪里有什么天力，只是在击鼓之人里只有他识字而已。

三打大裤脚

李鸿章因成功调解天津教案，被任命为直隶总督。督职时期，在津为其效力的亲信皆为安徽子弟兵，包青头布、穿紫操衣，裤脚宽二尺有余，老百姓俗称"大裤脚"。

这些来自安徽的子弟兵依仗着李鸿章的名声，欺压天津百姓，调戏良家妇女，百姓们苦不堪言，但是混混儿从不惧怕。市井之人都是地头蛇，所以这些大裤脚也不敢对他们怎么样。

有一个守城的哨官名叫尤常胜，几年来东征西战，从一个初出茅庐的小兵熬到了哨官，也有了些积蓄，眼看到适婚年龄却无妻可寻，这次到了天津也算安顿下来，便萌生娶妻之意。

城边有一农家，住着一个寡妇田氏，因离城门较近，一来二去也算熟悉了，攀谈之中得知其有一女，现在亲戚家，恰巧也到了出嫁之龄。这下尤常胜高兴坏了，随之讨好便下了礼金，就等着姑娘回来择日完婚了。

到了娶妻之日，尤常胜高兴得手舞足蹈，以为自己抱得美人归，草草地打发了宾客便一睹娘子之貌。哪承想其妻样貌丑陋、体形肥硕。

尤常胜非常生气，便诬陷此女并不是贞节之身，想休了她。

此女有一族兄田如豹，从小练得一身武功，也是横霸一方的混混儿，听说此事后，便来到尤家将尤常胜痛打一顿。虽然尤常胜也是武行，但毕竟不是他的对手，被打得鼻青脸肿。此后同僚安占得知此事恼火不已，觉得丢了面子，找来了同营的武显准备一起教训田如豹。

他们和尤常胜设下圈套，让他对妻子说："如果你兄来此探视我，我便不计前嫌；如若不然，待我伤愈一定让他死无葬身之地。"妻子听后就跑去向她母亲哭诉此事，田氏寡妇觉得不妙，就哀求田如豹使其前往探望，希望能化解此事。

田如豹应约而来，安占藏在屋门后，武显藏在外面的草垛之中。刚一进门，安占便用棍子朝着田如豹的脑袋打去。田如豹身手敏捷，一个转身将棍子握在自己手中，用力一棒将安占打晕在地，得胜后大笑一声转身出门，他哪知道还有武显埋伏在周围。刚出门时有些内急，便向房后的茅厕处方便，忽然见草垛里探出头来。武显由于害怕撒腿就跑，还没跑出去就让田如豹抓了回来，将他按在粪坑里，搞得狼狈不堪。

大裤脚三次都被田如豹暴打，断了寻仇的念头。老百姓听后都大声称快。后来他们便得出一句话"发匪易平，天津混混儿难办"。

案中案

清朝光绪年初期，天津南城一带多为水沟荒地，空地分文不值，从外地来到天津谋生的、逃难的都聚集在此地，盖起房子随便占用，也无人过问。

有一个姓董的山东人，带着七个人来到了此地，其自称七人都是家中族兄，家中发了饥荒来到这里逃难。到后不久便找了一块荒地盖起间茅草屋子，这些人在此居住，每个人都是三十岁左右相貌。按理说应该已婚有子，既为逃难却不见他们携妻幼老小一同而来，几个男人相依为命，而且大门不出二门不迈，只有到了该吃饭的时候，才轮换着到东城去买饭、买酒，让人觉得十分可疑。不过这几个人相貌和善、傻头傻脑，浑身黑黢黢的，毫无歹相，一看就是种地干活的。居民们也就没人怀疑了。

一日下午，董大汉提壶外出，打算去买些热水泡茶，来到田家开的杂货店，拿出一文钱对田掌柜的说："来一包叶子。"当时买茶叶需要在很远的城外才有，所以杂货店才代为零售，茶叶末一文钱一包，名为"满天飞"。不过天津可不管茶叶叫"叶子"，抽烟的烟叶才叫"叶子"，烟叶也分四种——叶子、锭子、杂样、兰花，碾成碎末也弄成一包。田掌柜按照天津的说法把烟叶卖给了董大汉。他哪知这是烟叶，接过叶子放在壶中，喝了起来。周围的人笑成了一团，水的味道也不一样。这时董大汉才察觉不对，便以为田掌柜欺负外地人，转身走进店里，挥拳将田掌柜痛打一顿，扬长而去。

店后不足五十步有一家打铁的铺子，打铁汉姓何，身大力足，从小练就一身功夫，大家都叫他何大牛。他不喜欢外地人，自从姓董的占了荒地还盖了房子，一直都心里不快，听说他们打了田掌柜后大怒，来到董大汉的住处叫骂，哪承想其八人飞身外出，身着夜行衣，手持刃器，没说话上前就厮打起来。何大牛功夫了得，八人都不是他的对手，反而让他一一擒住，身受重伤。何大牛实在觉得这八人有些蹊跷，就扭送至衙门。这一送不要紧，在严厉审讯下他们招了实话。原来他们在山东是帮悍匪，打家劫舍，此次出逃是因为截船杀人后暴露了身份，才潜逃于此，为了这一桩小事竟落到官府手中。何大牛也因擒贼有功得到了衙门的奖赏，原本是一桩斗殴，误打误撞地掀出了案中案。

◯ 如出一辙

是非争端起因无几，财情二者不过如此。在《水浒传》中有一百零八将，我想能让人们记忆深刻的也不过十几位，其中武松和武大郎算是大家熟知的，武松高大威猛、身手不凡，武大郎身材矮小、唯唯诺诺。武松为其兄报仇杀死了西门庆与潘金莲，最后惹上官司被发配孟州。当然这些都是杜撰，但是在天津，有与武松、武大郎相似之人之事，但这事的起因是为了钱财。

乾隆年间，天津有兄弟二人——沈仲德、沈仲顺。仲德身材高大威猛，能骑善射，一身好武艺，于乾隆五十九年中武举。其兄沈仲顺是个做生意的，身材矮小，视钱如命，十分吝啬，凡是被别人欺负，只要是不丢钱财，从不与人计较。仲德有情有义，被大家以武二哥相称，仲顺自然被大家称为武大。

仲顺为人吝啬加之头脑灵光，在天津城也算是个有钱的主，但还算不上什么大富大贵之人。仲顺在一次做生意的时候得到了一块美玉，此玉色泽丰润、洁白无瑕，其料型完整且浑然天成，是件稀有的古件。仲顺一直对此喜爱有加，视为瑰宝。

城中有一富豪也是爱玉之人，他的这种喜爱已经到了极端，但凡谁家有好玉，他都会想尽办法将其据为己有，手段阴损。有十几人就专门为他打听这些消息。

富豪听说仲顺手中有一珍宝美玉，每日处心积虑如何把玉弄到手，他知道仲顺吝啬贪财，就出了一个合伙做生意的办法。那个时候做茶叶生意并不是谁都做得来，一来风险高，二来渠道窄但利润颇丰。富豪托人找到了仲顺打算一起贩运茶叶，起初仲顺也心存疑虑，但在富豪的吹捧诱惑下昏了头答应下此事。

回到家中，他左思右想，觉得这件事情有蹊跷，猛然想到原来富豪是打美玉的主意。转日向富豪提出撤资的请求，谁知富豪不但不答应，还要仲顺将美玉送出以抵违约的代价。仲顺哪里肯，富豪就令其手下一路追打讨要，邻家的小孩见状跑去找仲德。仲德此时正在靶场射箭，闻得此事飞奔而至，见其兄已被打得一动不动躺在那里，鲜血一地。仲德一怒之下拉弓就射，将追打的十几名鹰犬射死七人，其余仓皇而逃。

仲顺不承想被打得一命呜呼，仲德将家中事务料理好后，带上兵刃来到富豪宅中寻仇，杀死富豪火烧宅院之后，隐踪匿迹，再也没有露过面。百姓们纷纷猜测，或许这沈仲德也效仿梁山好汉，上山当了草寇。

◯ 瓜园埋尸

炎炎夏日，西瓜算是最好的解暑水果之一。从前各地都有关于西瓜的比赛，到了西瓜收获的季节，在集市上招募参赛的瓜农，看看谁家的西瓜好，不仅要大还要体态圆润，不仅外形要好还要将瓜切开品食，优胜者会得到重金奖赏。不过不是每次的比赛都会皆大欢喜，就在一次西瓜的比赛中，牵出了一件离奇的凶杀案。

七月正值夏暑之时，骄阳似火，别说在外面走了，就是待着不动都会大汗淋漓。有一个商人从外地返乡途中经过一片瓜地，此时他又累又渴，便在瓜地旁边的大树下坐了下来，拿出水囊喝点水，闭上眼睛想休息一会儿。一不小心将自己的钱袋露在了外面，就是这一不小心，给自己惹来杀身之祸。

瓜田里有一个看瓜的瓜农，身材瘦小，浑身黑黝黝，一看便是个务农之人。但这瓜农可不简单，曾经也是十里八乡有名的恶霸，几年前因强抢民女、掠夺钱财被官府通缉，隐姓埋名来到瓜田给雇主看瓜，这一过就是几年。过惯了纸醉金迷、酒肉佳肴的日子，这种辛苦的生活他自然不甘心，但也没办法。

平时瓜田来人不多，偶尔路过的人也都是穷苦百姓。这天正好他走出棚屋小解，看到了树下休息的商人，见他睡得正熟，刚要转身向回走，忽然灵光一现仔细观察。此人衣着整洁、打扮体面，肯定不是穷苦百姓，那饱满的钱袋露在外面，此番景象让这瓜农起了歹心。

瓜农走向前，摇了摇商人说："这位兄台，日渐西落，想必你是赶路回乡吧？"商人醒来见有人来询，便起身道："正是如此，没承想这一睡竟然睡了这么长时间。"瓜农暗自窃喜，道："前面须穿过一片树林才有一村，想必你到达之时早已家家闭户，且夜路危险。如兄台不嫌弃，可到我棚屋休息一晚，吃些便饭，明日赶路也不迟。"商人见如此，便欣然答应并连声道谢。

这瓜农做事谨慎，须了解一番后再动手，饭后二人便攀谈起来。瓜农以前也算见过世面，自然和商人聊得很投机。开始商人还有些拘谨，后来打消了顾虑，瓜农也了解了商人仅仅为商，并无其他背景，便伺机动手。他谎称到后面的瓜地里摘个西瓜来消暑，转身进了屋，从棚屋中取出刀来，趁商人不注意从背后猛砍几刀下去。商人猝不及防，当场死在了瓜棚前。

瓜农谋害了商人性命，将其随身钱财以及值钱的东西搜罗一空，然后就在棚屋后的瓜地挖了一个深坑，把商人的尸体扔进去掩埋，清理好后连夜逃窜，消失了踪影。

过了几日，雇主到瓜地里去巡查，却怎么也找不到瓜农的踪影。雇主以为瓜农厌倦了这单调乏味的日子而另寻他路，但这不事先告知的行为仍令他十分恼怒，无奈之下只能自己看管瓜地。这一年西瓜的收成并不好。

转过年，雇主自己看管瓜田有了明显的起色，西瓜得了丰收。但在众多的西瓜之中，棚屋后的一个西瓜格外大，体态丰满圆润，色泽也好。雇主感到很奇怪，按常理，棚屋后接触阳光最少，怎么会长出如此硕大的西瓜？不过他还是很高兴，因为这样就可以去参加西瓜比赛，说不定能拿个奖赏，此后对这个西瓜更加悉心照料。

到了西瓜比赛的日子，他割下西瓜，小心翼翼地抱到集市上去比赛，但凡见此瓜者都称赞这次的头奖得主非它莫属。经过轮番筛选，此瓜进入了比赛的最后阶段，就是切开品食，大家都翘首以待。不料这一刀下去，硕大的西瓜分切两半，鲜红的液体一喷而出，但显现出的并不是鲜红的果肉，而是血肉模糊的肉泥。这下惊呆了在场的所有人，马上有人报了官。官府将雇主押送公堂审问，但雇主也道不出个所以然来，就将瓜的接种和收割说了一遍。官府人员岂能相信，便和雇主一起来到了瓜地。

到了瓜地找到那根藤，的确是刚割下不久，办案的官员也对棚屋后能长出大瓜感到不解。但此官员经验丰富，想了想或许和这土下之物有关，唤人来向下挖地一看究竟。挖了不久，商人的尸体显现，奇怪的是尸身未腐，面目表情狰狞，而那条大瓜的瓜藤竟然是从商人的口中生长出来，此乃怨念而生替之申冤啊！雇主看后吓得半死，哪知自己看瓜这些时日一直守在一个死人旁边，惊恐之余他将雇用瓜农以及瓜农无故消失的事情禀明了官府，这才得以洗脱干系。经他描述，官府确定瓜农就是被通缉的匪人。雇主也连连后怕，自责引狼入室。

过了没多久榜文招贴出来，此匪人瓜农终于被捕，择日将处极刑。到了行刑之日来了许多乡亲围观，大快人心，如不是有这场赛瓜之会，那商人的冤屈又有谁能知晓？

接引童子

常听老人说起古墓里有"接引童子"，在墓中捧着长生烛，跪在棺椁前接仙引圣。据说凡是接引童子，都是十一二岁的男孩，八字要阴年阴月，活着的时候灌进水银，做成跪地拜伏状，低头闭目，神态十分祥和，灯芯则安在肚脐处，长长地探出一截。"接引童子"的肚子与身后的铜柱连为一体，以前在铜柱和人皮里面可能都储满了油脂，能够通过肚脐，一滴滴地流淌出来，可使长生烛千年不熄。

不过有这么多古墓出土，从没看过里面还亮着灯火，被当作长生烛的接引童子，更是没有发现过，大概也是从活人殉葬之事中衍生出来的传说。

在希腊的考古工作者，曾经在雅典的遗迹中，发现一口祭祀用的水井。井底堆满了金币，还有许多人类尸骨的残骸，那都是被人扔下去摔死的。因为古希腊人相信，将财宝和活人扔进井中，是一种对神灵的供奉。

另有一个关于木桩钉着干尸的传说，它的真实性就难以考证了。据说在明代有个盗墓贼老八，他一生盗过无数古墓，在苏州盗墓的时候，曾经掘得一座大墓。墓道有数层高大的圆拱石门，门前立满了石柱，柱上都用铜链锁着死尸，个个面目如生，但是用手一碰，便化为灰烬。

人殉中最残酷之事，莫过于用童男童女殉葬，与接引童子的形式差不多，但确有其事。这种风俗在明代之前都很普遍，洪武之后就不多见了，可见时代距离现代越近，那成仙不死的梦想，越被世人认为渺茫无望。

在山西的一处建筑工地上，就曾经发现过用一对童男童女殉葬的古墓。据专家推测，此墓为宋元时期的古墓。这是一座保存相当完整的古墓，向南留一半圆形拱门，两名殉葬的童男童女侍奉于墓室门外两侧，脑门中各钉有一枚铁钉。弓身步入墓室的内门，可见地板由方砖砌成，室内一尘不染。墓室正面的土坑里横躺着三具尸骨，一男居中，两女分居两侧，为墓室主人及其妻妾。左右两侧室壁上各有雕刻精致的窗户及虚掩的侧门，拱门右侧镶有一突出的灯盏。

殉葬的童男童女，由于体内注满水银，所以尸体千年不朽，但也绝对谈不上面目栩栩如生，实际上几乎只剩下一层硬皮了，五官也都塌陷萎缩，而且死得很惨，表情自然也不会舒展安详，那模样应该是很难看的。

第三章

云中古都

灵狲盗宝

清朝康熙雍正年间，江湖上出了个江洋大盗，姓郁，排行第四，人称郁四爷，绰号"飞天蜘蛛"。此人本领高强，是绿林中的总瓢把子，其手下党徒甚众，积案如山，官府拿他毫无办法。各地盗贼作案劫得金银财帛，自己留下七成，余下的三成都要拿去献给郁四爷。到他晚年的时候，已经积蓄了一座金山。

郁四爷思忖自己年事已高，这些年所得贼赃十世也花销不尽，应该急流勇退，以求得个善终，就决定在做寿那天金盆洗手，不再做这杀人越货的勾当了。于是他广撒英雄帖，邀请各地的亲朋好友前来观礼，并放出话去，希望大伙都来捧场，如有接到帖子不来的，那就是不给他郁四面子，当与天下英雄共弃之。

那些江湖后进，既不敢违背总瓢把子的意思，又想长些见识，自是欣然前往。到了郁四爷金盆洗手的那一天，果然是宾客盈门，来者全是三山五岳的豪杰、水旱两路的英雄。主家大摆宴席，从厅堂到两廊，总共铺设了一百多桌，也不知放倒了多少只牛羊，打开了多少坛美酒。

群盗依序列而坐，大多是燕颔虎额的好汉，唯有上首末席坐着一只狝猴。那猴体形甚巨，脸红如血，一双火眼金睛，遍体黑毛，唯独头顶溜光，好像剃度出家的僧侣一般，而且两只耳朵都被割掉了，脑侧只剩两个黑窟窿。它竟然也会拿筷子夹菜，喝酒的时候，还能与旁人推杯换盏。

在座的群盗见此猴举止奇异，都交头接耳、议论纷纷，等到开席之后，众人开始大吃大喝，也就顾不上理会那只狝猴了。

酒过三巡，菜过五味，有个年长的老贼提议，说这次各地英雄齐至，席上满是好酒好菜，实属难得的盛会，奈何狂饮寡欢，没有下酒的东西。咱们绿林中人性情粗鲁，也不耐烦学那文人行酒令，不如各述得意事迹，讲到或勇武或奇异，凡是常人所不能为者，我等当共浮一大白以贺之。

此言一出，群盗齐声称赞，于是依照次序开始叙述。等轮到那猴子的时候，巨猴瞪起金睛举目四顾，好像也要说说自己的事迹，奈何不会说话，急得它抓耳挠腮。

这时郁四爷出言说道："此猴与我半兄半友，今当盛会，我不能昧其勋烈。想郁某膝下仅有一女，早已许配他人，金盆洗手后我要同这位猴兄隐遁山林，于俗世再无瓜葛，因此我要替它述说平生事迹，使之名传后世。"

郁四爷说自己少年时，曾随一位老道在峨眉山学艺。师傅所传的刀枪拳棒，只亲自演示一遍，郁四爷学过即忘。幸好深山里有只狝猴，常在旁厮耍，看了老道传授的技艺，即可心领神会、过目不忘，还能捡起树枝模仿。郁四爷便每天带些果子、糕饼喂猴，跟其学习师授武艺。寒来暑往，这一人一猴日渐相熟，混得如兄似弟。

后来郁四爷艺成下山，结识了一群绿林好汉，专行劫富济贫的事业。凡是遇到那高墙深宅的巨富之家，就蒙面持刃趁夜潜至，先派狝猴蹿上墙头。此猴疾如飞隼，翻入人家后蹑手蹑脚地拨去门闩，将群盗放进来大肆洗劫，纵横数省，无往而不利。

平时郁四爷出入各地，都扮作耍猴的遮掩身份。有时住在客栈里，不等他指挥号令，那猕猴便在天黑后自行出外偷盗，每次回来都是手握金银、口衔宝珠。郁四爷必须取出果子、美酒犒赏，猕猴才把珠宝交给他，然后抵足而眠，虽在寒冬腊月，这猴子身上也如一团炭火。

有一次，郁四爷独自出去办事，途中行于旷野，恰是前不着村后不着店的所在。眼看天色阴晦异常，忽然北风怒号，气温骤降，大雪漫天落下，雪花都大如手掌一般，竟出现了百年罕遇的雪灾。风雪几天几夜不停，郁四爷在山谷中被风雪困住，身体都给冻僵了，多亏那猕猴赶来接应，才把他带出山谷。

日子一久，郁四爷有灵猕助盗之事，开始流传出去。官府的鹰犬闻得讯息，就在各处路口暗藏眼线，专盯着耍猴的江湖艺人，终于在济南府将郁四爷擒获，打入深牢大狱，准备讯明处决正法。那灵猕机警，遭官军围捕时漏网逃脱。它找到郁四爷的绿林同伙，那些强盗见猕猴孤身前来，急得上蹿下跳比比画画，就猜到是郁四爷出事了。他们立刻召集各处豪杰，得猕猴相助，混入济南府，天黑后到处纵火，趁着守军大乱，砸牢反狱把郁四爷救了出来。

郁四爷述说这些事迹的时候，四座寂然无声，及闻"风雪逃灾、黑夜劫狱"之事，群雄哄然喝彩，举起酒碗相贺，猕猴也连饮数杯，婆娑起舞。

郁四爷却说："吾适才所述，还属常人力所能为，不足以显示灵猕异绩。诸位看没看到此猴额顶秃了一大片，两耳也被利器割去？我把这件事迹讲出来，才真能让天下英雄钦服。"

郁四爷说起了这件事情的经过。那时圣祖康熙还在位，有西域藩国进贡了一颗夜明珠，大如龙眼，精气粲然，黑夜里熄灭灯烛，从匣中取出此珠，其光芒可以在十步之内看清人的毛发。圣祖视为异宝，交给了宠妃岫云，嘱咐妥善收藏。

某次郁四爷到九华山，见了几个绿林道上朋友。众人谈及此珠，皆有欣羡之意，奈何深宫大内，戒备森严，谁有本事和胆量进去盗宝？

不承想这番话被那灵狝听到，它目光闪烁，若有所思。后来路过京城，竟然趁着夜黑风高，独自潜入紫禁城，在寝宫里四处翻箱倒柜，想盗走明珠，结果惊动了宫女，只好趁乱溜了出来。皇妃发觉有飞贼意图不轨，就将珠匣藏在床榻之下，十几名宫女轮值盯着，视线片刻不离，又请皇上调集了许多武艺高强的侍卫，埋伏在四周守护。

这灵狝也当真是贼胆包天，并不甘心失手，等几天风声过了，它再次夜闯大内，这回事先偷了个炮竹。灵狝穿梁越柱溜进寝殿，凑到宫灯下用火烛引燃了炮竹。那些宫女和皇妃正在睡觉，蓦地一声巨响，顿时将众人都惊醒了。她们不知出了什么变故，还以为是震雷击宫，群雌粥粥，乱作一团。

皇妃吓得花容失色，却还惦记着藏在床下的珠子，赶紧从暗阁里取出，打开匣子一看宝珠还在，并未随天雷化去，这才稍稍放下心来。谁知那灵狝躲在暗处窥得真切，突然蹿出来，从皇妃手中抢走了宝珠，还没等皇妃和宫女们回过神来，就已夺路逃出。

当时，大内侍卫中有个奇人异士，擅使独门暗器血滴子，夜里巡视到附近，听到一声炸响，急忙过来察看，忽见一只遍体黑毛的巨猴从殿阁上跃过，就立刻放出血滴子击杀。

血滴子这种暗器，用途近似残唐五代年间的"飞剑"，样子很像

灵猴盗宝

一个精钢鸟笼，带有锁链，放出去的时候快速旋转，会发出"呜呜"怪叫之声，里面则是许多牙齿一样的利刃，如果套在人脑袋上，"咔嚓"一声便会将人头和身体分离，向来百不失一。

灵猱仗着身手矫捷、轻如飞鸟，侥幸逃过一劫，但两只耳朵和额顶头皮，都被血滴子削掉了。它血流满面，吞珠入口，跳进护城河里才得以逃脱。

郁四爷事后听到坊间传闻，又见灵猱头上重伤带回宝珠，才知道它夜闯深宫，而宫人讳言此事，也没有大肆搜捕。但郁四爷得了宝珠，终无大用，想出手变卖，又没人肯出巨资购买，最后就将此珠施舍于嵩山白鹤观。因为那道观中有座古塔，巍然高出云表，除了猕猴，本事再大的飞贼也爬不上去，所以将宝珠安放在塔顶。

◐ 老祖宗

天津乡下，大约离城十里左右，有座杜公庙，这是延用旧时地名，民国初年已找不到庙宇遗址了，也不知供的是哪位杜公，只留下这么个地名。周围数里，皆为桑园，园旁有几间茅屋，住着个做小买卖的温州人，当地人都称此屋为温州草棚子。后来这茅屋中的温州人突然失踪，下落不明，生不见人死不见尸。反正是个外来人，平时跟左邻右舍接触不多，这个人没了就没了，从来没人过问，毕竟是民不举官不究，下边没人揭发，上边乐得糊涂。

取而代之，茅屋里住进了个丐妇，也就是个乞讨要饭为生的老太婆，估摸着年纪得有七八十了，满脸皱纹，口音含混，不知从何方而来。她住在空置的茅屋里，每天捡几根柴火，到园中偷些菜，再向人家讨要些残羹剩饭和破烂衣物，以此度日。

这丐妇眼神也不太好，双目深陷，犹如不能见物，每次出门都要扶着墙壁或摸着树，行路时颤颤巍巍，摇头不止，经常自言自语，在嘴里念诵佛号，特别喜欢哄小孩，遇到孩子就给些糖豆，自称是"老祖宗"，非常慈善和蔼。当地人可怜其孤苦无依，也就对其偷菜的举动睁一只眼闭一只眼了。

某天，一位姓孙的乡绅家中，走失了一个五岁爱子，家里人到处都找遍了，一直不见踪影，随后当地丢失的小孩越来越多，大伙就以为是有拐带人口的人贩子，联名报到官府上。官府查了很久也没头绪，胡乱抓了几个外来的游民盲流，屈打成招顶了罪。可人口失踪的事仍在持续发生，案件悬而难决，搞得人心惶惶。

那时候穿便衣侦查办案的部门，俗称"采访局"。当中有个姓胡的探长，他报告局长，本地拐带人口的案件，恐系"老祖宗"所为。因为胡探长无意中见到，"老祖宗"提的竹篮里，有一只小孩的绣鞋，被用来当作吃潮烟的荷包。如今吃潮烟的少见了，以前除了吸的纸烟、旱烟，还有种烟膏，可以抹到嘴里直接咀嚼，这就叫"吃潮烟"。局长不敢怠慢，忙命胡探长带领几个采访局的便衣队员，暗中跟踪"老祖宗"，看其所作所为有什么反常之处，尽量找出确凿证据，一有发现，立刻缉拿归案。

胡探长领命，挑了几个精明能干的得力手下，布控在茅屋附近，他亲自潜踪盯梢。这天就看老祖宗和往常一样出门，一路在田圃中偷瓜窃菜，偷到的蔬菜都放到左手挽的大竹篮子里，每路过人家，便哀声乞讨，中午就在桑园附近休息。她伸手在盖着粗布的篮子里掏了半天，摸到一个破旧的洋铁罐子，揭开盖子，捏出几根小孩的手指头，放进嘴里"嘎吱嘎吱"地咀嚼，连骨头都不吐。看得胡探长和几个便衣汗毛竖起："这老婆子是人吗？"

采访局的便衣担心暴露行踪，不敢离得太近，远远窥见那老妇手中的洋铁罐子，除了小孩手指，还有很多蠕动的黑色活物，无外乎蚂蚱、地狗、蛐蜒一类，嚼完了手指，又抓出一条大壁虎，放入嘴中。就听那壁虎"吱喳"之声不绝于耳，"老祖宗"边嚼脸上边显出甘美回味的神情，并拾取地上苦草为佐料。

胡探长看得心惊肉跳，可离得有些远了，也不敢确定此人吃的就是小孩手指，没准那东西是陈皮梅牛肉干。但这妖妇行迹鬼祟可疑是不必说了，倘若任其将洋铁罐子里的东西吃光，可就没有证据了，想到这儿，他立刻跳出来，喝道："老贼婆，如此贼头贼脑，躲躲闪闪，却在此偷吃什么东西？"

老妇没有防备，吃了一惊，旋即镇定下来，连连念诵佛号，声称自己今天没讨到饭，饿得顶不住了，不得不吞几条壁虎充饥，并向采访局的便衣们乞食果腹。

便衣们翻看老妇手中的洋铁罐子，除了蚂蚱、壁虎，已经没有小孩手指了，估计刚才都被她吃光了。胡探长办案多年，经验很丰富，遇事也十分果决，命令手下抓住老妇，盯紧些别让她跑了，带到其所居茅屋中搜查，必有所获。

于是押着老妇来到茅屋草棚内，只见屋中有很多小棺材板，还有不少小孩的衣服、鞋子、长命锁等物，地下埋了无数吃剩下的蛇皮、龟壳、死人骨头。此外屋角还有一口瓦缸，上面压着石头，揭开一看，其中竟是三个小孩脑袋，混以蛇鼠肉及辣椒、萝卜等物腌制。胡探长等人纵然办过很多血淋淋的命案，见此情形也感觉到惨不忍睹，当即禀明上官，将老妇拘押在牢中审讯。

谁知这老妇被官府拿住之后，只是咬牙切齿，任凭上官如何逼问，她始终是一言不发。剥掉衣衫严刑拷打，也仍旧闷不吭声。最令众人感到奇怪的是，这七八十岁的老太婆，其面容老迈枯槁，身上的皮肤却格外雪白细嫩，竟与二三十岁的年轻女子无异，拿鞭子抽上去，留下一道道血印，不多时便又平复如初，不知是不是吃小孩吃多了，练就了返老还童的邪法。官府动用了各种酷刑，一连过了几遍堂，竟没问出一句口供，最后只好定了个谋财害命之罪，五花大绑游街半日，下午押赴刑场执行枪决，并且枭首示众，以儆效尤。

以前提到过河南开封的"厉种"，与这老祖宗十分相似，应该属于同一类人，不知道是天生异质，还是后天练成了妖术邪法。

◯ 太湖志异

有言道"太湖八百里，鱼虾捉不尽"。本回话内，单表大清顺治年间，某个渔人为了奉养老母，在这太湖边上盖了两间茅屋，每天天不亮，他就驾着一叶扁舟，到湖上捕捉鱼虾。

这一年江河大旱，湖水变浅了很多，渔人心眼儿活络，别人仍是驾船到湖上撒网，他则独自来到岸边，沿着湖岸摸索，捡拾了不少螺蚌，还顺便捉了些鱼，收获颇丰，都装到竹篓里拖回家中。不知不觉天色已黑，他赶紧到厨下张灯煮酒、烹螺烩鲤，整治好了饭菜请老娘一同饮食，娘儿俩边吃边唠些家常。

渔母说："儿啊，你现下二十好几了，也该说门亲事，你瞅哪家的姑娘合适？"

渔人叹道："如今人心不古，世风日下，枉我一表人才，自幼勤奋好学，加上错别字足足识得五七个大字，而且粗通音律，这在打鱼的人里也算得上是有文化了。奈何咱们家钱少房小，一天不出去撒网一天就得挨饿，有哪家不长眼的姑娘愿意嫁过来？"

渔母说："你也是眼界太高，条件能不能放低点？"

渔人说："儿虽贫穷，志气却不短浅，宁吃仙桃一口，不啃烂杏一筐。真要是找个猪不叼、狗不啃的蠢媳妇，那我还不如打一辈子光棍儿呢！"

正说着话，隐约听到屋外有人抽泣，那哭声时断时续，很是凄惨。老太太心慌起来，放下碗筷说："我的儿，你听没听到外边有些动静？快出去看看，深更半夜的，究竟是何人啼哭？"

渔人手捧灯烛出去转了一圈，回来说："娘啊，您是年老耳聋，这空山无人，深夜里哪会有人啼哭？只是装在鱼篓里的螺蚌吐涎之声而已。"母子两个吃完晚饭，各自吹灯就寝。

夜里渔母做了个怪梦，恍惚中见到一个女子，眉清目秀，身上披着一件白斗篷，下拜泣诉道："我潜身水府，修道一百余年，从不为害于世人，昨日因湖枯水竭，偶然栖息浅滩，被令郎拾取，等到天明，不免有破身之惨，还望您慈悲垂怜，放我一条生路，倘得偷生，必图厚报。"渔母诧异莫名，再想询问详情，蓦然惊醒，这才发觉是南柯一梦。

此时东方已白，渔母匆忙唤醒儿子，讲述了一遍梦中经过。那渔人本想早上起来，吃完了早饭，就把那些螺蚌拿到集市上贩卖换钱，一听老娘这梦做得蹊跷，寻思没准是水族成精，托梦求救，身披白斗篷的女子一定是成形的蚌精。

渔人喜出望外，立刻告诉老娘："儿久闻湖蚌成精，身上必然藏有大珠，剖蚌取珠可得巨富，这真是老天爷开眼，竟赐下如此富贵。今后咱们娘儿俩吃香的、喝辣的，再也不用受那风吹日晒的操船拽网之苦了。"

渔母犹豫迟疑："我看那姑娘相貌俊美、举止斯文，又向我托梦求救，为娘实不忍心看她在刀下惨死，你要是不想放了她，让她给你当个媳妇也行。"

渔人急道："我的亲娘，您真是老糊涂了，千万别被它的妖言所蛊惑，人妖岂可为伍？那生下来的孩儿会是什么怪物？再说这妖精在湖底修炼了一百多年，我才二十来岁，岁数也不般配啊！待我抠出珠子，把这茅屋渔船换成广厦巨舰，还愁娶不到美貌媳妇吗？"他越想越得意，当即取出尖刀，放在石上反复磨砺，就要剐蚌取珠。

渔母年老心慈，思量那蚌精修炼不易，以此致富，于心难安，但见儿子心意已决，便假意应允，让儿子先吃早饭，然后剖蚌求珠。渔人一想也对，眼下天色刚明，阴阳初分，此时取出来的珠子必定晦暗无光，当即去灶下点火，煮了些隔夜的剩饭充饥。渔母趁这工夫，到屋外鱼篓里摸出体形最巨的白蚌，抛到湖心放了生。

渔人吃罢早饭，拿着盆和板凳出来，准备取刀剖蚌，他打开鱼篓察看时，发现少了一只巨蚌，心知是老娘做的好事，顿足埋怨道："娘亲一时疏忽，竟被那蚌精所骗，平时说您老糊涂了您还不爱听。我这当儿子的，年复一年日复一日，不辞风波之险，到湖上撑船撒网，风里来雨里去，起早贪黑从不敢有半分懈怠，然而所得仅够果腹，咱家这苦日子什么时候才能熬到头？好不容易盼得宝物入网，今后衣食无忧了，老娘您却自弃富贵，试想那蚌精除却一身之外，还有什么东西可以报答咱家？它定然食言逃命，再也不可能回来了。您儿子我正当壮年，长得又这么英俊高大，只因钱少房小，至今未曾婚娶，估计这辈子再难有出头之日了，您这当娘的也不免跟着我吃苦受累，难道您只心疼那湖蚌，却不心疼我这亲生骨肉？"说完蹲在地上，抱头抽泣。

渔母看儿子涕泪齐下，也甚觉惭愧懊悔，心中惴惴不安。渔人抱怨了半天，但他为人还算孝顺，也不能跟老娘再说什么了，只好自己跟自己过不去，堵了闷气，整天不饮不食，想起千金空逝，送到嘴边的肥肉没了，明天还要起个大早，驾船到湖上捕鱼捉虾，后天大后天乃至下半辈子都得这样，此等生涯真是毫无趣味。他怅然不乐，到晚上和衣而卧，恍恍惚惚做了一个怪梦。

那个披着白斗篷的女子托梦现身，渔人不依不饶，连叫："妖精，还我富贵！"那女子对渔人施以万福，说道："我以一时贪生，使郎君母子懊悔，然而我曾许诺重金报答，一定多于你昨日所失，今后君须每日四更前后，驾船往湖中鼋头渚一带，穿梭勿停，如见巨螺浮出水面，可潜踪急取。此物喜逐光亮，畏惧石灰，你要准备好铜镜和石灰、铁珠，先以铜镜映射月光，将它引至船边，再投石灰使其不致逃遁，有大螺珠藏在其顶盖之下。你取了珠子，然后一定要把铁珠塞入螺内，仍纵之回归湖底，不要伤害它的性命，如此万金可得，勿忘我之所嘱，切记切记。"

渔人醒来之后，将此梦告之老娘，母子俱是大喜，从这日起每天夜里三更起身，驾船入湖，一连很多天，非但一无所获，那湖风又凛冽，吹得人皮肤开裂。渔人冻病了，卧床不起，往常捕捉鱼虾的正业都给耽搁了。所幸有老娘到湖边摸蚌挖螺，才算勉强糊口，得宝之心渐懈。渔人明白自己是被蚌精骗了，他暗自发狠："迟早要把这妖怪寸寸碎斫，否则难出我心头恶气。"

冬去春来，不觉到了夏季，渔人渐渐将蚌精之事抛诸脑后，仍旧每天到湖上撒网捕鱼，跟老娘过着粗茶淡饭的日子。

某天暴雨如倾，渔人船小，只好泊在湖心一个岛屿上，等骤雨停歇，云开月霁，已是深夜三更，他怕老娘惦念自己，就趁着月色驾船回家，划到半途，忽见月光在湖中辉映，却不是明月倒影，原来有个巨螺，正在水中沉沉浮浮，对月弄珠，过了一阵就沉到湖底，不见了踪影。渔人没带石灰、铜镜，懊悔万分。

渔人至此方知那蚌精所言属实，此后苦心侦伺，逐步摸清了巨螺出没的地点和规律，苦于没个帮手，就带上老娘，母子两个夜里住到船上等待时机。功夫不负有心人，终于又见那巨螺从湖底浮出。渔人

忙把铜镜对向明月，将巨螺从水中吸引到船边，投下石灰将其捉住，只见螺壳紧闭，便把它塞进了鱼篓，得意忘形之际头脑发昏，只顾着回家取珠，竟忘了蚌精托梦所嘱。

这湖上本是风平浪静，蓦地湖风习习，水波渐兴，小船在湖中摇摇晃晃回旋打转，任凭渔人母子竭力划桨，小船就是不动地方。风是越来越大，波涌大作，船也就似风中飘叶，哪经得住这么摇晃，一个浪头打过来，母子二人翻船落水。渔人自幼生在太湖边上，仗着水性精熟，且神志未乱，拖着老娘挣扎游上水面，侥幸攀到一块船板才捡回了性命。

未几，风定云开，恰有一艘小船经过，母子二人高声呼唤，被救到船上。舟行如飞，眨眼间就到了湖心岛边，渔人隐约中见到划船的是个女子，好像正是梦中所见之人。等他惊魂平复，揉了揉眼睛再看，惜已幻化无踪，只有那小船还在，而这条船就是自己刚才翻掉的船。他和渔母怅然若梦，再看那鱼篓中的巨螺，早已不知去向了，母子相对嗟叹，都说人不得外财不富，奈何外财不富命穷人，无价之宝已拿到手里，却又得而复失。命里有时终须有，命里无时莫强求，这辈子就是钱少房小的命了。

此事流传很广，大多数人都相信确有其事。后来到了民国年间，湖中某个岛上有幢别墅，位置偏僻，主人想转售却无人问津。他灵机一动，利用当地传说，拉电线在后院里装了个灯泡，到夜里就让它闪烁几下，然后借故安排一位富商夜航太湖。那富商早听说过这湖里有巨螺对月弄珠，忽见那漆黑一片的岛上有阵阵微光，还以为自己发现了重宝，赶紧找主人出大价钱买下别墅，举家搬到岛上抓那螺怪蚌精，着实费了不少力气，结果自然可想而知。

凶石

水光潋滟晴方好，山色空蒙雨亦奇。欲把西湖比西子，浓妆淡抹总相宜。

几句闲词道罢，却说杭州旧时为南宋都城，湖光山色，天下无双，江南寺庙最多，除了城外飞来峰灵隐寺香火最盛，城里还有一座天承古寺。寺旁是好大一片宅邸，以泉石花木等园景著称。主家位极人臣，显赫一时，后来获罪被诛，落得满门抄斩。此后宅邸几易其主，居者皆不得安宁，数十年后已是荆棘杂草丛生，蓬蒿没人，墙壁坍塌，变成了无主的荒宅。

当时有个姓易的儒生，闲游路过此地，听闻此宅当年曾为宰相故居，就请隔壁一位看花叟引路，到荒宅破园中瞻仰怀古，逐次看了楼阙遗迹，不免感慨万千。一路行到后宅，见池畔杂草中有块形状奇特的石头，重不过数十斤，结构灵奇，大小不一的孔窍多达百余个，表面沾满了枯苔，色如铁锈。

儒生对这块石头爱不释手，它看上去可能是块太湖石，这种奇石讲究的是"瘦、皱、漏、透"，窟窿皱褶越多，越有观赏价值。他便打算带回去做成盆景，届时邀请宾朋好友赏玩，没准还能被贵人相中，售以高价。

看花叟见儒生想把石头带走，忙告诉他说："此为凶石，留之不祥，你还是赶紧扔下它为妙。"

儒生摇头不信，觉得老叟只不过是个摆弄花草的匠人，斗大的大字也认识不了一筐，根本不懂欣赏奇石，何况一块石头，怎有吉凶之分，更谈不上关乎人事。

儒生有意卖弄见识，就对着看花叟侃侃而谈，声称我们读书人可以在石头中看到天地的缩影，这是凭借眼前的景物，仰观俯察，发现山林丘壑，而神游物外，寄托情怀。你瞧这奇石呈现出的山岳和洞穴，是归隐山林的象征或出世的寄托，在某种程度上暗合了道家或禅宗的观念；石身坚润的质地和敲击发出的清越之音，则是儒家道德精神的化身。

看花叟沉下脸来说："后生休逞口舌之快，老朽虽不及你读的书多，但常年住在这附近，阅此宅兴衰久矣。如今年老体衰，更是与世无争，怎会用虚言诳你？你且少安毋躁，先把石头倒置在墙下，然后退开十步，仔细看看此石是何形状。"

儒生将信将疑，放下石头，后退了十步，定睛观瞧，石上除了孔窍众多，也看不出有什么怪异之状，笑斥老叟做耍了，这玩笑开得很没意思。

看花叟却说道："你再退十步看看。"

儒生见看花叟神色郑重，不像是在说笑，只好再退开十步，心里暗骂道："我真是信了你的邪……"可等他举目往那块石头上一看，顿时惊得面如土色。

儒生退到二十步开外，看清石头上呈现出的轮廓形状，心中骇异万分，想不到这块石头竟如此可怕。他噤若寒蝉，半晌做声不得，好一阵才问出一句话来："这东西到底是个什么？"

看花叟对儒生说："却要问问你自己，刚才究竟瞧见了什么？"

儒生定了定神，奇道："我看那石头上孔窍密布，却像许多张死人脸一般，面目历历可辨，莫非这些洞穴都是骷髅骨上的窟窿？"

看花叟点头称是，这块石头，乃是很多骷髅头骨黏结而成。死人头颅堆积在地下，历时千年，枯骨逐渐黏化为石，与其说是石，倒不如说是骨，或称骨石恰当，不知是从哪个万人坑里掏出来的，跟传统观赏石十分相似。尽管体量较小，但孔窍洞穴很多，能够小中见大，而且质地非常坚密，皮壳苍老滋润。若在近处观瞧，俨然是块通透的灵石，不仅形瘦皱多、风骨嶙峋，也极具出尘之姿，纹路犹如闲云流转，意趣孤逸幽深。只有站在远处仔细端详，才会分辨出死人的骷髅形状，它又哪里是什么太湖石了。

看花叟又说，这东西还有个奇异之处，谁家收藏了此石，它就能预兆宅中凶相。如果要死人了，孔窍中必有血泪流出，如折幼丁，则流污水。这宅邸最初的主人对此物很是迷信，他购得骨石之际，正值富贵鼎盛，放在宅中观察征兆，意外发现石窍滴血，不久老太爷亡故，大伙以为凶兆已验，便放下心来。谁知三天之后，骨石诸窍各穴一同出血，漫溢不止，家里连男带女上百口人，总不可能一齐死掉，因此皆不知是何妖异。谁知过了没几天，主家受奸臣陷害，被污蔑暗图谋反。结果朝廷降罪下来，也不分良贱，把这满门男女老少，总计一百多口，全部押到街心开刀问斩。此后宅邸几易其主，每换一个主人，骨石便显出凶兆，每家都得不了好。

看花叟说："这些事，都是老朽历年来亲眼所见，实在是邪得厉害，不可不谓之奇异，可见不是石能预示吉凶，而是这块石头能给人带来厄运。我见你年纪轻轻，是个一表人才的读书相公，今后前途不可限量，不忍隐瞒不说，故此如实相告，劝你这后生不要引火烧身。"

儒生听罢大惊，哪里还敢把这块石头带回家去，就地弃于池中，对那看花叟千恩万谢，这正是"闻言早觅回头岸，免却风波一场灾"。

◯ 分水箭

天津地处九河下稍，河道很多，其中有个地方叫三岔河口。据说早在清朝的时候，河水岔开之处，分为黄、蓝、白三色，各色河水泾渭分明，颜色丝毫不混，算是地方上的一大奇观。

雍正年间，津郊有个种瓜的老翁，他的瓜地里长了个很奇怪的瓜，长白异常。一天有位南方客商经过瓜田，向老翁求购此瓜。老翁觉得这瓜长得老了，不适合食用，打算留着做种，所以不愿意卖给旁人。

谁知那南方人却出了高价，表示非买不可，老翁越不答应对方出价也就越高。老翁感到十分奇怪，就要问个缘由，否则给多少钱也不卖。那客商迫不得已说出实情，原来三岔河口内有"分水箭"，才使众流经此汇海而直下，此宝价值连城，但河内有老龙看守，必须以奇门古术摄之才能盗取，因此要骑瓜下水，方可降伏老龙。

老翁听了很感兴趣，说卖给你瓜也可以，但是取分水箭时，我得跟你一同前往，这辈子能见此宝，死也瞑目。客商无奈，只得答应了他的要求。

当天夜里，二人聚于河边。客商嘱咐道："我给你赤、绿、黑、白、紫五色旗，等我下水后，就会有巨手从水中伸出，到时候手是什么颜色，你就向河中抛什么颜色的旗子。切记勿惊勿恐，我得此宝之后，必当重谢。"

此刻，夜近子时，月明如昼。客商和老翁驾着小船来至河心，那客商披发赤足，投瓜于水中，跨之而下，转瞬间无影无踪。没过多久，就见波浪翻滚，一巨手破水而出，其大如斗，颜色赤红如血。老翁赶紧把赤旗投下，数刻后又出一黑色巨手，随即见水波汹涌，几乎高出了河岸，把小船冲得漂荡欲翻。那老翁害怕起来，心里变了主意，他寻思："分水箭乃神器重宝，镇河一方，倘若被这客商盗走了，恐怕就要闹大水了，我这祸可惹大了。"

这时河中又伸出一只白色大手，老翁心里正自犹豫不决，竟然误将绿旗投下，随即波浪更壮，小船摇摆不定。他更是慌乱，急忙划船至岸，再看河中水立如山、震响如雷，过了许久才平静如初。那客商的死尸浮上水面，早已身首异处，顺流而下。老翁没敢声张，自行返回瓜园。此后三岔河口里的水再也没有颜色之分，变得与寻常河水毫无区别了。

灵禽演剧

马戏又称戏马，起源于古罗马竞技场，现在以驯兽表演居多，主要以狮虎、熊、象一类的庞然大物为主，犬、猴之类小兽也有，但不是压轴的戏码。其实野兽本身都有灵性，掌握它们的习性之后，就能逐渐加以驯服。

这类技艺在中国汉代已有，到了唐代，表演水准达到巅峰，其中的"透剑门伎"尤为精彩，就是在地上倒插刀剑，间隔分成几级，有如房椽，寒光闪闪，使人望而却步。表演者驾乘小马，奔腾跳跃，飘忽而过，人马无伤，使人叹为观止。

不过"透剑门伎"是给贵族看的，普通老百姓难得一见，旧时有很多民间艺人，也能耍诸般奇异戏法，用以取悦民众，其中有些人擅长调教禽虫，实属罕见手段，似乎也有某种秘术，至今失传已久。

有一种唤作"乌龟叠宝塔"，是有七只大小不等的乌龟，听戏者击鼓为令，它们由大到小依次爬到桌面上，然后最大的伏定不动，比它小一号的爬到它背上，直至七龟重叠宛如宝塔，一个个跟着鼓点声伸腿瞪目，形态颇为滑稽，观者无不喝彩叫好。

另有一种名为"蛤蟆说法"，戏者画地为圈，打开一个木头匣子，就从里面跳出一只大蛤蟆，其后又有九只小蛤蟆，排成一列与大蛤蟆相对蹲坐。只要为首的大蛤蟆鸣一声，对面那排小蛤蟆便跟着鼓腮鸣动，还能做出点首施礼的动作。

再一种是"蚂蚁角武",训练黄黑两种蚂蚁,双方各以体形最大者为将军,插旗为号,分别排兵布阵,完全依古时战法——"闻鼓而进,鸣金则退"。那民间艺人击打第一通鼓,黄白两群蚂蚁便摆开阵势;击第二通鼓,两方就开始交战厮杀,鸣金敲锣后立即停止交战;再击鼓分兵归营;四通鼓列队入巢。

据说最绝的一种称为"灵禽演剧",以蜡嘴雀穿上纸衣纸帽作为傀儡,由耍把戏的人口中唱曲引导,蜡嘴雀就会模仿戏子的举动,一会儿做出跪拜起立的姿态,一会儿衔着小旗飞腾起舞,奇变百出。蜡嘴雀又叫"梧桐"或"铜嘴",这种鸟叫声好听、洪亮。"斑翅""白翅""黑翅"等三种蜡嘴雀,在经过训练后可以学会叼物、打弹等技艺。如今在北方的春节庙会上依然可以看到这些表演,却没有古时候"灵禽演剧"那般奇幻莫测。

◯ 偏方

都说"偏方治大病",其实大病不能耽误,还是得找大医院较为稳妥。不过民间有些土方子,能治一些大医院看不好的疑难杂症。

在民国年间,鱼龙混杂的"三不管地界"有个土郎中,天生是个侏儒,人称"周矬子",他肚子里就有很多秘方。头疼脑热之类的症状,给多少钱他也不治,只管西医、中医都没办法的怪病,而且万试万灵。那些年声名鹊起,关于他的传说都神了,至今隔了这么多年,很难再去判断那些传说是真是假。

据说有个家财巨万的富商,刚到四十岁就开始谢顶了,最后脑袋顶上秃得油光锃亮,搁现在管这叫"脂溢性脱发",头发和头皮经常出油的人,便容易掉发。但这位商人的情况比较严重,而且经常需要交际应酬,又刚娶了个很年轻的大姑娘做妾,秃了顶未免显得老迈,毕竟正值壮年，所以心有不甘，到处求医问药，不知道花了多少钱，始终不见效果。

有一回经人介绍，富商找到了周矬子，声称只要能让脑袋顶上再长出头发来，不惜以千金相谢。

周矬子只看了一眼，就说这个还可以治，但方子太怪，煎出药来就怕老爷您自居身份不肯依法施为。

富商闻言大喜，都到这种地步了哪还顾得了身份，只要先生给拿出方子来，再怪的药也敢用。

周矬子也没写药方，当场拿了富商一笔钱，带着他到南市，南市就是老天津卫的"三不管"，那时候是最热闹的地方，三教九流什么人都有。周矬子在人群里挤进挤出，专找头发又浓又密的行人，另外还得是戴帽子的，尤其是那些不太讲卫生，脑袋上的帽子戴好几年也没洗过，摘下来一看里边有层泥，泛着油光的。凡是遇到这样的人，周矬子就用高价买他戴的帽子，一下午就收了上百顶。

然后他让从人把帽子都搬到富商府上，在院子里搭了炉灶，支起一口大铁锅，烧水煮这些帽子。三大锅水煎成一碗，让富商往脑袋顶上抹，这期间不许洗头，连抹七天就能见效。

那富商一看这碗药汤子漆黑漆黑的，带着一股难闻的怪味，越想越觉得恶心，但为了治好秃顶，只能强忍着抹到脑袋顶上，连着七天不敢出门见客。这七天里头皮奇痒难忍，烂出一层疮来，待到疮势愈合，果真重新长出了乌黑的头发。

铃铛阁

周矬子摆摊的地方是个街角，自己在身后墙上写了两行大字——袖里乾坤大，壶中日月长。据其所言，这"袖里乾坤大"是广罗万象、包治百病；而"壶中日月长"则是暗指有起死回生、延年益寿之术。

可谁也不知道他那些稀奇古怪的药方从何而来，偶尔酒后话多，他就自称年轻的时候夜归迷路，走进了一片坟地，听那老坟里有些响动，壮着胆子走过去一看，你猜瞧见什么了？原来是只狐狸在坟包子上打洞，它从棺材里抠出一本古书，然后对着月光逐页翻看，一面看还一面挤眉弄眼地"嘿嘿"发笑。周矬子那头发根子当时就竖起来了，寻思这不是撞上妖怪了吗？可咱傻小子睡凉炕——全凭火力壮，火壮胆就粗，哪能让它给镇唬住了？拿块石头扔过去把狐狸打跑了，然后捡起书来一看，里面都是些起死回生的金石方术，从那以后就自学成才了。这番话多半是故弄玄虚，但说到医术精绝，找周矬子瞧过病的人无不钦服。

当时有座"铃铛阁"，在天津卫三宝里占着一宝，始建于明代，最初是稽古寺的藏经阁，清代改为书院，常年无人居住。历年既久，故不免时有怪事发生，都说那地方闹鬼。可有个浑星子不信邪，跟人打赌比谁胆大，就夜里爬上铃铛阁睡了一宿，转天早上走下来鼻子里就血流不止。西医、中医求了一圈，用什么办法都止不住血，最后被人抬着找到南市的周矬子。

周矬子问明情况，再看对方这气息奄奄的瘦弱模样，就知道是脑袋里有异物。那"铃铛阁"是座木楼，古木容易生虫，其中有种虫叫蚰蜒，类似蜈蚣而细，夜里等人睡着了，便会钻进人耳或鼻子，爬入脑中啃噬脑髓。看情形浑星子必定是被蚰蜒钻进了脑袋，倘若迟来片刻命就没了，得灌下猫尿才能解救。

周矬子赶紧让人在街上抓了只野猫，用生姜擦猫耳，能急取猫尿。灌下去之后就听浑星子一阵咳嗽，从喉中探出一条筷子粗细的蚰蜒，周身红色血艳，极其骇人。周矬子钳起蚰蜒收入瓶中，如释重负地说："幸亏此物是雄，若是雌物，散子于脑中，那就彻底没救了。"
那胆大的浑星子命是保住了，可脑血已枯，从此成了一个痴傻。

◯ 铜镜

在古代众多法宝中，铜镜的驱邪能力是最强的。古人之所以长期使用铜镜，因为铜镜不仅是照面的器具和工艺品，也是一种兼有多样功能的法宝。铜镜的法力从何而来，古人的种种解释多与其制作者相联系。

秦汉时期，世人普遍认为铜镜可以镇压僵尸，因为当时的人对着镜子是要"正容"，看看自己的表情是否庄重严肃，衣服帽子是不是穿戴得整齐，要是穿戴歪斜了，就要赶紧正过来，所以铜镜是"正"的代表。一正能压百邪，另外镜也代表"阳"，是白天的象征，是对"阴"的震慑之力。

据说秦王扫六合以定天下，在此过程中得到了不少六国秘器，其中有八面古镜，照骨镜只是其中之一。相传这面铜镜能照视人身骨骼脉络，是一件世间罕有的无价之宝。秦始皇在位之时南巡，途中见到有人在海边打捞到一具浮尸。这具男尸是个老者，身材高大异于常人，容貌不俗，髯长过胸，肌肤白润，肉坚如铁，穿着上古之王者衣冠，漂浮在海里也不知有多久了，更不知其来历死因，但看起来依然面色如生，没有什么被海水长期浸泡的迹象。一阵海风吹来，古尸须眉悉皆飞动，和活人一般无二。

秦始皇以为这古尸是海中仙人的遗蜕，应当祭祀供奉起来，以求仙人赐不死药，但其他人则持相反的看法。秦始皇向来迷信修仙炼丹之说，他手下有许多方士，方士们都认为这是古之僵尸，乃妖物所化，一定是从南海的海眼里浮出来的，见之已属不祥，谈何祭拜求药？然后又说了这件事在什么什么时候曾出现过，象征着什么什么样的预兆，应该如何如何处理才是妥善之道。

在秦代做方士混饭吃并不容易，古代人大多都比较朴实，稍微能言会道，即被视为有才辩之能，想做皇上的顾问首要本领就是能侃，把死的都能给侃活了。秦始皇本不是耳根子软的人，但架不住这帮人说得跟真的似的，加上他对这些玄而又玄的事情深信不疑，担心海眼中浮出僵尸会有亡国之兆，既然不能加之薪火刀斧，唯有穴地藏纳。于是命三万刑徒凿穿一座荒山埋尸，铸了一尊铜兽压在僵尸上镇山，并请出秦王八镜中的"秦王照骨镜"嵌于兽头，最后封山而归。

送尸术

湘西有三大古谜，最有名的当属送尸术，也叫赶尸。赶尸匠收学徒，务必要三个条件：一是胆大，二是长相丑陋，三是一辈子不婚娶。

据当地土人讲，"送尸术"今称"赶尸"，在古代则被称为"驱水术"，行内的暗语叫作"一碗水"，因为在真正送尸的过程中，其方术全凭一碗清水，而且必两人同行，才有效用。两人一前一后，一名送尸匠在前打着布幡，以方术引导；另一人平端一碗清水走在最后，不管这一趟送多少死尸，那些死尸都走在队伍中间，由送尸匠前后夹持而行。

两名送尸匠一称"执幡的"，一称"捧水的"。在这一行中，捧水的是最重要的角色，走一段就要在水碗中加一道符咒："开通天庭，使人长生，三魂七魄，回神返婴，三魂居左，七魄在右，静听神命，也察不祥，行亦无人见，坐亦无人知，急急如律令！"这道符务必要湘西的"辰州符"，换了别家道门的符咒，则完全不起作用。

只要捧水的手中水碗不倾泼破裂，尸体就能不倒。在送尸过程中，死尸与活人无异，但不能言，其行路姿态也仅与活人微异，完全跟着执幡的人行动，执幡的走死人就走，执幡的人停死人也停。这种送尸队，在明代末年湘西地区简直太常见了，湘谚有云："三人住店，二人吃饭。"就指的是送尸人。

送尸队快到死人故乡的前一天，死者必托梦给家人，其家便立即将棺木敛服整治齐备。尸体一到家，便会立在棺前，捧水的将水一泼，尸体会立即倒入棺中。这时候就需要赶紧给死者收敛下葬，否则其尸立变，现出腐坏之形，如果已死了一个月了，立刻就会现出正常人死亡一个月后的腐烂程度。

不过这"一碗水"都是早年间的勾当了，到了乾隆之时已逐渐失传，因此知道些名堂的人，也大多是知其然而不知其所以然。失传的原因大概就是太过保密，会这门秘术的人越来越少，最摸底的人也仅仅知道这么个大概。

后值清末乱世，不少人为了谋求暴利，把贵州生产的鸦片贩运到湖南，便打起了走尸送水的主意。借着民间对送尸的恐惧，利用其作为掩护，倒腾烟土军火，他们虽然利用送尸做掩护，但还是尽量把死者送归故里，只不过更加故弄玄虚，以便掩人耳目。

◐ 炸馃子盗宝

天津有个地方叫"铃铛阁"，地处天津市的红桥区。据历史记载，铃铛阁始建于明代，阁楼顶部的屋脊系挂着百余个铜铃，故名"铃铛阁"。每当风动铜铃，便会发出悦耳动听的叮当声，这声音能传遍全城。

清朝末年，有个外地来的男子，年纪四十岁上下，终日无所事事，混迹于各个古玩商铺之间，想象着某日若能逮着个不打眼的好物件，低价买了来，高价卖了去，赚些银两，便可衣食无忧一阵子了。但是他在行市中转悠了些时日，一直没有淘换到个中意的物件。

这日，他走在大街上时，无意间抬头看见了这阁楼上的铃铛，便心发歹念，琢磨着这铃铛阁乃明代始建，那上面的铃铛也必定为前朝之物，应该价格不菲。如能卸下来卖了，换成真金白银，也能逍遥快活些日子了。碍于此处地处街心闹市，周围眼目众多，没法直接下手，于是此人心生一计，凑了凑手中的现钱，着手准备起来。

转天，这男子拿着面和油，又买了些木架、锅灶、炭火之类的东西，在阁楼下摆了个炸馃子卖早点的摊子。这种吃食，北京叫油条，天津管这叫"炸馃子"。他终日在此叫卖，不管有没有主顾，总是要炸一大堆馃子，刮风下雨的日子则歇业不出。时间一长，炸馃子时所散发出的油烟随气流向上飘浮，阁楼上的铃铛表面便蒙了一层油泥，也不知道用的是什么油，反正暗黄色的油渍足有半指来厚。

自此，铃铛间相互碰撞的声音变得沉闷，少了那股子悦耳动听的脆生劲儿。谁听了都觉得别扭，纷纷责怪那炸馃子的人，都说这人太不像话了，炸的馃子赛过铁条，卖不出去，还把周围熏得都是油烟。当时还没有综合执法，无照经营也没人管理，大伙只能是口头上谴责。

那人觉得时机已经成熟，便自愿找到铃铛阁附近居民，他以清理油污为名，在众人监督下上了阁楼，使出"狸猫换太子"的手段，把沾满油渍的铃铛拆卸下来逐个擦拭，又将擦好的铃铛重新挂回原位。其实换上的铃铛，全是事先准备好的便宜货，他晚上悄悄将真铃铛擦洗干净，连夜脚底下抹油——溜之大吉了。打那开始，换上去的假铃铛就再也没响过，人们方才醒悟过来："这是憋宝的贼人，把天津卫的宝贝给憋走了。"

铃铛阁的铃铛没了，空剩个楼名。解放后改成铃铛阁中学，据说八九十年代翻修操场的时候，还从地底下刨出过驮碑的赑屃（bì xì）。

无锡太爷

清朝嘉庆年间，齐白石的老家湖南湘潭有一位怪人。这个人姓张，最初是无锡的一个知县，故此被称为无锡张太爷。由于他做人正派，刚直不阿，又为官清廉，办事勤勉认真，深受百姓爱戴，逐步升迁，一直官至大理寺卿。后来为了给一个平民百姓出头得罪了某位王爷，因为他不肯向权贵妥协，索性卷着铺盖卷回老家卖菜了。

张太爷眼里不揉沙子，他在无锡做县太爷的时候，脾气就是出了名的不好。有一次上级大官在府中请客，邀来各级领导一同就座，并请来了一个在当时红得发紫的女戏子唱戏助兴。席间在座的各个要员为了给这个大官捧场，纷纷掏出红包赠与那戏子。那戏子唱罢，下台卸妆之后，马上出来向诸位要员敬酒表示感谢。敬酒时，大伙都夸奖戏子唱得好。一路下来，唯独敬到张太爷跟前，他捋了捋胡子说道："我看不惯你这副模样，你不如去找个大花面来敬酒，看我连干他三杯。"张太爷的话，把在座的各个要员都吓了一跳。那位请客的大官也感觉面子挂不住了，脸拉得老长，但他还以为张太爷之所以如此肆无忌惮，是因为朝中有更大的势力撑腰，也没敢发作。

张太爷还有个爱好，很喜欢谈论鬼怪，经常会讲些耸人听闻的事情出来，甚至说自己的左眼能在白昼看见鬼，不但能看见，并且还敢打鬼，声称见了鬼根本不用惧怕，你和他打就是了。有人好奇，便问他打不过怎么办。张太爷却说："打不过？大不了就和它一样了呗。"

有一次他坐轿出门，行至大街上时，忽然哈哈大笑。随从们大为纳闷儿，就问他笑什么。张太爷说："刚才路上见街边有一大肚鬼，长不足三尺，肚子大得像个圆桶，正半躺半坐在那儿休息。不巧碰上一个醉汉步履蹒跚而来，一脚踢在了它肚子上。那大肚鬼顿时坐起，捂着肚子满地打滚。醉汉扶它起来后，只见它肚子被踢之处虽然凹了进去，但它眼球却凸了出来，所以好笑。"随从问罢回头张望，也没看到张太爷说的那幕情景。

据张太爷所言：人死后几年，变作的鬼会越缩越小，但是富贵之人就不一样。而且鬼这东西最为势利，见人穿着上等模样，就摇尾乞怜、膜拜作揖；见衣衫褴褛之人，便会上前去，或惊吓，或戏弄于他。

我想这位张太爷并非真能见鬼，很可能只是对那种附庸铜臭之风予以谴责，但他的描述非常具有想象力。

张海鬼

海底深渊里的世界是个什么样子？这种问题的答案，一直是人类千百年来孜孜不倦所探寻的课题。从古至今，海洋爱好者、探险家以及科学家，都在用各自领域的知识和手段，探索着这些谜一样的领域。但到现在，还是有一些未解之谜尚待解答。

人类自己也对"大海深处到底是什么样的"这个疑问，充满了各式各样的奇思妙想。也许就像詹姆斯·卡梅隆那部经典电影《深渊》里展示的，在一望无际的大海深处，有一个高度发达的古老文明存在。

这些毕竟都是外国人的想象，中国古代有一个被称为"张海鬼"的奇人，常年在海边生活，练就了一身水下的好本领，并且长有一对

鱼眼，能够在水中见物。据说此人能够在水中待上几日几夜，所以人送绰号"海鬼"。这个张海鬼不仅水下本领了得，而且会些拳脚功夫，时常带着短刃潜入海中与鲸鲨搏斗，将其杀死后，拖着尾巴游回岸上，见者无不叹服。

张海鬼常常对人说起自己在海中见到的景物，据他所言：大海之中有山，有平地，也有深谷。在海里借助阳光的照射看去，海水沸腾翻涌，与江河湖泊大不相同。最深处常会有种巨大的黑色生物出现，或是探一下头，或是摇一下尾巴，出没无常，很是神秘。不但人类看不清楚，就算是鲸鱼蛟龙，也不敢从中游过。游到千尺以下，会看见有好几处裂开的石缝，从缝隙中喷出的水就好像烧沸了一样，各种生物和鱼类都不敢靠近，那个水的温度比温泉还要热上好几百倍。不仅如此，海中也有"大鱼吃小鱼，小鱼吃虾米"这样的生物链存在。有些体形较小的鱼类会时而浅游，时而浮出水面，而鲸鲛之类的只会在深海处起伏游荡，伺机猎取小鱼为食。那幅景象就好像人世间一样——深山之中有泉眼从岩壁中喷涌而出，而且各路鸟兽也都居于山林丛中，其中猛虎恶豹，猎杀其他较小走兽为食。

这张海鬼还到过当时普陀以东数十里的一片深海，见海水湍急，且有漩涡。这里水质清澈软滑，各种鱼类都不敢靠近漩涡地带，纷纷绕游而行。海中可见一片长约十余里、宽约数里的森林，跟陆地之上非常相似，只不过那些树木都是半透明状，犹如玳瑁一般。

据说有一次，张海鬼潜到海中，隐约可见那海底森林下方有十余块齐整的大石砖，每块都有五六尺高，用手触摸，石面上凹凸不平，像是古篆碑刻，便以为是水中的石碑，但也无法探明真相。另外在海底森林深处，栖息着很多巨蟹，游进去的生物皆怕被它们吞噬，所以都不敢轻易靠近。相传自古以来，凡是凶恶残暴的怪物，大多生活在幽深的海沟里，有时会浮上水面猎食，不久又潜回水底。

若是与鲸鲨蛟龙遭遇，往往会有番生死搏斗，结局或死或逃，或两败俱伤。

有一日，张海鬼见海上鱼群纷纷惊恐地向外游走，正不解缘由之时，见一庞然大物从海中游出。此物足有二三十尺长，鳞甲遍体，其头似牛头一般大小，而且长有胡须。经过之处，所有生物不分大小，一概吞入腹中，极为恐怖。只见这怪物游进海底森林之时，忽然窜出数十只巨蟹，像结阵法一样将其团团围住，而后群起而攻之。那怪物瞬间即被蟹群截成几段，但每一段还在水中跳动不已。张海鬼见罢小心游近，胡乱抓了一块便转头迅速游回岸上。上岸后定睛一看，原来是那怪物的一根胡须。只见此须足有七尺多长，像婴儿手臂一样大小，胡须末梢尖锐无比好似镰钩，如同无名指一般粗细。张海鬼拿着那怪物的胡须给常人看，人人均不知道此为何物。

后来张海鬼在南沙一片深海中得到一物，此物为圆形，质地好似水晶一般光亮，球体发出的红光可照数十步之远。放在水中，各种鱼类均纷纷游出水面将此物团团围住，就好像要与之搏斗一般。张海鬼觉得此物不祥，便扔进海里，随即游来一条大鱼将这东西吞下，众鱼群见状，立即尾随簇拥着那条大鱼游走了。

海中虾蟹，有的好像鲸鱼一样大小。其中以蟹最为凶猛，若真遇到巨型海蟹，就算是蛟龙鲸鲨也敌不过它。潮水在海中，会分成数股流向，各类鱼群都会找到自己最适应的水流栖息，从不越界一步。它们都以海底和海面的深浅程度作为界限，各自有各自的地盘，如遇到其他种类误进或恶意前来，则必受族群围攻。海中鱼类之大，有的超过百尺之长，大珊瑚有数百尺之高。初次下到海中的人见了，肯定会感到惊奇万分，久而久之熟悉了海中规律所在，即便遭遇险情，只要按其规律避让，也就会平安无事了。

镇海眼

以前，在天津城东头住着一户人家，家里收了个"团圆媳妇"。所谓"团圆媳妇"就是童养媳。这家人对待童养媳非常狠，不仅不给吃饱、不给穿暖，还逼着她每天干很多重活，院子里有几口大水缸，没水了就让童养媳去挑，如果挑不满就是一通毒打。

有一个冬天的清晨，时至腊月，天寒地冻，童养媳还是和往常一样，穿着单薄的衣服到河边去挑水，不承想，河面上的水都冻上了，童养媳费了半天的劲怎么也凿不开冰眼，她见挑不到水，不禁焦急地在河边哭起来。

正在这时候，有位骑马的人经过河边，看到一个衣衫单薄的女孩在河边哭泣，就过来询问缘由。童养媳带着泪将来龙去脉一一道出。骑马的人听罢点了点头，从怀中拿出一把一尺来长的小马鞭交给了童养媳，对她说："我把这个给你，当你需要挑水的时候，你就把马鞭在桶里晃一晃，桶里的水自然就满了。但是你要千万注意，这是个宝物，不能让别人看见，如果泄露了便有麻烦。"童养媳接过马鞭，在桶里晃了晃，水真的就满了。她立刻跪在地上给骑马人磕头，可抬起头想道谢的时候，那人早就没了踪影，这才明白是遇见了仙家。

从此以后，童养媳每天早上挑着水桶出门，走不远处就用马鞭在水桶里晃一晃，然后把盛满的水挑回家去，如此就轻松多了。可后来时间一久，婆婆发觉她挑水的速度快了很多，不免起了疑心。有一天早上，看童养媳挑着水桶出门了，婆婆见状便尾随其后，到了离家不远的地方，童养媳刚拿出马鞭在桶里一晃，婆婆突然从她身后蹿出来大声叫道："你这是在干什么？"童养媳心无防备，被婆婆一叫，顿时慌了神，手一松便把马鞭掉在了桶里，顿时桶里不断涌出水来，就像海眼一样，没多久整条街都是水了。水势一个劲地往上涨，婆婆吓得尖叫着拼命逃跑。童养媳却没有跑，她知道惹了大祸，就向桶里探身寻找马鞭，却一无所获。她只得转身坐在了水桶上，说来也真奇怪，大水紧跟着就不再涌出，童养媳却也立刻断了气。

童养媳的故事几经传诵，人们便把她奉为解救天津的娘娘，给她塑了像，还修了一座娘娘宫。传说她底下坐的就是"海眼"，永远不能离开，否则大水就会淹了天津卫。当然这个故事仅是天后得道的众多版本之一。

◯ 祖师殿

关外深山里有座废寺，有一天来了个老道，在山下收了个道童做徒弟，并且募缘修建了一座祖师殿。那殿门前峰峦密布，尽是怪木异草，经常能看见有两个小孩在山门外戏耍。老道每次碰见了，就会随手给那俩孩子一些糕饼、果子，时间一久，相互间也就渐渐熟悉了。但那两个小孩子从不敢进殿门一步。

如此过了数年，始终相安无事，直到有一天老道从山下带回来几个鲜桃，顺手摆在殿内香案上。他赶了一天的路，又累又困，便坐在殿内扶着桌案沉沉睡去。

这时一个小孩在门外扒着门缝往里看，忍不住悄悄溜进殿内偷吃。谁知那老道突然大喝一声，跳起身来，伸手抓住那小孩，狠狠夹在腋下，冲到后殿香积厨。他手忙脚乱地将那小孩衣服剥个精光，用水洗净了，活生生地扔到一口大锅里，上边盖上木盖，并且压了一块大石头。

老道又叫来徒弟小道士，命他在灶下添柴生火，千万不能断

火，也不能开锅看里边的东西，然后这老道就跑去沐浴更衣，祭拜神明。

小道士心想出家之人，应该以行善为本才对，怎么能如此残忍要吃人肉？只怕师父是要修炼哪路邪法了。他耳听那小孩在锅里挣扎哭号，心中愈发不忍，想揭开锅盖放生，但又担心师父吃不到人肉，就要拿自己开刀。

随着火头越烧越旺，锅内逐渐变得寂然无声，想来已经把那小儿煮死了。小道士担心锅里的水烧干了，微微揭开一点锅盖，正要往里看看，忽听"嘣"的一声，那小孩钻出来就逃得没影了。

老道士正好抱着一个药罐子赶回来，见其情形，忙带着徒弟追出门外，结果遍寻无踪，只得挥泪长叹："蠢徒儿，你坏我大事了！我居此深山数年，就为了这株千年人参，如果合药服食，能得长生。看来也是我命中福分不够，升仙无望。不过那锅里的汤水和小孩的衣服，都还留着，炼成丹药吃下去，也可得上寿，而且百病不生。"说完，师徒两个赶紧回到殿中。

可当他们回来寻找衣服的时候，发现已失其所在，而锅中的水，早被一条秃毛野狗喝得涓滴无存了。老道士大失所望，一病不起，郁郁而终。那条野狗则遍体生出黑毛，细润光亮绝伦，从此入山不返。山上只剩下了那个小道士，守着空荡荡的祖师殿。后来他穷困潦倒，无以为计，便被迫落草为寇当土匪去了。

桃杯

桃杯，顾名思义就是用桃核做的杯子，咱们普通人所吃的桃是做不了桃杯的，必须要用体形硕大之桃的内核才能制成，而且一只桃子只能做出一对桃杯，历来罕见罕闻。

据闻明清之时，在现在的东北长春一带，有一个姓韩的道人。此人本出生在一个衣冠之家，后来曾任当地的捕官一职。在他中年的时候，曾遇到过一位奇人，两人见面甚是投缘，便终日吃住在一起，好似亲兄弟一般。那奇人每日为其讲经说道，足有月余。后来他毅然辞去官职，投身道家，专心修道。

有一年秋末时分，刚刚下过一场秋雨，韩道人独自一人行于山间，忽见山下河流之中有一片大叶顺流而下。韩道人起初还没有太过在意，但随即从河流上游处又漂来数片大叶，而且数叶之间有一大桃，个头好似鼎般大小，漂流而下之时，正巧被河中礁石挡住，卡在河边不远处。韩道人见状，加快脚步跑到河边，慢慢地将大桃抱上岸来。他抱着大桃仔细观看，桃子表面柔软红润，而且桃香扑鼻，沁人心脾，绝不是一般人所能常见的。韩道人知道这桃乃是世间罕有之物，所以转头捞起一片河中大叶，将桃包好后抱在怀里，准备上山拜祭了祖师再行食用。

道人揣了桃子爬到山顶一高绝处，将大桃摆放在一个正中位置，拜祭一番后，便用刀将其切开，取出桃核，把桃核一分为二后拿出核仁放入嘴中吞下。核仁入口时，韩道人顿时感觉味道犹如酥蜜一样甘甜美味。他又观那两半的桃核，每一半都好像酒杯一样，而且其量足有一勺许。于是韩道人收拾好剩下的桃肉，拿着两半的桃核下山回到了自己的住处，此后每日他都以此桃充饥。后来吃完桃肉后，韩道人每日辟谷，常年吸风饮露，最多吃些野果，再也没碰过五谷杂粮，到了六十岁的时候，相貌仍像四十岁的人一样年轻。

这期间，韩道人用那两片桃杯饮用山泉时，杯中有了泉水，桃核即刻变得红润如新，好像刚刚从桃中取出时一样，水中也带着一股浓浓的桃香，甚是令人惊奇。后来这一对桃杯就一直流传下来。八十年代的时候，东北长春的一户尹姓人家中，便有这么一对桃杯，用之盛酒，普通的烧锅也胜于陈年佳酿。据说这曾是大内皇宫里的物件，至于是不是韩道人所用的那一对桃杯，那就无法考证了。

◯ 鱼行祖师

天津菜的前身是鲁菜，尤以河海两鲜见长。当年天津卫的鱼虾产业，被称作鱼虾行，后来规模逐渐扩大，慢慢演变成为海货行。吃这碗饭的人，都习惯供奉一个祖师爷。据说海货行祖师姓张，但名字已经失传了，此行业里的人都称呼他为"邋遢张"。要说起这邋遢张的来历，那可就话长了，而且极富民间传奇色彩。

却说在清代道光年间，邋遢张还是一介庶民，每天他都会在当时天津城北门外一个叫乐壶洞的集市售卖鱼虾，但收入甚是微薄，连最基本的温饱都不能保证，只不过勉强维持生计。这是因为邋遢张为人懒散，每天到市集的时间都特别晚，等别的商户都已经卖完了自己的货物，他才姗姗来到，所以他的鱼虾总是卖得很少，赚来的钱也只够下次进货之用。于是他悄悄下定决心，以后一定要早点起来入市卖货。

有一年冬天，天寒地冻，邋遢张还没等天亮，就早早起来赶到了市集上。到市集后，他发现市集上一个人都没有，才后悔自己起得太早了。可是来也来了，无奈之下，他只好放下手中的担子，等待天明开市。就在这时候，忽然发现在不远处有一人躺在地上。邋遢张以为是具路倒尸，就点了一盏风灯，壮着胆子走过去观看。上前一看原来是位老者，还带着些许活气，好像很快就要冻死了。

邋遢张见状，立刻把老者背到北大关桥下，升起一堆火来，借着桥洞子躲避寒风。那老者渐渐苏醒，一番询问之后，才知道原来是这邋遢张救了自己，就从身上拿出一颗红丸相赠，以示酬谢，然后起身一瘸一拐地走了。

邋遢张接过这颗红丸后没有太在意，随手便放进了随身的一个布袋当中。时值深冬，有一次邋遢张的鱼都被冻死了，忽然他随身的布袋破了一个洞，那颗红丸落进了放鱼的木盆之中，顿时盆中冰融雪化，冻死之鱼都活了过来，并且每条都活蹦乱跳。他见此情景不禁大喜过望。从那以后的每天，他都会以低价买很多死鱼回来，再用红丸将鱼变活，然后带到市上卖掉，借此富了起来。

时间一长，同行业里的人终于知道了邋遢张的这个手段，都想把这颗红丸偷去据为己有。邋遢张逐渐感觉到此事不妙，也担心被人强取豪夺，竟一狠心将红丸吞入腹中，从此去向不明，好像是人间蒸发一样。一时之间，海货行里传言四起，纷纷说邋遢张是有道骨的人，而那个瘸腿老者便是八仙中的铁拐李，特来到此度他。因此，大伙把邋遢张立为行业中的祖师，希望他保佑同行生意兴隆，供奉他的地方至今仍香火不绝。

⊂ 鬼戏

传说渭河边上有一个羊倌在山上放羊，忽然山中发生了地震，有头羊受惊逃入了一个黑黢黢的山洞。羊都是东家的，比起羊倌的命来，羊是更值钱的，真要是丢了，倾家荡产也赔不起。羊倌不顾个人安危，急忙追进山洞找羊，穿过伸手不见五指的隧道，眼前豁然一亮，竟然来到了一处灯火通明的大山洞里，眼前黑压压地站满了人。这些人都是民间杂耍艺人，正在卖力地表演各自的绝活，更远处有座气象森严的宫殿，然而那边没有半个人影，显得死气沉沉的。羊倌没见过什么世面，除了放羊也没做过别的，又憨又傻，他并没有察觉到这里诡异的气氛。那些艺人个个面无表情，最奇怪的是没有观众，只有千百个艺人在自顾自地表演杂技。羊倌看得好奇，傻乎乎地看着面前正在表演的皮影戏，时间一点点地过去，他浑然忘记进山有多久了，也忘了他想找的那头羊。那演皮影的艺人是个老者，老者冷冰冰的眼神对着羊倌打量了许久，突然停下手中皮影戏对他低声喝道："你不是这里的人，还不快走！"

羊倌被老艺人一句话说得如梦方醒，好像突然明白了一些什么，跌跌撞撞地往外就跑，跑到外边再回头看时，那山洞已经不见了。后来回去对乡邻们把经过一说，村里上了年纪的老人就讲，这种事隔几十年便有人撞上一回，跟中了魔障似的说在山洞里看到成百上千的艺人在表演杂耍，这大概跟秦陵用大批民间艺人殉葬的事有关。据说秦始皇驾崩之后，为了让他在死后也能和生前一般享乐，在皇帝出大行之礼的那天，官府以重赏骗来了全国各地的民间艺人，让他们在皇陵的地宫里演出，然后突然将地宫封死。那些艺人都被活埋在里面做了屈死鬼，每到晚上就重复着生前的举动，不止一次有人在山里看到过这样的"鬼戏"。

当然这只是一则民间的传说，在此提及，给《鬼吹灯》小说中的故事提供一点参考。小说开篇，胡八一和王胖子下乡插队，在东北牛心山九龙罩玉莲的大辽太后墓中所见到的皮影戏就是这么一种来历。关于"鬼戏"的传说很多很多，版本也多有不同，共同点就是当事者全是高烧不退、神志不清。深山穷谷，空气不流通的区域，光影和气流就会产生一些使人迷惑的幻境，在里面见到什么也不足为奇。

⟲ 隋炀帝造迷楼

自古以来，如有奇人问世必然会天降异象。据说隋炀帝杨广出生的当天晚上，本来皓月当空，澄澈如镜，当深宫中传来一声婴孩啼哭声之时，突然雷声大作，刹那间天昏地暗、雨注倾盆。

　　父亲隋文帝杨坚给他取名杨广，乳名阿摩。这小孩生得一副好面相，天庭饱满、浓眉大眼、眼闪星辉，极受文帝的宠爱。他生性聪明好学、才智过人，有过目不忘之本领，却脾气暴躁极为要强，稍不如意就大打出手。宫人皆饱受其苦，但因杨广文武兼备，颇受文帝喜爱，大伙都是敢怒不敢言。

　　隋炀帝即位后，国号大业，单从这国号里，就不难看出他好大喜功的性格。炀帝在位时，三征高句丽、开凿南北大运河、造迷楼玉苑，结果劳民伤财，给隋朝的灭亡埋下了祸根。但他开拓疆土安定西域，同样建立了许多丰功伟业，从这方面来说，也算是大有作为的一代国君。因此历史上对他的评价，始终是褒贬不一。

　　不喜欢隋炀帝的人，常批评他喜欢女色，后宫佳丽三千还觉得不够，到了晚年更是变本加厉。相传当时有个发明家，给隋炀帝设计了一座楼阁，把图纸拿给他看。隋炀帝展卷一览，顿时龙颜大悦，立即命有司准备砖瓦木料，征集役夫数万，开始动工，足足用了三年才造成。

　　这座楼可真不得了，高有数重，雕梁画栋，玉栏朱轩，金碧辉煌，设有千门万户，藏纳幽房曲室无数，互相连通，从里到外装饰着各种奇珍异宝，金龙伏于栋下，玉兽蹲于户旁，放出瑞彩霞光，昼夜通明。楼中更有四顶宝帐，分别是"散春愁、醉忘归、夜酥香、延秋月"，可以说是"工巧至极，自古未有"，所花费用几乎使国库为之一空。皇帝瞧上哪几个美女，就把她们带到楼中，住上个把月也不想出来。这座楼阁建成之后，若有人误入其中，到死也走不出来。隋炀帝大喜，谓左右曰："叫真仙游走此楼，也会自迷，可称此楼为'迷楼'。"

　　隋炀帝手下的发明家，又发明了"如意车"和"御童女车"。车辆中装有机关，可以一动不动地困住女子手足，放在迷楼里供皇帝用以试处女。

这些所作所为，终使民怨渐深，内外离心，导致发生了逼宫事件。他受用一世，到头自缢而亡，连口像样的正式棺材都没有。宫人拆床板做了一个口棺材，偷偷地葬在江都宫的流珠堂下。那个地方后来改叫雷塘，离扬州不远。

黄鼬拟人

民间普遍流传着"五通"之说，即可以通灵的五种仙家，五大家也叫"五大仙"，分别是：狐仙（狐狸）、黄仙（黄鼠狼）、白仙（刺猬）、柳仙（蛇）、灰仙（老鼠），民间俗称"狐黄白柳灰"。

对此类妖仙的崇拜，多半是由于它们在城镇农村人口稠密处比较常见，这回就讲一个关于黄仙的怪事。

"黄仙"当然就是黄鼠狼了。话说早年间在某个城市中，住着一位大官，其府邸虽说不上豪华，但也颇为气派。府中侍女家丁，也有十几人之多。大官本人为人正直、性情温和，在管理下人时十分公正，恩威并施，赏罚分明，因此府里的仆从们都愿意伺候这位老爷。

有一天晚上，全府的男女都已经用过晚饭，各自回屋熄灯休息了。后院的厨子也灭了灶火，正准备睡觉的时候，忽听窗外传来一个上了年纪的男子声音："今晚我没吃饱，快给我下碗面条充饥，做完了放在堂屋桌上即可。"厨子急忙起身朝声音方向看去，隔着窗户，他看见一个人影站在门外，其身形穿着之轮廓，与老爷颇为相似，听声音也是。厨子以为是老爷晚饭没有吃饱，叫他做碗面条以当消夜之用，自是不敢怠慢，赶紧起床生火拉风箱，同时烧水揉面，忙活了好一阵

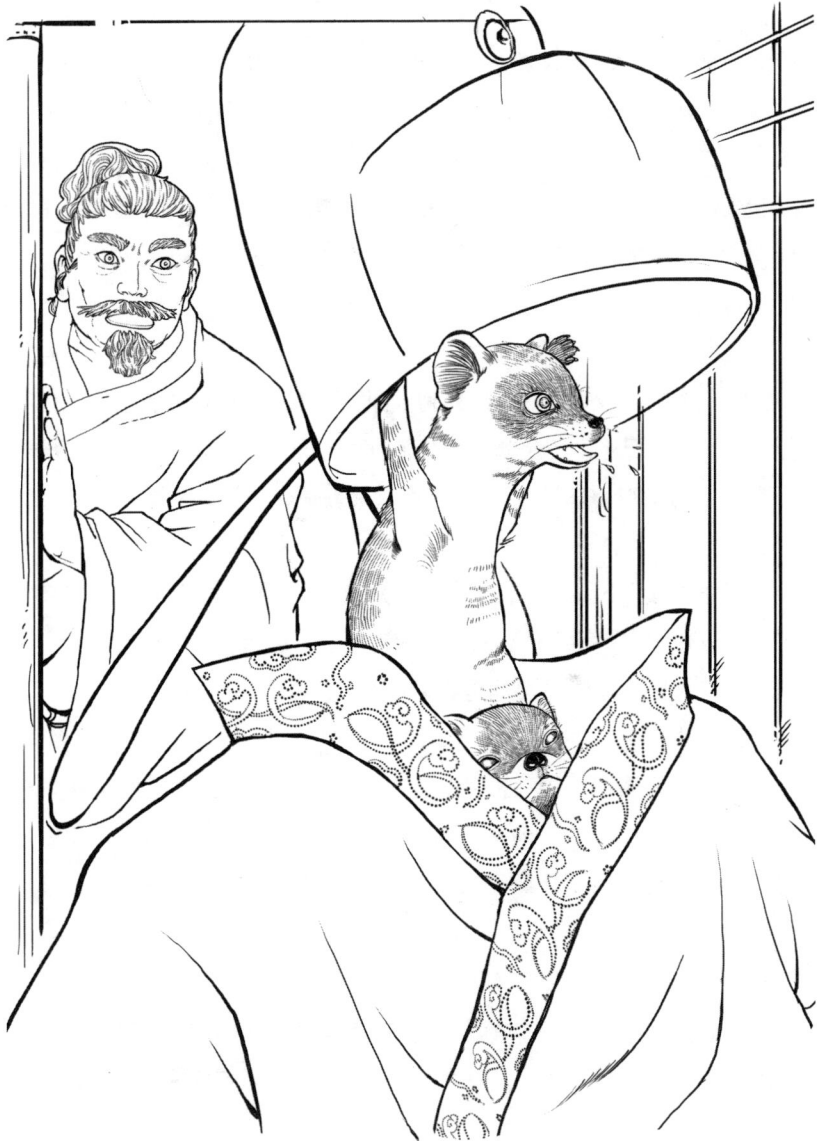

才把面条做好了。

厨子把面条端到堂屋，也没看见老爷在那儿等候。当时他没有多想，放下面条便回屋睡觉去了。转天一早他来到厅堂上想收拾碗筷，没想到那碗面条连同碗筷一起都消失不见了。厨子心想："定是哪个丫鬟手脚麻利，一大清早就已经收拾完毕了。"他万万没想到的是，从这天开始，老爷每隔两三天，就会深夜跑到后院，隔着门窗要厨子做消夜，而且是今天吃这个，明天吃那个，变着花样地要他做好吃的，把这厨子折腾得够呛。

时间一久，这厨子便熬不住了，他苦闷道："每天从早到晚，府中上下三餐都由我来蒸煮，怎么到了深更半夜，还要折腾我啊？"他越想越觉得自己冤，于是就找了一个时机，向老爷问起了此事。他没有直说，而是很委婉地问道："老爷您近来是不是公事繁忙，操劳过度，以至于每隔两三天，就要在晚上吃顿消夜？"

老爷听罢，一头雾水，奇道："哪有此事？这些时日我甚为困乏，熄灯后就在房中熟睡，什么时候让你为我准备过消夜？"

厨子一惊，暗想："莫非是我碰到鬼了？"

厨子不敢隐瞒，把夜晚遇见老爷人影，并且为其做消夜的事情原原本本地说了出来。老爷听了也感到非常古怪，知道自家宅中有异，非妖即鬼，当下让厨子夜里在后院睡觉，不要再对任何人提起此事。

夜晚，老爷洗漱更衣完躺在床上，闭眼假寐。不一会儿，就听墙角处"窸窸窣窣"发出一阵轻响。他微微睁开一只眼睛往墙角看去，此时月光如同水银铺地，房中纤毫毕现，就见几只黄鼠狼从暗处爬了出来。

这几只黄鼠狼有大有小，最大的从头到尾足有一尺余长，小的身长也有七八寸之多。它们通体长着淡黄色的毛发，尖嘴竖耳，两颗黑豆般的眼睛贼溜溜乱转。

那些黄鼠狼蹑手蹑脚地走到卧室中间，贼眉鼠眼地左右瞧了一番，见老爷躺在床上，好像熟睡了似的，便相继慢慢地来至更衣架前。这时尾随在后的那只小黄鼠狼，迅速从后面爬到了那只大的背上，体形稍大的那只在下面抬起前爪，逐渐挺直腰板，小的那只也慢慢随其身体弧度而往前爬行，用后腿踩在较大的那只黄鼠狼的肩膀上，缓缓直立着站了起来，其余几只也互相效仿，在屋里叠起了罗汉。

老爷躺在床上，一边偷目观看，一边暗自惊讶："没想到这区区几只黄鼠狼，竟然能做出如此举动，就好像杂技艺人叠罗汉一样摞在一起，它们到底想干什么？"这老爷万万没有想到，让他吃惊的事情才刚刚开始。

那几只黄鼠狼摞在一起，同样站直了身体，高度恰好与衣架平齐，上面那只小的伸出前爪，偷偷摸摸从衣架上取下老爷的长袍，蒙到众黄鼠狼身上，又把顶冠摘了下来，用前爪拖着，扣在自己头上。一众黄鼬叠着罗汉，摇摇晃晃地接近房门，侧身挪出了卧室。

看到这里，老爷已经是冷汗淋漓，但为了弄清这黄鼠狼究竟为何作怪，也只好悄悄起身，尾随其后走出了房门，辗转来到了后院。却只它们走到厨子卧房跟前，上面那只小的竟然开口做声吐出人言，喝令厨子起来烧饭。

老爷这才恍然大悟，原来厨子所说的怪事，竟是这几个小妖在作怪。他顿时火冒三丈，脱下脚上的一只鞋，大喝一声，朝它们丢了过去。那几只黄鼠狼被鞋击中，立刻跌散开来，丢下顶冠及长袍，一溜烟地跑没影了。从此之后，府中再也没有出现过任何怪事。

妖怪

　　说起五大仙家里的狐仙，奇闻怪事实是数不胜数。早在夏朝开始，民间就有大禹治水时曾娶九尾白狐为妻的传说，说明了早在四千年前中国人就已开始崇拜狐狸了。以往的迷信观念中，普遍认为狐狸有灵性，能作祟作妖，也能成仙，故有狐魅之称。旧时，天津建有三太爷庙，天后宫中也有胡三太爷的塑像，常有信徒前去进香朝拜。

　　解放前在东北的大兴安岭一带，曾经有一座伐木场。这座伐木场位于深山老林之中。其地处偏僻，场院四周没有半户人家。白天，伐木工人全都进山伐木；到了夜晚，则返回场中，吃饭睡觉。就这样过了数年，大家一直循规蹈矩，平安无事，不曾发生过一件怪事。

　　有一年除夕夜，伐木工们都要准备回家过年。按照往年惯例，每逢春节，林场中都要留下一人看守，以免发生火情，这次也不例外。大伙抽签选出一个工人，让他今年留在场中，看场查夜。

　　大年三十夜里，留守的工人坐在屋中十分无聊，合计着要给自己做顿饺子吃，也好应和下过年的气氛。他从厨房拿来肉、菜和白面，在屋中忙活起来。他一边做，一边哼着小曲来打发心中的寂寞。就在这工人包饺子正包得起劲的时候，忽然从门外传来一阵急促的敲门声。他转头问道："谁啊？"门外没人吱声。

　　工人心里不免嘀咕："这方圆十几里，没有一户人家，而且工友们也都回家过年了，现在这个时候应该不会有人前来，怎么会有敲门声呢？"他从屋内拿出一把伐木斧，立在墙边防身，这才走上前去开门察看。原来门口站着一个小媳妇，身上红棉袄、红棉裤，怀里抱着一个婴儿，手里还牵着头小毛驴。

　　这小媳妇戴着一块大头巾遮住面容，又因站在屋外，没有一丝光亮，所以看不清她的模样。

工人心存疑惑，问道："你是谁啊？这大过年的，怎么一个人在山里？"

那小媳妇怯生生地答道："我们家住在山外，本来跟丈夫要回娘家过年的。路过这片山路，没想到与丈夫走散了，在山里转了一天，却又迷失了路径，深更半夜前不着村后不着店。我跟孩子都是又冷又饿，走到这边看见有光亮，知道肯定有人居住，所以过来想到你这儿借地方歇个脚，求你发发慈悲收留一夜，别让我们被狼吃了。"工人也是个热心肠，就打消顾虑，把这小媳妇让进了屋。

工人让这小媳妇进屋，在床上坐稳，说道："山里晚上不安全，经常有野兽出没。你和孩子先在这里踏踏实实住一晚上，等到明天天亮再出去找你丈夫，没准儿他已经先到你娘家了。"他边说边继续包着饺子，"正好，你现在又累又饿，留下一起吃饺子吧，也算是过年了。"

工人把小媳妇安顿好了，又将包好的饺子端进厨房，下进锅里。他刚把锅盖盖上，突然想起来，自己光顾着吃饺子，还没有去查夜巡视木料，于是急忙披上棉衣，匆匆忙忙跑出了门。

等他巡视完毕回到屋中，发现那小媳妇竟然不见了踪影，床上只留下那个褓褓中的婴儿。工人见状火上心头，心想："这个女人是怎么当妈的？把孩子丢在这里不管，自己却不知道跑到哪里去了。一会儿看见她，非要好好说她两句不可。"他一边动气，一边往厨房走。刚走到门口，就发现那个小媳妇正在灶前，打开锅盖捞饺子吃呢。工人大喊一声："饺子还没熟呢，你就不怕噎着？"喝问声中，快步走上前去。

这时那小媳妇听见响动，猛然回过头，在灶膛火光的照耀下，显露出了一张毛茸茸的怪脸，尖鼻利齿，还长着胡须。

工人吓得真魂都冒了，定睛一看，原来这小媳妇竟是一只狐狸，挤眉弄眼地盯着自己，嘴上还叼着半个饺子。工人毕竟在山中伐木多年，练就了一身的胆量，见此情形不禁怒从心头起，顺手抄起墙边的利斧，高举过头，照着狐狸精狠狠劈去。

那狐狸见斧头呼啸落下，吓得连忙抛下饺子，从工人身边蹿过逃到了门外。这时斧子也落在地上，没砍到狐狸身体，只将它的尾巴斩掉了一半，血流满地。再看狐狸"嗖"一下早已逃远了，地上只剩下棉衣棉裤和那块头巾。

工人这时才意识到，那狐狸一定是把这些衣服偷来穿在身上，趁夜晚看不清长相，前来骗饺子吃。他越想越觉得可恨，索性开门从后追赶，但夜深人静，雪原茫茫，又上哪儿追去？他咬牙切齿地返回屋中，一看那孩子还裹着小被躺在床上。不过也没有什么孩子，那襁褓里裹的其实是条大金鱼，而拴在门口的那头小毛驴，也已经变成了一条四脚长凳了。

过完了年，工友们和林场主事陆续回来，工人便把这件事情一五一十地说给众人知道。众人听了，都感到难以置信。不过从这以后的每年春节，再没有人敢一个人留下来看守林场了。

老鼠嫁女

老鼠是五大仙家之中的灰家，在动物八仙里排行第八，所以也称"灰八爷"。民间对老鼠的崇拜，是因为它昼伏夜出活动于黑暗之中，其踪迹令人莫测，因而被认为有很高的智慧而被神化。还有的将其视为"仓神"，在农村填仓节时祭祀。另有说法认为老鼠能预知未来，会算卦，也能使人致富，故又将其视为财神，希求它在黑暗中为主人家运来财宝。民间还把鼠的世界想象成同人世间一样，年画题材里便有"老鼠嫁女"。此类故事在剪纸或皮影戏中也常能见到，下面咱就说说这段掌故。

每年正月初十是"石头节"，取"十"与"石"同音之意，这一天忌动石器，不搬石头，又因墙基用石头垒砌，老鼠又多生活在墙角窟窿里的缘故，所以民间也传说当天是"老鼠娶媳妇的日子"。按旧例要用谷面做蒸食，称为"十子团"，夜晚灭灯前，放置于墙角土穴等处给老鼠吃。

据闻在民国初年，出现了百年不遇的大旱，无河不枯，一向富庶的苏南地区也是赤地千里。又值军阀割据，战乱频繁，使得民不聊生，饿死了很多穷人。当时有个姓华的商家，眼见时局动荡，世道衰退，无心经营，便停了买卖，带着家仆由城里迁回祖籍居住。

乡下的祖屋虽是前后三进、两边带着跨院的大宅子，但常年没人居住，许多地方年久失修，有的墙体都开裂了，一时无法入住。于是华家主人就在村中赁了几套房暂时住下，准备等时局稳定下来，再将祖宅重新修葺。

有天夜里主人正在睡觉，看守祖宅的家仆赶来禀报，说是宅中有怪事发生。主人立刻起身赶去察看，就见后宅阁楼里灯火通明，里面乱哄哄的十分吵闹。

主人很是惊奇，阁楼空置多年，里面怎么会有人呢？当即从墙缝向里窥探。只见阁楼中有无数小人，身高盈尺，都在那儿忙活着搬东西，一队队川流往来，好像正在收拾房子。

主人看罢多时，心中骇异无比，知道阁楼里的东西非鬼即怪。他也不敢惊动，白天打开阁楼进去察看，那楼中却空空如也，什么东西都没找到。

可是到了转天夜里，阁楼里又有怪声传来。主人再次隔墙观瞧，就看其中张灯结彩，红烛耀眼，那些小人吹吹打打，簇拥着一顶花轿，新娘在轿子里呜呜哭泣，显然是舍不得离开娘家。后面还跟着另一顶轿子，轿中坐着个年过半百的老妇，那是送女儿过门的母亲，周围跟着许多丫鬟侍女。喧嚣的队伍走入墙壁，渐渐消失不见了。

过了些天，到晚上又听阁楼里传来婴儿啼哭之声。主人偷眼看去，发现那刚过门的小媳妇已经抱上了一个大胖小子。又过几日，那小孩又拜一个尖嘴先生为师，开始读书写字。那时的人们迷信思想严重，主人看在眼内，急在心里，眼瞅着自家祖宅被妖怪占据，却不敢贸然惊动，唯恐打蛇不成，反被蛇咬。

某天主人正坐在门前发愁呢，恰巧有个老道经过。那道人身材低矮、肥黑多须、苍髯庞眉，以至于看不清面目长相，身后背着把桃木宝剑，形容举止都十分奇特。他来在主人门前打个揖手："无量天尊，贫道这厢有礼了。"

主人赶忙还礼："敢问道长从何而来，到此穷乡僻壤有何贵干？"

老道说："贫道向来只在龙虎山修炼五行道术，却广有神机，只须慧目一观，即可洞察千里之外。因见贵宅中有妖物出没，故此赶来除魔卫道，整顿乾坤。"

主人大喜，立刻请老道回家吃饭，好酒好菜地招待着。夜里那老道提了桃木剑，赤足披发，同主人径直来到后宅阁楼门前，大声喝道："何方妖孽胆敢在此作祟，本真人到此，还不快快束手就擒！"喝骂声中，一脚踢门而入。

那阁楼中的一众小人儿见老道来了，都是大吃一惊，顿时作鸟兽散，向墙缝洞穴里逃窜。

老道不容分说，嘴里念念有词，凶神恶煞般用桃木剑就地乱戳。

他剑下绝不走空，每剑戳出，便会刺中一个尺许高的小人儿。小人儿们中剑后，便直挺挺横尸在地。老道随手从地上捡起来扔进一个大麻袋里，不到半盏茶的工夫，那条麻袋就装满了，看分量约有百十斤重，这回阁楼里算是彻底清静了。

主人和旁观的邻居都看得心服口服外带着佩服，不住口地称赞："好个仙长，恁般了得！"

老道捋须大笑，显得十分得意。他将口袋拴上扔在地上，俩眼珠子一转说道："贫道从千里之外的龙虎山远路到此，能够降伏妖怪，全仗诸路仙家相助，哪几路仙家？乃是玉清元始天尊、上清灵宝天尊、太清道德天尊、七曜星君、南斗星君、上洞八仙、四灵二十八宿……"如此说了一长串各洞神仙的名讳，声称主家和各乡邻应该大摆宴席，多准备肥鸡熟鸭以及上等佳酿、果子糕饼，由他带回去祭祀神明，否则那些仙家怪罪下来，谁也担当不起。

众人一听这话不免有些疑惑，如今天下大旱，老百姓有口饱饭吃都不容易，哪有肥鸡美酒可以敬神？何况道家讲究清心寡欲，无为而为，借这机会狮子大开口索取酒肉，真不像修道之士所为。

谁知那老道翻脸比翻书还快，认为众乡民怠慢仙家，立时拉下脸来，解开绑住麻袋口的绳子，就地一抖搂，有无数大老鼠"稀里哗啦"从里面钻出来，其中还有只尖嘴老鸹，都蹿到乡民家中到处啃咬，把很多衣服、木器都啃坏了。

众人这才明白过来，这些全是老道使的障眼法。阁楼里的小人儿是老鼠所变，教书先生则是个尖嘴老鸹，这老道可能也是什么妖怪，只因到处都闹饥荒，这些东西竟跑到村子里骗食来了。

村里的愚民愚众大多是老实巴交的农民，一个大字也不认识，遇上这种事谁也不敢出头，只好让主人带头作揖求饶，承诺转日在村中摆酒赔罪，另备肥鸡、糕饼，请各路仙家息怒，如此方才作罢。

第二天傍晚，村子里打开了准备用来度荒的粮窖，各家各户凑了些酒肉。那老道带着一群小人儿如期而至，狼吞虎咽地将酒席一扫而空。老道喝得大醉，临走把乡民拿来的肥鸡和糕点负在背上，摇摇晃晃地去了。

华姓主人的儿子年轻气盛、素有胆识。他眼见四邻受自家连累，把度荒的粮食都搭进去了，还不知要饿死多少无辜百姓，不禁暗中愤恨，寻思："那老道来历不明，虽然知道村中有粮窖，却不会搬运挪移之术，否则也不必如此大费周章了，看来至多会些障眼幻化的邪法，我当设法为民除害。"于是趁那老道喝得迷迷糊糊，他在装糕饼的袋子底下垫了个石灰包，又扎了个小孔，等老道回去的时候，石灰就一点点从孔中漏出，断断续续地撒了一路。

少主人约了几个胆大的伙伴，点起灯笼火把，跟着地面的石灰线寻去，最终找到一座荒山野岭间的坟墓，看石灰的痕迹直通到坟窟窿里，料定那老道藏身在这座古墓当中。他们当即找了几捆干茅草，燃起浓烟往洞子里灌，然后堵住了洞口，天亮后招呼村中青壮年，带着锄镐铁锹赶来相助。

众人掘开古墓，就见墓道里伏着一只大耗子，个头比老猫都大，体肥肢短，估计就是那妖道的原形，它喝醉后已经被浓烟活活熏死了。村民们将巨鼠拖出去烧成了焦炭，又锉骨扬灰，永绝后患。

◯ 造畜

早年间跑江湖卖艺的，其中有一部分真有一些看家本领、盖世绝活，让你看得目瞪口呆、心服口服。然而还有一些，是打着卖艺的旗

号，用各种卑劣的手段坑蒙拐骗，从而达到其骗钱的目的。

民国以前，还是皇帝老儿稳坐金銮殿的时候，具体哪个朝代可说不清了，某县城有位县太爷前来上任。其轿队正走在大街之上，前边铜锣开道，后面两人高举"回避""肃静"两块路牌，气势十分威武。

这时，忽然从两旁人群之中蹿出一条黑狗拦住了轿队。衙役见状，立刻大喝驱赶。但怎么叱喝，黑狗都卧在道路中央一动不动。突然，从人群中又跑出来一个披头散发之人，手握一根木棒朝黑狗打去，边打边叫喊道："让你跑！让你跑！"县太爷听到轿外的吵闹声，走出轿子观看，刚走到队伍前面，黑狗顿时跑上前来，一把将县太爷的大腿抱住，任凭那人和衙役怎么打骂，都不松开两只前爪。县太爷看此事奇怪，便下令将那人与狗一同带回了县衙，准备升堂询问一番。

大堂之上，那打狗之人说自己乃是一个江湖卖艺的，正在驯犬时，不料一时疏忽，让狗跑了出来，所以立刻尾随在后，想把这狗抓回去。这人刚刚把话讲完，卧在一旁的黑狗突然张嘴说出了人话。大堂之上，众人哗然。

黑狗自称是被恶徒拐骗的孩童，原来这孩子几岁大的时候，就被人贩子偷拐，卖到跑江湖驯狗耍猴的艺人手里。

艺人买了小孩，先把一条黑狗杀死，再把整张狗皮剥取下来，趁热裹在小孩的身上。因狗皮上鲜血滚烫，那孩子的皮肤便与狗皮粘在了一起。

时间一久，这狗皮便与人身肌肤相连，而小孩被狗皮裹住，从此难以成长发育，至多能活两三年。因为乱世里人命不值钱，买个拐来的孩子比买条狗都便宜，况且训小孩钻圈作揖，远比驯狗驯猴容易得多，出去卖艺能赚大钱，正好借此诈骗钱财。民间俗传此法为"造畜"，不知底细的人，常以讹传讹，说这是用妖术把活人变成牛马牲口贩卖。

今日这小孩听闻县太爷前来上任，趁跑江湖的艺人不备逃到此处鸣冤求救，恳请青天大老爷为民做主，使他脱离无边苦海。

县太爷闻言拍案而起，命令差役们将那卖艺之人抓起来审问。一讯而服，当堂打入死牢，择日斩首示众。

宝镜降妖

据说四千多年以前，黄帝曾经锻铸过十五面古镜。这十五面古镜之上，都刻有四象八卦及十二辰位。而且每面古镜背面，都有青龙、白虎、朱雀、玄武四圣兽围在四方，中间位置伏着一只麒麟。

十五面古镜按照镜面横向宽度区分大小，最大的一面，横径有一尺五寸，然后依次向下排列，最小的横径只有一寸长。传闻这十五面古镜，每一面都有降妖除魔的作用。后来遗落世间，全都不知去向，只有几个怪谈流传至今。

唐代的时候，长安城中住着一户富商，无意中得到一面古老的铜镜。他把这面古镜放置在自己屋中，打算每天出门前在镜前整理衣冠一番，无非是附庸风雅，演习斯文模样。

这天富商和往常一样，正在镜前端照，忽然听见门外一声脆响。他猛地一惊，回过头去观看，只见一个侍女瘫坐在门外，地上散落着摔碎的茶杯碎片。

富商觉得很奇怪，怎么无缘无故摔倒了？他想要把侍女扶起来，谁知刚走出门口，侍女便勉强起身，双膝跪在地上连连磕头，一边磕一边说道："老爷，这个房间奴婢不敢进去，屋内这古镜只要照我一下，我就会当场死去。"

富商对她说的话极为不解，于是问道："府内奴仆来我屋中，行走镜前都平安无事，为何唯独你会死去？而且见你模样也不像是我府内之人，你到底是谁？"侍女回答："奴婢刚刚进府不到半日，原先居住在城外，后来被一贼人拐骗至此，卖到府上做了女仆。"富商听罢，从屋内拿出宝镜对着侍女说道："那你为何会惧怕此镜？难道你是妖怪不成？"侍女见富商把古镜对着自己，立刻向后退了数步，把头紧紧贴在地上，不敢直视镜面，而且浑身瑟瑟发抖。富商见她这般模样，便越发怀疑起来，随即加紧盘问。

侍女无奈，只好说出了实情："奴婢其实是城外古松之下的一只千年老狸，如果被这宝镜一照，就会打回原形，一命呜呼。请老爷先把宝镜收起，容我慢慢讲来。"

富商又是惊奇又是骇异，他犹豫了片刻，寻思："这妖怪惧怕我手中宝镜，且听她有何说辞，言罢我再制伏她也不迟。"他暗中把古镜握在身后，准备如有不测，便取出来制住这千年古狸。

侍女说道："奴婢修炼千年才得人形。起初刚为人形之时，一日路经河边，不慎失足落入河中，幸而被一农户所救。他们不但救我性命，还让我在其家中调养身体，供我吃穿，就好像亲生父母一般。待我身体痊愈，便拜了他们做义父义母。但没过多久，我便被一贼人拐骗，带进了城中。那贼人不仅对我又打又骂，还将我卖到府中为奴。老爷手中所持宝镜乃是黄帝所铸，当年黄帝共铸了十五面降妖除魔的宝镜，自古遗落至各地深山古墓，皆已不知去向。看老爷手中宝镜的形制，应该是其中的第九面。我若被此镜一照，定会被打回原形，死于非命。"

富商听得心软了，可仍不敢大意，继续问道："你既是千年古狸，变化人形入世，难道不会害人吗？"

侍女回答说：“我已经幻化为人形，只想好好做人，不做那些为非作歹之事。而且先前义父义母教诲，要知仁义、行德善，至今铭记于心。但狸化为人，乃是违背天道，逆类而存，为神明所不容。我自知罪孽深重，当以死赎罪。”

富商见其说出这般话，更是心生怜悯，说道：“既然你已坦诚相告，我也不好为难你。今日放你一条生路，速速离去吧！”

侍女言道：“多谢老爷不杀之恩，虽肝脑涂地，也无以为报。但适才奴婢已经被宝镜照破，命不久矣，而且变化为人的这段时日，也已经习惯了人间的生活，不愿再变回原形死于荒野了。请老爷把宝镜收回屋内，我只想在余下的时间里，饮酒起舞，尽一生之欢，则死而无憾了。”

富商迟疑了片刻，说道：“我将宝镜放回屋中，你岂不是可以趁此机会逃之夭夭了吗？”侍女笑道：“老爷先前不是已经放我逃生去了吗，我既然已经回绝了老爷，便不会再趁此机会逃走。而且奴婢刚才已说，宝镜已然将我照破，命不久矣，逃跑又有何用？只想尽情欢愉一番，享尽人生之乐再以死赎罪。”

富商见侍女心意已决，便回屋把古镜放了起来，又在厅堂之上摆设宴席，叫来了几个胆大的朋友共同作陪。席间，那侍女与众人畅饮一番，喝得酩酊大醉。只见她步履蹒跚地走到堂前，翩然起舞，边舞边放声而歌。在座众人随着她的曲调同声应和，宾主皆是如痴如醉。侍女舞罢一曲，跪在地上又向宾主拜了三拜，突然变回狸身，蜷伏在地而死。

又道旧时江南一带，有一个毗陵县，其县令家里收藏着一面祖传宝镜。传闻这面古镜，镜面纹路有如水波一般，而且有“除妖辟邪、解人疾病”之奇能。

一天夜里，县令正在房中熟睡，忽然听卧室外传来一阵女子的哭泣声。他连忙穿上衣服，下床出外巡视。走到厅堂，他突然发现，原来这哭泣声是从宝镜之中传出来的。就在他感到吃惊的同时，镜子中忽然浮现出一个女子的身影。这女子相貌秀美，身穿一件红色长服，头插一支金色簪子，缓缓从镜中走出。

县令见这女子从镜中走了出来，吓得后退数步，问道："你是何人？为何会从镜中而出？"

那女子说道："你不必害怕，我乃是这镜中精灵，名叫赤夕。只因县城之外，有一村落被妖怪所害，全村老小都命在旦夕。我忧心众生惨死，故而哭泣。"

县令听罢此言，甚是疑惑，便问道："据我所知，县城周边百姓，全都丰衣足食，平安无事，哪里有什么妖怪作祟？"

女子说道："此村在离县不远五十里处。村中有一株千年枣树，足有数丈之宽。树内居住着一条怪蟒，此蟒身上具有奇毒，居于树中天长日久，树上所结果实皆被其腐蚀。村中百姓不知怪蟒所在，争相摘枣食之。吃完自会身中剧毒，纵然华佗再世，也不能治愈，唯有一死而已。如今我在你面前显露原形，就是想让你持我而去，救百姓于苦难，设法诛杀怪蟒，以绝妖孽。"

县令闻言大惊："请问仙子，下官该当如何去做？"

镜中女子说："你只需将古镜带在身边，怪蟒就不会加害于你。见到身中剧毒的村民，你只要将镜面对其腹部照去，不消片刻，所中之毒便会化解。待你把村中百姓身上剧毒全都清除完毕，就把古镜悬在那棵千年枣树之上，等一夜过后，再去将古镜取下，届时我自会将怪蟒诛杀。"

县令听完女子所说，即刻俯首作揖，答应了此事。女子见县令已经应允，便转过头去，隐入铜镜消失不见了。

这时县令猛然惊醒，才意识到原来自己刚才是做了一个梦，但梦中所见就如亲身经历一般。他坐在床上思虑了很久，决定按照梦中女子所说，带上古镜前去那片村落看看。转天清早，他早早起身穿戴整齐，叫了几名县吏随行，带上古镜便出发了。

按照镜中女子的吩咐，县令等一行人很快就找到了那个村落。进村之后，县令见村中一片荒凉，人迹稀落。每家每户之中，少则一人中毒，多则举家老小全部中毒。村民们躺在床上，一个个面无人色，眼窝向内深陷，口鼻内都是黑紫色的淤血，简直和僵尸一个模样。

村子里的惨状使县令触目惊心，他赶紧取出古镜，按照那女子所教的办法，逐个为村民们化解体内之毒。忙碌了整整一天，村民们渐渐苏醒过来，转危为安，而且每个人的体肤都恢复了原有的血色，不见了刚看见时的铁青。

村民们慢慢恢复了体力，纷纷对着县令说道："适才看见老爷走进屋中，从身上取出一轮明月相照。月光所照之处，好似清泉抚体、冷彻脾脏。"就这样到了晚上，村子里中毒的居民，都被县令用古镜所救。

这时，县令想起那女子曾经说过，等救活了村中百姓，还要设法诛杀大树里的怪蟒。他问明枣树方位，当即前去将古镜悬挂在树上。由于天色已黑，他不便折返回城，所以就在村中暂时住了下来。

时至深夜时分，忽听外面雷声如炸，不绝于耳，县令急忙起身向窗外望去。只见窗外暴风骤起，大雨瓢泼，从天上劈下了一道道闪电，围在枣树周围，忽上忽下，忽明忽暗，好像要把那棵枣树从中击穿一样，满村皆骇。

等到天明，大伙壮着胆子出门观看，赫然发现有一条大蟒倒在树边。这条怪蟒浑身紫色鳞甲，阳光一照，泛出异彩光亮。青绿色的三角形蟒头上，长着一对白玉一般的角，头顶处清晰可见一个"王"字。蟒身伤口无数，血流不止，触之不动，气早绝矣。

县令立即命令手下人和一众村民，把巨蟒拖出村子，点起火堆加以焚烧，腥臭传到数十里开外。

县令又把古镜从树上取下，忽然看见这枣树中间已经被雷电劈出了一个大洞，就命村民把树挖开。发现这洞穴自地下而出，延伸至树心部位，入地颇深，难测其底，洞中还有大蟒爬行过的痕迹。他随即命人把枣树连根砍去，又用泥土把洞穴填平夯实，自此，便再没有出现蟒蛇为祸村民的事情。

据传毗陵县令家中的古镜，也是黄帝所铸的十五面铜镜其中之一。后来某天风雨大作，镜在匣中呜呜而鸣。县令打开木匣察看，就见一道白光射出来，转瞬消失在半空，只剩下那木头匣子空空如也。

◐ 琴师奇遇

"净琉璃"是日本古代的一种曲艺方式，唱曲的人手执三弦琴，一边弹奏，一边说唱，曲调深沉凝重、委婉动听。

以前有位行走于各地卖艺的盲眼琴师，弹唱净琉璃数十年，技艺已至炉火纯青的地步，尤其擅长的是古曲《源平合战》。

某天琴师路经偏僻的"衣川馆"，山里下起了大雨。他只好夜宿古刹，忽然有一匹快马飞至，招呼琴师去为主人演唱。

琴师见有生意，连忙收拾家伙，牵着马尾跟来人进山。他眼盲看不见东西，就感觉道路崎岖，走出很远很远，到了一座大屋里，周围好像坐满了人，气氛肃穆沉静。琴师不敢怠慢，调好了琴弦开腔作歌，伴着淅淅沥沥的雨声，唱起了《源平合战》中最引人入胜的一段"上洛勤王"。

周围听者甚众，但自始至终，皆是一声不发，也没人鼓掌喝彩。一曲弹罢，听到有人轻声啜泣，也有人深深哀叹。主人显然也被琴师高超的技艺打动，吩咐手下重赏琴师，然后将其送回古刹。

从这天开始，琴师每晚都被人带到大屋中弹唱"净琉璃"，他贪图酬资丰厚，也不计较路途艰难，索性就在古刹里住了下来，把得到的赏金交给和尚，请和尚代办饮食。

古刹里隐居着一位高僧，他看到琴师拿出来的钱都是古币，十分贵重罕见，又见其脸上阴气很深，面容一天天消瘦，就知道琴师是遇上鬼了，于是暗中跟随，想一窥究竟。

当晚高僧发现琴师独自一个人，摸索着走到深山里的一处窟宅前，弹奏三弦琴唱起古曲，周围血雾弥漫，遍地尸骸，站立着数百名身穿古代羽织铠甲的古代武士。他们个个身插战旗，甲胄上钉满了羽箭，脸色悲愤。为首端坐着一个身穿赤红铠甲的将军，目射神光，威风凛凛，正在全神贯注地倾听着"净琉璃"。

高僧暗暗吃惊，琴师演奏的古曲《源平合战》，是讲述平安时代著名武士源义经的征战生涯。源义经生前被尊为战神，而这"衣川馆"正是当年他横刀自裁之地，其麾下众武士也都惨死在此。看来这许多阴魂仍未走入黄泉往生，而是被怨念束缚在"衣川馆"。

高僧当时没敢声张，等琴师回去后才如实相告。琴师闻言回思前事，知道高僧所言不虚，吓得魂不附体，恳求高僧救命。高僧在古刹外贴满《南无妙法莲华心经》挡鬼，又念诵往生镇魂之咒，那些含恨而死的阴魂才不再为祟。

源义经在历史上确有其人，也是深受百姓爱戴的传统英雄之一，而且由于其生涯富有传奇与悲剧的色彩，在许多故事、戏剧中都有关于他的描述。根据在大山祇神社中供奉的源义经的甲胄，有人推估出其身高大约在一米五左右。

◯ 换鼻子

如今的山东省莱州市，是根据唐朝时此地的莱州府而得名。那时莱州府内有位姓徐的府尹。徐府尹虽说是一介文士出身，却体魄挺拔，在人群中俨然有鹤立鸡群之姿。美中不足的是他脸上生了一个塌鼻梁，而且鼻孔朝天，所以常常受到别人的耻笑，他自己也为这难看的鼻子而苦恼不已。

有一次，皇上召他进宫面圣，当他们行至武陵时，天色已黑。徐府尹传下令去，要在不远处的一个驿站落脚休息，明日清晨再起程赶路。

这时，身后的一个士卒来到徐府尹跟前，放低了声音禀报道："府尹大人有所不知，传言这武陵驿站之中经常有妖怪往来，路经此处的官员将领，全都不敢进站居住。如今府尹大人到此，最好也别在站内过夜。此处再往前行几十里，还有另外一家驿站。我等不如星夜兼程，等到了那处驿站再休息也不迟。"

徐府尹历来不信鬼神，听后很是不以为然，当即吩咐众人入住驿站。他吃过晚饭，就推开房门，独自进屋休息去了。

长夜过半，徐府尹还没完全入睡，蒙眬之间听见屋里有脚步声响起，他微微睁开双眼，看见有个人朝他走来。那人一身青色长袍，面色苍白，手中还提着一个竹篮。徐府尹仔细往那竹篮里看去，发现里面竟装着满满一篮子人鼻。

那人走到徐府尹身前，大声说道："你是何人，竟敢睡在我的住处！"徐府尹急忙坐起，退到床脚处蜷缩成一团瑟瑟发抖，吓得连大气都不敢喘一口。

那人见徐府尹不答，竟慢慢走上床来，用手托起徐府尹的脸仔细端详，自言自语般说道："看面相倒不是个薄命之人，但这鼻子又塌又翻，实在与尊容不配。来来来……且让我给你换个鼻子。"话音刚落，只见那人转头把竹篮放下，伸手在篮中仔细地挑拣，拿起来一个放下，再拿起一个又放下，似乎都不合适，最后终于拿出一个，喜道："就是它了！"随即将手按在徐府尹的鼻子之上。

徐府尹立时感觉到脸上一阵强烈的灼痛感，眨眼间，自己的鼻子便被那人取了下来丢进篮中。他骇然失色，吓得一动也不敢动。

那人把挑选好的鼻子放到徐府尹脸上，并且用手指在他面部揉按，然后满意地笑道："好一副吏部尚书的面相。"

这时徐府尹猛地惊醒，才知刚才乃是做了南柯一梦。他用双手抚摸自己的鼻子，突然大吃一惊，原来的塌鼻梁翻鼻孔，竟已变得高挺端直，而且鼻子周围也没有任何刀口伤疤。后来徐府尹进宫面圣，皇上见其一表人才，果然封他做了吏部尚书。

◯ 大胆布商

当年有座大宅，主人做生意亏了本，只好将宅子转卖他人。可不管是谁住到这大宅里，皆会遇到许多反常之事，胆小吓死的都有。大家便认为这是座鬼宅，自此再也没有人敢往里面住了。

直到有个外地来的布商想寻寓所，他素来胆大不惧妖邪，见这老宅价格便宜，就买下来准备让举家老小搬来居住，但他也风闻宅中闹鬼，就孤身一人先住进去，想看看到底是怎么回事。

那宅院年久失修，墙皮已经剥落，院子里杂草丛生，堂内梁柱横七竖八，结满了蜘蛛网，到处都是黑沉沉、阴森森的。

布商收拾出一间卧房，带了柄短刀独居其中，果然每天深夜，都会听到堂屋里有声音发出，但当他推开堂屋的大门进去察看，那里面就立刻变得寂然无声了。一连几日，始终不知怪从何来。

布商为了解开其中缘故，便在天黑之前躲到堂屋房梁上，准备一窥究竟。当晚月明星稀，借着从破损屋顶处透下的苍白月光，屋内家具画幅黑乎乎地露出些轮廓。

大约到了三更天，就听堂内窸窸窣窣有些动静。他屏气敛声，静卧在梁上向下俯窥，只见有个身高过丈的人从壁中走出，那人宽袍高帽，衣冠都是黄色。

布商这才感到事情不妙，心想凭自己的身板，被那黄衣人捉住多半就当点心吃了。他吓得大气也不敢出上一口，像死人一样趴在梁上，只听那黄衣人开口问道："细腰，屋子里为何有生人气息？"随即就听角落里有个锯木头般的声音回话："没看见有外人进来。"那黄衣人闻言不再说话，身形缓缓隐入墙壁，消失不见了。

接着又有一个青衣人和一个白衣人，装束都与先前的黄衣人相同，陆续从堂中出现，也都对着墙角问细腰，这屋中为何会有生人气息。

布商好奇心起，壮着胆子探出脑袋，想看看那细腰的模样，但屋角漆黑一片，什么东西也看不到。

不久，月影西移，一切恢复了原状，堂中寂静异常，没有丝毫动静。布商又惊又奇，怀疑自己刚才趴在梁上睡着了，见到听到的都是梦中所历。他满腹疑惑地从房梁上爬下来，忍不住走到墙角，学着那些高冠古袍之人的语气和腔调问道："细腰？"那墙角果然有人应声，但屋内漆黑，根本看不到是谁。

布商强行克制着内心的害怕，壮着胆子继续问那细腰："刚才穿黄袍的人是谁，它从何而来？"

细腰答道："是金子，埋在西屋壁下。"

布商暗自称奇，再次问道："白衣人和青衣人是谁？"

细腰说："白衣人是银子，埋在东屋廊下；青衣人是铜钱，埋在井边五步。"

布商听在耳中记在心里，又问细腰："你是何人？"

细腰如实答道："是个洗衣棒槌，就在这墙角。"

布商还想再问，却已是天方破晓，有鸡鸣声远远传来。屋子里重新陷入寂静，仿佛什么事也不曾发生过。

布商待到天亮之后，立刻找来家眷和伙计，带上铲子、锄头，到宅中各处发掘，果然从西屋壁下刨出五百斤黄澄澄的金子，在东屋廊下挖到五百斤银锭，又于井边五步发现了几个大钱瓮，里面所藏的铜钱不计其数。而那墙角下果然有根古代捣衣服的木棒，头大腰细，形制颇为怪异。

布商将这根木头棒子投入灶中焚化为灰，金银钱物则据为己有，从此陡然暴富，而那老宅里也不再有任何怪事发生了。自古道"小富由勤，大富由命"，这话诚然不假。可见"物有所归，人各有命"，是那布商命中该当发迹，才镇得住这笔横财。

◯ 藏魂坛

具体是哪朝哪代说不清了，估计可能是前清的事。那时村子里有个阚姓人家，夫妻两个以种田砍柴度日，粗茶淡饭的生活虽然清贫，但老两口儿非常恩爱，为人厚道本分，日子倒也过得舒适。

夫妻二人膝下只有一子，这孩子天生耳大，耳垂又肥又厚。老两口儿十分欢喜，总说："咱家这孩子生就佛相，将来必福寿无穷。"于是给小孩起了个乳名叫"福耳"。

后来有位看相的先生瞧见，却说："这孩子耳大无福。双耳要厚而有轮方为贵人，耳厚福厚，耳薄福薄，耳要大，又要圆，又圆又大是英贤；两耳削平，奔劳一世；两耳贴脑，富贵到老；对面不见耳，则是巨富巨贵之相。"

按那江湖上流传的相法，这意思就是人的耳郭不能向前探着招风，须是平贴后脑才能有福，正所谓"两耳招风，卖地祖宗"。因此以前迷信的人家，刚生下小孩，都要紧盯着孩子睡觉时不能把耳郭压向脸颊，免得睡成卖尽祖宗田产的招风耳，等孩子逐渐养成后压耳的习惯，也就不用再管他了。

那先生看"福耳"的面相，是双耳上薄下厚，两边都往前支着，就说这是逆子之相，再想改也来不及了。

阚氏夫妻哪里肯信，一顿扫帚将看相的先生赶走了。此后对福耳更加溺爱，衣来伸手饭来张口，什么活都不让干。这小子长大成人之后，整天游手好闲不务正业，还学会了耍钱嫖娼，把他爹气得吐血而亡。

福耳不但不思悔改，反而变本加厉，把家里的田产变卖挥霍了，又去偷鸡摸狗。一次被人告上了衙门，他逃到山里躲避，途中撞见一伙养蛊的黑苗，就此跟去湘黔交界混饭吃。几年后回归故里，到家不说孝顺老娘，却肆无忌惮地杀人越货。他若瞧上哪家的姑娘媳妇，光天化日里就敢进去施暴，谁拦着就拿刀捅谁，比那山贼草寇还要凶狠猖狂。

想来王法当前，哪容他如此作恶，果然惊动了官府，派差役将福耳抓起来过了堂。他对自己所犯之事供认不讳，被讯明正法，押到街心砍掉了脑袋，民众无不拍手称快。没想到行刑之后的第二天，此人又大摇大摆地在街上走，依然四处作恶。

官府自然不会坐视不理，再次将其擒获正法。可不管福耳的脑袋被砍掉多少回，这个人都能再次出现，活蹦乱跳地好像根本没死过。

百姓无不大骇，不知此人是什么怪物，任其为非作歹，谁都拿他没有办法。

最后福耳的老娘实在看不下去了，只好大义灭亲，到衙门里禀告官府，说此子从黔湘深山里学了妖术，在家里床底下埋了个"藏魂坛"，肉身虽然在刑场上被斩首示众，但他过不了多久就能从坛子里再长出来。

官府闻之将信将疑，立刻命人到其家中挖掘，果真刨出一个黑漆漆的坛子，形状就像骨灰罐似的，当场敲碎砸毁。再把福耳押赴刑场碎剐凌迟，锉骨扬灰，自此就再也没有发生过妖人死而复生的事了。

◯ 聚宝盆

以前在地方戏戏文里，有一出戏叫"招财进宝"，演起来很是热闹，表的是各朝各代的降世财神。凡是逢年过节，或是喜庆摆设，需要找彩头的场合，都会请戏班子来演这出戏文。

民间最敬的两位财神，一个汉时的邓通，另一个是周庄的沈万三。邓通曾被皇帝封赏铜山，可以自行采铜铸钱，有道是"多少金钱满天下，不知更有邓通城"，说的就是此人铸钱之地；沈万三则是元末明初时期的"江南巨富"，传说明太祖朱元璋开国建都，都要向沈老爷借钱造城，真正是一位"富可敌国"的大财主。这两位古人，历来被老百姓看作是"财神爷"投胎转世下凡尘，要是拿现代的话来说，就是被视为发财致富的"偶像"了。

据说这沈万三可不得了，是天上财星下凡，"左脚生金、右脚生银"，家中财帛通天，富可敌国，哪来的这么多钱呢？是他还没发迹之时，路过湖边见到乡人捕蛙，就地剖蛙取肠，血腥满地。沈万三见状不忍，出钱把剩下的几百只蛙都买了下来，扔回湖中放生。某天晚上他再次路过湖边，听群蛙鸣动鼓噪，从湖底拥一古鼎而出，往那鼎中扔进一块金子，就立即变成两块。沈万三因一时善念得此古鼎，日后盈千累万之资，皆为其中所生。

后来朱元璋准备在南京建都，并决定扩建应天城，把它建得非常有气派。但由于战事频繁，开支浩大，根本没钱修城墙。豪富沈万三答应负责修筑聚宝门至水西门一段，还有廊房、街道、桥梁、水关和署邸等相关工程。他不仅延请一流的营造匠师，还整天在工地上督促进度，检查质量。尽管一些"检校"常去工地制造事端，捞取油水，沈万三延依然比皇家修筑的城墙提前三天完成。可这样做，恰恰大驳了皇帝的面子。此后他又向朱元璋提出，打算以自己的百万两黄金，代替皇帝犒赏三军。这终于惹得明太祖龙颜大怒。于是他被籍没家产，发配充军云南边陲。

沈家被明太祖朱元璋查抄的时候，从地窖里搜出这尊古鼎，问以刘基刘伯温，刘基曰："此乃聚宝鼎是也。"后世俗传为"聚宝盆"。

当然这无非是民间传说，实际上沈万三是擅长资本运作的大商人。今后要去周庄旅游，可别忘了品尝一下当地的名菜"万三肘子""万三蹄"。据说那都是根据沈老爷家里流传下来的菜谱，以秘方配置调料蒸焖而成，皮润肉酥，入口即化。

憨金咒

中国自古有很多被人遗忘了的"银窖"和"钱库"，战乱年代，兵匪横行，埋金藏银是为免遭抢掠。太平时期，埋金藏银者也不在少数，其动机往往各不相同，贪婪聚财而生性吝啬者最多。到了宋代，则信奉"掘藏得金"，习惯把大量钱币埋入地下，想给后人一个惊喜。

其实最主要的原因，在于宋时铜贵而金贱。

地下埋的金银多了，也衍生出不少古怪诡异的传说。很久很久以前就有富豪家中库银存得太久，打开库门后白银都化为白鸟飞去之事，可见民间一直相信金银有灵性的说法。

在苗人中，有很少的一批人以采金掘银为生，被称作"金苗"。他们常常以数人为一伙，在深山中以极其诡秘的方法，寻找深埋地下的金银矿脉。不仅是矿藏，湘西兵匪之祸颇多，以前有许多土司把整罐整坛的金银埋在山中，金苗利用奇门古术，往往也能将之找到。

金苗使用的所谓"方术"，也可以称为"法术"，实际上这个"法"的意思就是"方法"，是使用"术"的"方法"，是包括符咒、诀语、字号、卦歌、道具、秘方诸多法门在内的总称。每一伙金苗中都有一个首领，被视为"金头"，只有金头掌握着古老而又神秘的方术"憋金咒"。

深埋地下的金银财宝，年头多了，便得精气灵性。这套憋金的古代迷咒，就是专门用于将金魂银魄从地下逼出，然后用针扎住它，顺藤摸瓜，就能找到地下宝藏。可要是没有金头的迷咒使金银之魄归位，挖出来的全部金银会腐烂得如黑泥朽木，毫无价值，土人谓之"金银粪"。

古代金苗头领的迷咒，会的人本就十分有限，而且由于太过保密，至今已经失传了数百年，世上无人再通此道，只是学方术之人大都知道几百年前曾经有过这么一套神秘的符咒。他们还知道金银之魄各有不同，但银魄都是小脚白鞋的老年女子，民间称其为"白老太太"，在五行中白色代表金，是金银财宝的象征。

苗疆山区经常有些低矮的屋棚，里面供着"土地菩萨"，也包括"土地奶、家宅、祭桥、水井"诸神祇。土地菩萨在苗语里叫"土地鬼"，一般由几块石头垒成。土地屋多为木制或用三块石板搭成，极为简陋，设于寨旁路口处或大路边行人休息处，如果是穿白衣的土地菩萨，那多半就是土财神"白老太太"了。

◯ 乾坤大挪移

说起我看过最具有想象力的故事，是在唐代的时候，有个商人去长安做生意，卖掉货物之后买了一只鹅，装在笼子里背在身上独自回乡，半路遇到一个书生。那书生正坐在树下休息，见商人来了就起身行礼。书生声称自己走不惯长路，脚底都打了血泡，实在是走不动了，恳请商人行行好，让他钻到竹笼里带上一段。商人以为对方在开玩笑，就说："这竹笼才多大的地方，何况已经装了只鹅，你要是钻得进来，捎你一段也是无妨。"没想到那书生一低头竟钻入了笼中，和那只鹅在一起并不显得拥挤，而且分量好像也没增加。商人暗自惊奇，奈何说出去的话收不回来，只得背上竹笼继续赶路。

中午的时候停下休息，那书生从笼中钻出来，说："蒙君相助，无以为报，请您饮上几杯薄酒，万勿推辞。"商人奇道："此处没有人烟，你两手空空，怎么请我饮酒？"书生笑而不答，忽然张开嘴，从嘴里吐出一个食盒，里面装满了美味珍馐，又吐出一壶佳酿和两只酒杯，与商人席地而作，一边饮酒一边击节而歌。

那书生还觉得不够尽兴，要让自己最宠爱的姬妾出来跳舞，于是张开口，从中吐出一个窈窕婀娜的美女，让她跳舞助酒兴。商人没见过如此佳人，不禁看得傻了，也忘了喝酒，而那书生兴高采烈，多喝了几杯，竟醉卧在地，怎么招呼都不醒转。那个美女见状，就上前对商人说："奴婢有个相好的郎君，想趁此良机将他召来相见，还望阁下高抬贵手，不要声张出去，否则被主人知道，我必然难逃一死。"

商人讷讷地点了点头，就见美女也轻启朱唇，吐出一个虬髯大汉，二人低声私语了几句，就走到树后共尽云雨之欢。

正忙活到一半，醉卧的书生忽然伸了个懒腰，好像将要醒转。那个美女大惊失色，一口将虬髯大汉吞下，然后就忙着整顿衣衫。这时书生从地上坐起，揉了揉眼睛，对商人深施一礼："小生酒后失态，万勿见怪。"说罢张口吞下美人与酒壶食盒，起身作别，径自走进了深山，从此不见踪影。

这是一种典型的乾坤挪移幻术，神奇古怪到了极致，即使有也不是中土之术，应该是从印度、西域流传而来。唐时西域已通，所以才出现了这种匪夷所思的题材。

◯ 黄河中的神

黄河虽是浊浪滔天，但河里的水族向来不少，也有些稀奇古怪的生物。在迷信的说法里，其中也住着水府郎君，有很多人目击过河神之类的异象，可能是某种大鱼。

以前的官府严格控制盐税，所以有些人被迫铤而走险，利用黄河水路贩运私盐。那要用一种夹舱船，舱底有夹板，把私盐藏到里面，以此避免盘查。可天底下没有不透风的墙，这法子瞒得了一年两年，却瞒不了十年八载。巡河的官差虽然知道，但拿了些好处之后也向来是睁一只眼闭一只眼。毕竟盐枭都是亡命徒，逼急了真敢杀官造反，正所谓"官不容针，私通车马"。

在黄河上贩运私盐的船帮，除了要给巡河的兵勇官差好处，起航时还得祭祀河神，把整袋子的盐投入河中，祈求水下郎君保着行船平安，别遇上大风大浪。

却说有这么一艘夹舱船，以前没来过这段河道，初走黄河贩运私盐。那船老大以前就是个心黑手狠的土匪，为人十分吝啬。有船夫劝他给河神献祭，船老大说什么也不肯把盐扔进河中一袋，只撒了把大盐粒子。

当夜船帮在青铜峡前留宿，夜里突然来了一个老者，头戴绿疙瘩帽刺儿。平时人们头上帽子的帽刺儿都是红的，而这位老者头上偏偏戴了个绿的，显得十分扎眼。那老者手中端着个瓢，想找船老大讨一瓢咸盐。

船老大认为贩运私盐明犯王法，那是提着脑袋混饭吃的行当，却不是开粥场行善事的，做买卖讲的是以本图利，被官府盘剥是没办法的事，如何肯施舍给不相干的人，于是连哄带赶把老者赶走。

船帮里少掌柜的心善，见那老者可怜，便掏出钱问船老大买了一瓢咸盐给那老者，老者千恩万谢地去了。转天继续开船前行，一路到了青铜峡，上游突然发起大水，浊浪排空而至，霎时间失了日色，天昏地暗。众人正忙着稳定船身，忽听有人喊了一嗓子"龙王爷亮翅了"。

大伙赶紧举目观瞧，就见黑压压的一个庞然巨物，露着山丘般的脊背，从黄河中冒了出来，原来那是一只巨鼋，足有两三间房子连在一起那么大。巨鼋冲着夹舱船直接撞来，最后把整条船给顶翻了才算完，整船的货物全沉到了河里，然而船上的人一个没死，都被河水卷上了岸。后来人们都说，多亏少掌柜施舍了一瓢大盐，河神祖宗才开恩放了他们。

成祖找墓

古时候的皇帝，只要一登基，就开始张罗自己死后地宫的事情。修皇家坟墓可不是那么简单，需要风水好、气派，还要防盗，皇帝在位多少年就要修多长时间，总之工程浩大，劳民伤财。这明成祖为自己的墓穴忙前忙后，是比较少见的亲力亲为的皇帝。在为墓穴选择地方的时候还发生过有趣的小故事。

明成祖为了能使自己的江山长久，对墓穴风水极其看重，与军师多次出行，从东到西，又从南到北，最后在北京西庄的钱粮口看见一块平川之地。军师观其势推断顺其直走肯定有风水佳地，果不然此地三面环山，坐北朝南。军师大赞："此处南端，左有青龙山，右有白虎山，左青龙，右白虎，而吾王脚下之地乃是卧龙窝。"明成祖听后极为高兴。军师又说："如此大好风水之地，恐怕此地已有墓碑。"成祖则不以为然："普天之下，均是王土。"军师听后便不再多言。

向回走时，天色已晚，军师便与明成祖决定找个地方住一夜，二人向南走去，忽听敲锣打鼓好生热闹，那时与现在不同，迎娶都在晚上。明成祖对军师说："有迎娶之日，今天必是好日子啊！"军师掐指一算，今日乃五鬼之日啊。说着就看一顶轿子过来，二人急忙向轿子追赶。只见轿子前面打灯，后面吹打，忽忽闪闪走得很快，抬轿人也好像不是自己在走而是在飘，待明成祖二人追上时已到村口，不知不觉又恢复了正常。他们便随轿子来到了办喜事的家中，明成祖觉得应该沾沾喜气，与军师走了进去。院内宾客众多，喜气洋洋，二人到账房先生处每人以五十两随礼。这可慌了记账的先生，急忙跑去向东家汇报了这事。东家早已忙得团团转，哪里还顾得上，只得告诉记账先生好生招待，吃住全管。依照东家的意思，记账先生给二人单独开了酒宴，陪着喝了两杯。军师便问："这婚日是谁所选？你可知这是什么日子？"记账先生答："此乃教书的姚先生所选，先生是远近有名的智者，选的日子肯定错不了。一会儿待二位吃好，我带二位到姚先生那里，想必你们都是远道而来，舟车劳顿，那里环境清幽，适合休息。"二人连忙道谢。

酒足饭饱，二人随记账先生来到姚先生的处住。记账先生走后，姚先生泡上两杯茶，一杯先给明成祖，另一杯给了军师。军师顿时明白此人有些本事，知道先君后臣之礼，想必已经知道他们二人的身份。

军师喝了一口茶，便询问姚先生："先生有多少弟子？"

姚先生答："不多不多，二十八位。"

二十八宿，军师暗自明白，又问："先生可懂阴阳八卦？"

姚先生答："粗粗浅浅，略懂皮毛而已。"

明成祖开口便问："那你可知今日乃五鬼之日，为何为其选今日成亲？"

姚先生笑了笑说："此二人不仅日子犯五鬼，命里也犯五鬼啊！"

按照迷信的说法，犯两个五鬼可不得了，加之明成祖十分迷信，极为不解，又问："明知日子犯五鬼，人也犯五鬼，为什么不好言相劝，而使其凶上加凶呢？"

姚先生连忙说："其实早已化解，五鬼怕龙虎，龙虎一到五鬼全消。"

明成祖听后心中一悦，皇帝以真龙天子相封，军师乃其一员虎将，姚先生之言不正说此二人嘛。明成祖又故意一问："龙在何处，虎在何处啊？"姚先生答："远在天边近在眼前。"明成祖大悦："原来先生早已知我二人身份，果真名不虚传啊！"姚先生自知时机已到，便跪下叩拜。

军师看在眼里，也知此人有些本领，便说："先生既然已知我二人身份，想必也知道我们来此之目的。您有这身本领，何不为国效力？如今皇上选择墓地乃是件大事，您给瞧瞧这龙脉吧。"姚先生拱手以礼，答应下此事。

　　说完，姚先生便起身带二人向外走去，此时外边一片漆黑。别说选墓穴，就连辨路都困难。可姚先生却轻车熟路，貌似已知二人心思，恰巧来到卧龙窝。军师对此人也刮目相看。

　　地点已定，明成祖回去后就派人动工了。姚先生也向明成祖道出此处有一民碑，虽然风水极佳，但皇室占用民家旧坟不太好。明成祖却说："是宝地必皇室为先，不用管新旧。"就这样将墓碑挖出来搬到了远处，此墓碑之主姓康。

　　姚先生见明成祖非心中明主，便远走他方。有人说他死了，有人说他出家为僧，众说不一。至于后来，老百姓都说这明成祖姓朱，搬走了姓康的碑，同音字"猪"离开了"糠"，那不是越长越瘦？修了皇陵后，接下来的就一个比一个小，家道再也发不起来了。当然这只是段道听途说的野史，不知是否真有此事。

第四章

如是我闻

◯ 灵异游戏

前一段时间，我和公司一个新来的同事出差。由于很仓促，买不到飞机票了，只好坐火车。在列车上跟周围的人闲聊，听对面卧铺的一位乘客讲了一件很奇怪的事。

这位乘客老家在云南省，是临近澜沧江的山区，二十世纪七八十年代的时候，有许多佤族小孩都到山下的一株老榕树下玩游戏。他们玩的游戏很特殊，如果在现代，恐怕会让人联想起《黑客帝国》（动画版），那里边就有一段情节，是一群孩子发现了一个"灵异房间"，人可以在里面体验类似"太空飘浮"一样的失重现象。而那些佤族小孩玩的似乎就是这种游戏，他们轮流盘着腿坐到树下，不一会儿整个身体就开始凌空而起，忽忽悠悠地往高处升，几个起落之后才会缓缓降下。

小孩们不知道是怎么回事，都以为好玩，感觉像当了回神仙似的，可有大人路过看到后吓坏了，光天化日的这不是见鬼了吗？于是连打带骂，把小孩们都轰回家去了。不过山里的孩子都很顽皮，他们在没有大人注意的时候，还是会偷偷跑去老树底下玩"升仙"的游戏，直到后来起了山火，把老树林子都烧秃了，这个"诡异"的游戏才算告一段落。

因为山区的人大多没什么文化，又有些迷信思想，遇上怪事也不敢过分探寻，事情过去后就更没人再去追究了，所以这个游戏的"真相"至今无人知道。

只是这位乘客另外还讲到，那株老树一直都很邪门，如果天上有野鸟飞过，就会折着跟头往下掉。

我不敢肯定这件事情的真实性，毕竟是道听途说的传闻，仅能猜测其中的原因：那一带常有蟒蛇出没，那株老榕树的树窟窿里恰好栖有巨蟒，它困在树中年深日久，挣脱不出，只能探出蟒首吸气，以老鼠、鸟雀为食。这条巨蟒见树下有小孩，便生出吃人的念头，才使树下的孩子腾空升起，如果不是它最终气力不足，或许就要有某个孩子葬身在蟒腹之中了。不过在《狂蟒之灾》那样级别的好莱坞电影里，都没有出现能够隔空吸人的巨蟒。我想如果这个传闻属实，树中一定还有某些不为人知的"真相"才对，但并不是每一个"谜"，都有机会找到答案。

◯ 胡子

我父母都在地质勘探队工作，小时候跟他们去东北大兴安岭，常听当地人说以前这山里有"胡子"。胡子就是胡匪，也是东北地区老百姓对土匪的一种称呼，其原因大概是因为土匪在深山老林中活动，常年不刮胡子，致使满脸胡子拉碴。他们自成一体，与其余各地的土匪响马并不相同，胡匪们都拜十八罗汉为图腾祖师。

十八罗汉是佛道合一的化身，但胡匪所拜的十八罗汉并没有宗教背景。他们将一个小小的铜和尚装在布袋里，挂在胸前做护身符，俗称"布袋和尚"。据说当年有一母所生的十八个兄弟，离开老娘出门谋生。回来后，娘问他们在外边见了什么、想做些什么营生糊口。这十八兄弟说，别的也没什么，只是世上穷人苦、富人乐，穷人劳累、富人安逸，穷人命贱、富人命贵，难道都是先天的定数？想来天下三百六十行都已有了，唯独没有个"杀富济贫"的，孩儿们愿意做这勾当，同心协力劫取富人的钱财粮食分给苦汉子们，让他们大碗喝酒、大块吃肉，图个替天行道的快活。

于是这十八个兄弟就辞别老娘，进山做了杀富济贫的土匪。后世胡匪们用铜造的小和尚来代表这十八兄弟，一是为了铭记兄弟间的义气不能忘记；二是要效仿前人替天行道的举动，遵照祖师爷留下的"五清六律七不抢八不夺"行规。不过这种古时的"胡风"早就不复存在了，解放前的东北，匪患极其严重。

东北土匪真正成了危害一方的情况，是由日俄战争后俄军兵败向北溃散引起的。那些大鼻子一边逃窜，一面烧杀掠夺，沿途散落了大量军火，搅得天下大乱，随之出现了许多为求活路落草为寇的土匪，有道是"遍地英雄起四方，有枪便是草头王"。

随后的岁月中，东北三省的统治者换得好像走马灯一样，大鼻子俄国人、小鼻子日本人，再加上什么大帅、少帅、委员长，无不将这些胡匪视为心腹之患，但怎么剿也剿不尽，反而有越剿越多的趋势，只好采取招安的办法将其收编。但仍有不少软硬不吃的，只要你是官面上的就跟你打，管你是日本人还是中国人，甚至是苏联红军，只要从山头底下路过，就出来敲你一家伙，也有招安后又不服管再次反水上山的。

所谓土匪就是土生土长的匪徒，对当地情况了如指掌，不仅人熟，地面也熟。那些遮天蔽日的原始森林，生得比人还高、一望无际的荒草甸子，不摸底的人一进去就会立刻被"海蚊子"叮成干尸，还有沼泽、雪谷、黑瞎子沟，都是胡匪藏身摆脱追兵的"宝地"。他们跟正规军一打就散，逃进人迹罕至的老林子里躲藏起来，等风声一过又重新聚集，剿不胜剿，历朝历代都拿胡匪没有办法。

到日本无条件投降、东北局进行土地改革之时，东北胡匪已有成灾之势。几乎每县都至少有两三千名胡匪，几十人或上千人聚为一绺，各有字号山头。他们有自己的一套黑话、行规、手势、仪式，而且心狠手辣、来去如风。

一股土匪不管有多少"崽子"，就算被全部消灭干净了，只要匪首还活着，就有东山再起、死灰复燃的可能。而那些成了名的胡匪头子，个个都是"穿山甲、海冬青"，冰天雪地中逃进深山，他可以扒开雪窝子，掏刺猬、捉老鼠，找木耳松子来充饥。在没人知道的山沟里，还有胡匪隐藏的密营，里面储存着粮食弹药，所以即便剿匪的部队多达数万人，可一旦撒到茫茫无边的林海雪原中追捕残匪，就发挥不出什么作用了，常常无功而返。

有些土匪头子是猎户出身，格外熟悉原始森林中的环境，擅长跟踪猎物和掩盖足迹，而且又会一套迷信的把戏，号称推八门，也就是耍纸牌，每到一处，把布袋和尚摆出来拜上一拜，然后摆出八张倒扣的纸牌，翻开纸牌，有生字的一张，就是他逃跑的方向。这种方法不仅令人难以琢磨其逃跑路线和规律，还能利用手下弟兄的迷信思想，让他们死心塌地地跟随左右。

◯林蛙

我曾听一位客户讲他老家五六十年代度荒年的经历。他说农作物历来有个春种秋收的时令，乡下有句民谚道得好："神仙难过二八月。"那时节正是地里青黄不接的日子，老百姓靠山吃山，便时常去山里捉"虾蟆"。山沟子里有几道淤泥河，每当暴雨之后，山上便有许多大虾蟆为了躲避洪水，都从淤泥河里逃上山坡。

当地人说的"虾蟆"，就是咱们所说的"蛤蟆"。淤泥河中的蛤蟆，因着水草丰厚，都生得又肥又大，雨后大群蛤蟆蹿上山坡，正是村民们解决粮食问题的大好时机。一个人拎几条麻袋上山，随手去抓蛤蟆，一天下来，能装满几大口袋。家中吃不了这许多，便趁着蛤蟆兀自鲜活、尚未憋闷而死的时候，运到城里换些油盐茶叶。城中酒楼饭馆里有讲究的做法，放在砂锅里用花雕煨了，文火慢炖，加入冬菇、火腿、笋片等物相佐，整得香熏可口、五味调和，专给那些使得起钱的达官贵人享用，也算是道上册在谱的名菜。

普通人家只不过是用大锅将水煮得滚沸，那些活生生的肥大蛤蟆，也并不用宰杀洗剥，趁着活蹦乱跳猛性不消，直接抛进滚烫的水里，不等它们跳出锅来，就用锅盖压住。这时就听蛤蟆们在锅中挣扎扑腾不休，须臾之间，热水滚开起来，锅里异香扑鼻，揭盖看时，被活活煮熟的蛤蟆，每只都是张口瞪目，紧紧抱住一块土豆或萝卜。盖因蛤蟆在锅里被水火煎熬，死前痛不可忍，有万般的苦楚，只好拼命抱住土豆或萝卜，至死不放。

乡间吃煮蛤蟆，惯常都使这般残忍的法子，将热腾腾的死蛤蟆拎出锅来，连同它怀中的土豆、萝卜一起啃吃，味道鲜美，胜似肥鸡。

当时我并不太相信这种说法，毕竟从没听说过蛤蟆可以这么吃，下锅时不洗不涮，连内脏都不去，吃完了能不得病吗？

直到前年春节，我坐火车去大连，在车厢里听两个大学生聊天。其中一个家里就承包了一条河，每次下过雨，全家老少都会拎着水桶去捉蛤蟆，吃法也同我那位客户朋友说的很接近。这是他们当地的一项重要副业，一年到头能够增加不少额外收入。我觉得很好奇，就向他详细打听，才知道原来这是一种"林蛙"，营养价值很高，可以出口到日本等地。

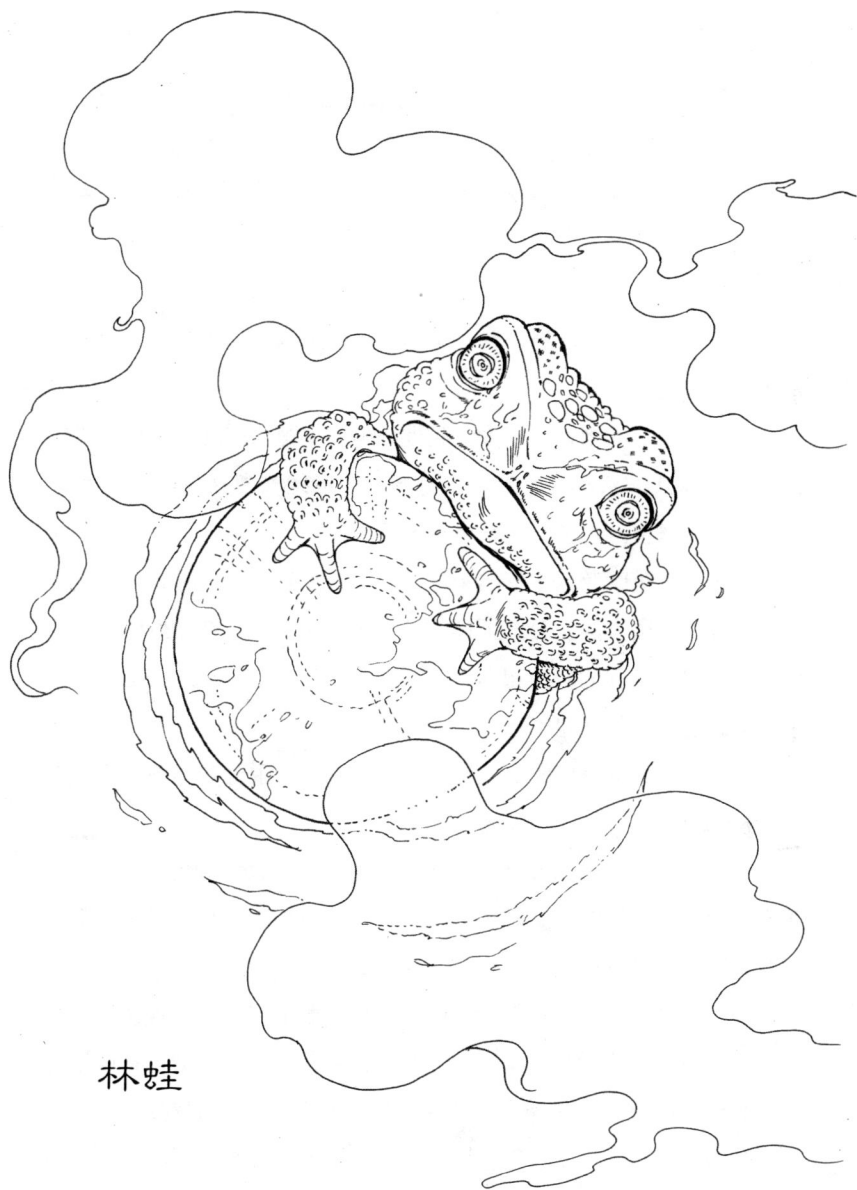

林蛙

◯ 眼力

听我家里的长辈讲，我们家在清末民初的时候，最为兴旺发达，这里边也有一段很传奇的创业故事。

我祖上是个包工头，名号唤作"张记"，土木工程都能做，手艺很精湛，实际上手底下只有十几个工人。因为这个行当竞争非常激烈，又身处社会底层，没有任何背景，揽不到大活儿，只能起五更爬半夜，零敲碎打修修补补，赚几个辛苦钱养家糊口，也是整天啃窝头咸菜度日。

当时天津卫的租借地很多，到处都是领事馆租借地，风格从哥特式到巴洛克式，从罗曼式到拜占庭式，中世纪的南欧风格，19世纪的折中主义风格，可谓万国风格，无所不包。

有一次，英国营盘里挂出个告示，原来是修铁路的时候要在山里打条隧道。英国人决定公开招标，凡是施工队都可以参加投标，只要估计一下整个工程的费用和周期，拿出一套具体方案来，英国人看哪个合适，这项工程就包给哪家。

谁不想赚英国人的钱？英国人开的价码高。于是各方施工队争相赶来投标。

张记自知竞争不过人家，也没存太大指望，只是想跟着长长见识。队里有个老师傅，跟着到现场一看，觉得那山有些古怪，回来就跟掌柜的说这工程可以包，然后就投了标。

英国人看到所有工程队提出的方案和计划都差不多，唯独张记的投标书，费用和周期仅是别家的五分之一，就将工程包给了张记施工队。其余那些家都挺不服，也不相信费用和时间能压缩到这种限度。大伙就等看看热闹了，看看张记究竟怎么折腾。

原来张记的老师傅懂得地理形势，实地勘测时，拿眼一看那山体结构，就知道是座"沙板山"，外边是石头壳子，里面全是沙土，要凿条隧道还不简单？以别家估算的费用和周期的五分之一，已经是往高处说了，因此很快竣工，而且活儿干得很漂亮。英国人大为赞叹，以后就算认准了张记，大小工程不再对外招标了。

张记就是由此起家，当时还特意打造了两把太师椅，用来纪念这件事，一直保留了许多年。我小时候曾亲眼看过这对椅子，对其深沉典雅的质地记忆犹新。后来因为我家一个亲戚欠了债，只好忍痛割爱把这对太师椅让给了别人，估计要是留到现在，那可值老鼻子钱了。

拔鸡眼

游医指的是流动的土郎中，没有固定的诊所，全套家当就一个破木箱子，里面有些瓶瓶罐罐，再挑面幌子，上写"家有祖传秘方，专治疑难杂症"之类的字样。

江湖游医从古就有，直到现在也能见到，因为现在医疗体系完善，江湖游医那套骗人的土方子逐渐没人信了，所以这类人只能做些"小活儿"，诸如点个痣、拔个鸡眼什么的，表面上看着很简单，里面的水却不浅。

我家附近就有一位游医，常年摆个摊子，最拿手的绝活就是"拔鸡眼"。卫生不卫生先不提了，据说手艺还不错，另外大医院里对拔鸡眼一类的小手术不太重视，没人愿意做，因此他不愁没有主顾。

游医收费也不高，有个主顾来了一寻价，他便说："不管是点痦子还是拔鸡眼，都是一个三块钱，肉刺一根十块钱。早几年一块钱，更早的时候还便宜，以前报纸还五毛钱一份呢，现在可都是一块钱一份了，水涨船高嘛，没办法的事。"

主顾一听是这么个道理，再说三块钱确实不贵，到医院里去挂个号至少也得三块钱啊，就坐下来脱了鞋袜，让那游医拔除脚底的鸡眼。

所谓"鸡眼"，是由长期摩擦或受压引起的角质层增厚，有角质中心核尖端深入皮内，基底露于外面。如果鸡眼尖端压迫神经末梢，行走时会感觉疼痛。说白了就是脚底下生出一个圆锥形肉垫，一走路就会觉得很疼，就像穿了双不合脚的鞋子，要多别扭有多别扭。鞋小裤裆短，谁难受谁自己清楚，可没长过的人，还真难想象这种感觉。

那游医果然使得好手段，抹了些药水，一刀就剜下一个鸡眼，整个过程行云流水，也不会使人感到疼。

最后一数剜出来二十多个，一个三块钱也得六七十块钱了。但那主顾落得脚下轻松，摸出钞票欣然付账。

不料那游医说，且慢，六十块钱您可走不了。他不紧不慢地数了数，张口便要四千块钱，吓得那主顾险些心肌梗死，脚底下不疼了，心疼。

原因是鸡眼和瘊子都分公母，母的里面有许多肉刺，不拔的话越长越多，拔除了能永绝后患，一根肉刺十块钱，拔掉一个母鸡眼，少说一百块。

其实根本没这么回事，游医用的药水可以腐化角质层，本来是一个肉垫，被药水侵蚀之后，就变出几百根粉红色的肉刺。他就指着赚这份黑钱，而且告到哪里也都有理，事先说好了一根肉刺十块钱的，不知内情的人，到这儿只能吃哑巴亏了。

◯ 黄大仙

我有一个远房表哥，以前经常在一起玩。后来他进了部队，开始了军营生活，这让我非常羡慕。

春节的时候，大家还都是一样相聚在一起庆祝新年。我们都已经长大成人，所以再见面都会聊一聊生活、工作上的事情。他通常给我讲一些部队上的事，有一次讲了一件比较离奇的事情，我印象很深。

他在某团的野战部队，操练摸枪射击都是很平常的事情，但如果能赶上演习，也是让他们兴奋的一件事。有一次由于部队搞军事大演练，需要在演练场地挖一些壕沟进行对抗，表哥接到了这个命令，并派他们连队执行这项任务。在部队中流行着一句口号："不仅要有过硬的军事技能，在生活中也要做一个强者。"所以他们在部队里除了军事训练外，干体力活也早已经习惯了。这次给的任务是：三天内壕沟必须挖好。挖的第一天很顺利。到了第二天的清早，大家都在忙自己的事情，忽听一声叫喊，只见一个小战士脸色苍白、双手颤抖，原来他挖到了一个黄鼠狼的窝，而且用工兵铲将一只母黄鼠狼拦腰切断，黄鼠狼当场断气。小战士操着浓重的山东口音哆哆嗦嗦地嘟囔着说黄鼠狼在他们老家是大仙，这下惹到了黄大仙肯定会有什么不好的事情发生。旁边的班长不停地安慰他，可这小战士还是感到很恐慌，在紧张的氛围中度过了剩下的两天，但一直很顺利，也没有什么怪事发生。

回到驻地后的晚上，班长回来换班站岗，接下来该是那个小战士执勤，班长回来叫醒他，示意该他去上岗，然后倒头就睡下了。没过多久，小战士突然跑回来叫醒班长，说又该他去站岗了。班长和他说了半天他也不理睬，只是不停地重复着同一句话，而且眼神发直，一动不动地盯着前方。班长觉得不对劲，就把大家都叫了起来。

这时候小战士开始发狂，胡乱地摔打吵闹。大家把他绑起来，拼命地摇晃试图让他清醒，却没有任何作用。随后这个小战士的声音、眼神也变了，居然说要为死去的母黄鼠狼报仇，接下来便倒地不起，被战友们送到了医院。经过几日的休息，他的身体逐渐康复，再度询问起当时的情况时，小战士却已全然不知。医生说是他精神太过紧张，导致出现幻象支配自己的身体做某些事情。所谓失魂落魄，也是梦游的一种症状。

吊坠

2006年，公司组织我们到云南旅游，坐长途中巴车从泸沽湖前往丽江。前一天下了一夜的雨，路况很恶劣。

司机开车前让我和一个女同事调换位置，说是第一排不能让女人坐，因为途中会很惊险。我当时没太理解司机的意思，等上了盘山公路才明白是怎么回事，这趟车坐下来算是正经体会了一把心惊肉跳的感觉，至今想起来仍然感到后怕。

这段路线都是在崇山峻岭的悬崖峭壁间穿行，往下看金沙江细得像条线一样，有些地方云雾很浓，弯道都是死角，如果对面有车过来，不到眼前都看不见。

偏巧开我们这趟车的司机是第一次跑这条路线，他好像比我还紧张，为了提神就跟我瞎聊，说他爷爷那辈儿信道，是什么道门里的人，册上还有道号。他在很小的时候，就按旧时习惯跟道门里认过一位师傅，但这种形式只是名分上的师徒，师傅也不传授什么功课，只送给徒弟一样东西，为的是趋吉避凶、平安长命。

司机在道门里认的师傅，给了他一个"老钱儿"挂坠。那是一枚清朝的旧铜钱，上面铸有"康熙通宝"四个字，铜钱上拿红蓝两色的丝线穿成吊坠，挂到脖子上一辈子不许离身，相当于一个护身符。

据说这种挂坠的老钱，并不是普通的铜钱，而是放在死人嘴里的压口钱，专能镇邪挡灾。司机戴了三十多年，从来没摘下来过。普通人该有个什么病什么灾的，他好像也从来没有过，不过也没发过大财，这回新买了辆中巴跑旅游长途，还就赶上下雨起大雾，原本六个小时的路程，现在十二个小时能开到地方就不错了。

司机正发着牢骚，中巴就开到了一处弯道上。不料前边有个山体滑坡，路边的防护栏也都坏了，地面上全是细碎的石子，等发现的时候再踩刹车已经来不及了。车子打着横甩出了公路，幸亏撞在了一棵歪脖子树上，一半的轱辘都悬空了，底下就是深涧。吓得司机脸都白了，真是从鬼门关里走了个来回。

到丽江之后那司机告诉我，不管这次侥幸脱险是不是意外，他都决定以后不再跑长途车了，因为在汽车险些坠崖的一瞬间，他身上的挂坠无缘无故裂成了两半。也许这枚老钱护身符并非灵验，但它起到的心理暗示作用，终究无可替代。

◯ 包子铺

我上小学那会儿成绩不太好，当时的老师习惯用成绩来区分学生，很容易分成两种——好学生和坏学生。成绩好的孩子满身优点，成绩不好那就全是缺点了，连上课时咳嗽一声也是罪过，随便找个理由就不让你中午回家，留堂不仅要挨训，还得替老师排队打饭。

我们班主任姓穆，是个三十岁左右的妇女，她喜欢吃包子。小学没有食堂，离学校不远有个红星包子铺，热腾腾的肉包子三毛钱一两，馄饨一毛钱一碗。穆老师一般吃三两包子、一碗馄饨。我有个同学的母亲在红星包子铺工作，所以他中午经常被留堂，忍着饿去给班主任走后门插队买包子。

后来不知从哪儿冒出个传说，说那家包子铺在很多年前生意一直特别好，刚蒸熟的热包子香气能飘好几条街，吃一个想两个，每天食客盈门，赶上饭点儿都能把脑袋挤扁了。只是这周围经常有人口失踪，以小孩和女人居多，但警察一直破不了案。

某次一个老公安到包子铺吃饭，从包子馅里吃出一小块骨头。肉馅里有脆骨没剔干净，也是常有的事，可那老公安觉得嘴里这块碎骨又扁又平，格外齐整光滑，不像是碎骨，倒像是一颗牙齿。他想到这种情况就觉得很恶心，赶紧把骨头吐了出来，一看吓了一跳，哪儿是什么猪牙，分明是颗人牙！

老公安经验丰富，没有立刻声张打草惊蛇，而是悄悄把牙藏在口袋里，回到公安局带了警犬和刑侦专家前来，果然在包子铺后院挖出大量死人的白骨以及衣服、鞋子。

包子铺的老板和老板娘都被抓了起来，经过审讯交代出实情。原来他们家祖上就开包子铺，由于竞争很激烈，起早贪黑地忙碌，也只是惨淡经营，还常有无法开张的时候。直到有一年闹灾，实在找不到肉，便到坟地里割刚死的人的肉来做包子，不承想广受好评，这么多年一直使用这种秘方，实在找不着死人就只好偷拐小孩。最后这两口子都被枪毙了，从此包子铺转为国营，但生意仍旧很好。包子的味道这些年就从没变过，还是整天排队。

后来这个传说被穆老师知道了，于是她再也不吃红星包子铺的包子了，我们终于可以回家吃饭了。我很怀疑"人肉包子"是我那个同学编出来的谣言，但那小子好像不是这么有头脑的人。

◯ 瓷器

前两天到一个朋友家做客，我们认识已经很久了，但是我一直没有亲自登门拜访过，毕竟现在都不太好意思上门打扰，有事情搞个聚会到饭店就好了，简单而且方便。这次去他家不单单是为了认门，更重要的是看看他的宝贝。他酷爱传统文化，比如京剧、京胡、瓷器等。

特别是瓷器更是他的最爱，没事的时候我们都会聊聊这方面的鉴赏以及历史，虽然我不太懂行但也乐在其中。他有一个自己的书房，屋子里的陈设很雅致，一面墙都展示着瓷器，而且展示柜也是古典家具。泡上一壶茶，听着淡淡的古筝演奏，气氛好极了。在众多青花瓷器中，我看到了几个不一样的瓷器，是红色的，按照玩瓷器的行话来说就是红釉瓷器，他简单地给我介绍了一下。

红釉瓷器创烧于元代末年，当时红釉瓷器本身不是有意为之，而是偶然所得。元代是蒙古族统治时期，蒙古族尚蓝尚白，所以才有了大名鼎鼎的青花瓷。当时在烧制瓷器的时候，因为偶然釉中铜元素的比例增加，使得烧出的瓷器釉色呈黑红色。这一现象被古人发现后，开始有意在釉中加入铜，使釉色呈红色。到了明代永乐、宣德时期，红釉的烧制技法日趋成熟，尤其到了宣德时期，红釉瓷器的发展达到了巅峰。奇怪的是，宣德以后，红釉瓷器迅速减少，以致销声匿迹，其原因还不得而知，总之在明代后两百多年里极少能见到红釉瓷器。到了清代康熙时期，由于国力强大，开始复烧红釉瓷器。康熙时期的红釉瓷器实际上是仿制宣德时期的红釉，但出窑后的效果和宣德红釉不一样。这一时期的品种有郎窑红、豇豆红、霁红等。

颜色釉瓷器历来是瓷器的小品种，即使在国力强盛的康熙时期也是如此。明清两朝，青花瓷才是瓷器里的霸主，颜色釉只有在国力强盛时期才能烧制，比如元代、永宣时期、康乾盛世以及当代。因为颜色釉，尤其是红釉瓷器的报废率太高，所以制作成本太高。即使在今天也不能保证一窑之内不出烧坏的。

我随手拿起了一个红釉瓷器，其红恰似鲜血。他指着这个红釉瓷器对我说："知道吗，这种红就叫霁红。有野史记载，这种霁红也称祭红，顾名思义是专为祭祀烧制，因为在窑中发现了人的骨头。所以有个传说，这种祭红需要用处女的鲜血，再加上特定的温度才能烧制而成，故此有一股阴气。"听后我打了一个寒战，马上放下不敢再碰，他却笑了笑："这只是个传说，并无事实验证。"

沉香

我有个朋友家里做"沉香"生意，跟他接触多了，才知道这行当里的门道真是太深了。货源主要来自海南黎峒的沉香树，这种树的叶子有些像冬青，每当树叶发黄则结香。根据它形成过程大致可归结为四种，分别是"熟结、生结、脱落、虫漏"。

一块沉香，其脂是在完全自然中因腐朽凝结聚集而成，称为熟结；因沉香树被刀斧砍伐受伤，流出膏脂凝结而成的称为生结；因木头自己腐朽后而凝结成的沉香称为脱落；因虫蛀食，其膏脂凝结而成的称为虫漏。

不过沉香树中国已不多见，现越南、泰国、印度、马来西亚、柬埔寨等地还有。由于十分稀少，形成不易，古代记载的"沉"，如今有其名而无其物。目前越南的奇楠沉为最上等沉香，但数量极少。

沉里面最上等的是"黄沉"，也叫"铁骨沉"，非常名贵。如果从土里取出的铁骨沉，带着黑泥质地坚密，并且能够沉于水中，价格则要贵上三倍。"生沉"和"飞沉"也都是上品，不过最难得的沉香还要属"鸭头绿"，那是古树被大蚂蚁营巢筑穴，蚁食石蜜树脂，遗渍香中，日复一日、年复一年，逐渐生成的沉香，凝而见润，是上品中的上品。

关于海南地区盛产品质上乘的沉香，古籍中很早就有记载。古人讲究熏香沐浴，享受沉浸在这种异香氤氲中的惬意与雅致，曾被贬居海南的苏东坡就曾赞叹沉香木："金坚玉润，鹤骨龙筋，膏液内足。"

宋代的时候，海南沉香由朝廷贡品逐渐成为商品，过度开采之势愈演愈烈，东西是越少越值钱，所以有"一片万钱"之说。按其结成情况不同一般可分为六类："土沉""水沉""倒架""蚁沉""活沉""白木"，开始所讲的"鸭头绿"就是"蚁沉"，它神秘而奇异的香味，集结着千百年天地之灵气，有的馥郁，有的幽婉，有的温醇，有的清扬，不一而同。

据我这个朋友讲，前几年有人出售一张清代的宫廷龙床。这张床可不得了，足足使用了三吨沉香木，雕有五十五条活灵活现的青龙。传闻是某个太监从皇宫里偷运出来，后来由爱新觉罗的后裔收藏，辗转卖给了莆田的一位老板，如今再出售，开价五亿，引起了不小的轰动。古玩专家们认为五亿的价格一点不多，它的实际价值应该在二十亿左右。

斗鸡

我有一段时间迷上了"斗鸡"，头半年连败多次之后，我开始痛定思痛总结经验，特意从天津跑到广东番禺，在当地买回来一只专业的斗鸡，因为番禺产的鸡最是勇猛好斗。我买的这只鸡就很厉害，毛竖而短，头坚而小，足直而大，身疏而长，目深且皮厚，行动起来徐步盯视，刚毅而不妄动，从里到外透着一股骁勇善战的英风锐气。我给它起了个代号叫"F22"，美国空军重型战斗机。

我待"F22"可不薄，整天给它好吃好喝，天刚蒙蒙亮就把"F22"架在肩膀上到公园溜早，不过这可不是为了显摆，主要还是以训练为主。我的办法是搭一个草墩子，让"F22"站在草墩上金鸡独立，这是为了练耐力、爪力和稳定性；再把米放在比鸡头高的地方，使"F22"啄米的时候不断耸翼扑高，反复练习可以使它弹跳力变强，头竖嘴利所向披靡；另外把鸡冠子裁得尽量窄小，尾羽翎毛能不要就不要，这都是避免厮杀时被敌鸡啄咬受伤，临阵之际也易于盘旋。

我精心调饲了两个多月，很快"F22"就可以上阵了。我们那个圈子里的常胜将军，是一只叫作"黄飞鸿"的大公鸡。它的主人是赵主任，五十来岁，心宽体胖，周围认识不认识的一提"赵主任"都知道是他，具体哪个单位的就不知道了。

我去了广东之后，才知道赵主任斗鸡时胜率极高，是因为他用到了《左传》里记载的"芥肩金距"。"芥肩"是将芥末辣粉抹在鸡翅膀根部，那大公鸡两翅下烧灼难忍，就会跟打了兴奋剂似的格外生猛凌厉，而且扑击时还有可能用芥粉迷住对方的鸡；"金距"则是在鸡爪子里嵌进极薄的金属，能够增加杀伤力，一挥一扫就能刺伤鸡颈动脉，甚至直接断头，说白了这就叫"作弊"。

我对赵主任的作弊行为非常反感，玩得起就玩，玩不起别玩，早就有心灭之。这回"F22"也真替我露脸，原定要斗三个回合，只一个照面就把"黄飞鸿"啄了个半死，围观的人都看呆了。

这临阵死斗，胜负一见分晓，生死即可定夺，斗败之鸡元气大伤，即使没死也终生不敢再斗，只能宰杀供人食用。赵主任当时就傻眼了，手捧血淋淋的败鸡欲哭无泪："飞鸿……你刚才为嘛不用无影脚啊？"

☾ 白狐狸

天津意大利风情街现在是个著名的旅游景点，那地方曾经辉煌过，也没落过许多岁月。前清时这块地方为意大利租界，道路两旁都是一幢幢意大利式的洋楼别墅。解放后，这块地方作为居民区保留了下来，但是因为年久失修，许多别墅早已破烂不堪。再加上每一栋的居民少则两三户，多则四五家，人多手杂，爱护设施者又寥寥无几，所以建筑内也漆黑一片，破破烂烂。

十年前，我有个朋友住在民族路上的一栋洋楼里。他住的房间位于二楼左手靠近角落的位置，房屋正正方方。起初住在这样的房子里，还是很让人满意的，但就在那年冬天，他经历了一件毕生难忘的事情。

那年冬天是个暖冬，虽然离春节还有一段时间，但气温并不低。晚上他回到家，吃过晚饭，和母亲坐在床头看电视，忽然，家里养的小狗冲着门的方向狂吠起来，那叫声近乎疯狂。他一边召唤着小狗住口，一边十分纳闷儿。因为他家这条小狗，特别听话，性情也十分温驯，从不乱吼乱叫，哪怕听到有人上楼的脚步声，都会一声不吭地趴在门边，支棱着耳朵听着。今天为什么会有这样的反应？而且他和母亲也没有听到任何人上楼的脚步声。

他正在琢磨的时候，只见小狗忽然停止了吠叫，夹着尾巴向后踱步，退到他的腿后，双眼紧紧盯着门口。这时，床边的窗帘"呼"的一声飘了起来。他越琢磨越觉得事儿不对劲，大冬天的，窗户明明关得好好的，怎么窗帘会自己飘起来？他顺手抄起手电筒，准备出门去看个究竟。

打开房门向外张望，楼梯间一片漆黑，楼梯间的照明坏了有段时间，也没有人来修理，所以楼上楼下的住户一直是打着手电或摸着黑进出。他望向楼梯位置，一个朦胧的身影好像蹲在暗处，背对着楼道。我这朋友以为是有贼，大声问道："谁啊？"那人却像没听见似的。他打开手电，朝那人站的地方照去，忽然一只白狐狸从楼梯处蹿了出来，瞬间消失在黑暗之中。我这位朋友顿时吓出一身冷汗，跑回屋后一句话没说，蒙头就睡。但是后来一直浑身无力，打不起精神，就这样持续了一周左右，才渐渐好转。

左邻右舍都认为他见到的是只大白猫，城市里怎么会有狐狸呢？可他始终认为自己没有看错，后来那片地方已重新修建。他现在和我们提起这件事情，还是显得心有余悸。

吞魂记

我平时从不饮酒，因为我对酒精过敏，只喝一口啤酒也会全身通红，有时严重了还要去医院输液。记得小时候我家楼上住着一个老太太，看上去有六七十岁了，身材不高，稍胖，见人总是笑眯眯的，而且会很亲切地主动跟你打招呼。因为她姓杨，所以我们都称呼她为杨奶奶。一次我去杨奶奶家替她干活，干完后口渴难忍，险些把一瓶装在矿泉水瓶子里的白酒误当成白水喝下，幸亏杨奶奶从屋外进来及时阻止，否则我就麻烦了。

说到这些，我就记起了一个类似的故事。早年间有一户官宦人家，家中历代为官，俗话说三年清知府，十万雪花银，何况这家人当的都是大官，所以财宝无数，虽然说不上富可敌国，但也算得上是京城数一数二的富家。那时有钱人府里都是雇用一些丫鬟来服侍自己，可这家的老爷偏偏有一癖好，专门雇用或从人贩子那里买一些12~14岁的男童伺候自己。这个事也被当地传得沸沸扬扬，没有人不对他的做法感到好奇的。

有一天，这老爷唤侍童进屋给他捏腿，捏着捏着这老爷便不知不觉睡着了，半梦半醒之际忽见一团巴掌大小的白物从嘴而出，飘忽往上。老爷以为是自己的魂魄出窍，惊恐不已，便立刻一把抓住，张开嘴巴塞了进去，想咽回腹中。这时他猛然醒来，才知自己原来是做了一个梦，但喉咙处疼痛难忍，便大喊起来："给我拿水来！"妻子闻听，立刻取水进来，见老爷捂着喉咙，冷汗已浸湿衣裳。这老爷见妻

吞魂记

子拿水跑到床边，一把抢过茶碗一饮而尽，喝完不禁惊叹道："好可怕的梦啊！"

这时侍童却躲在一角，"呜呜"地哭起来。妻子见状，便走上前去问侍童为何哭泣，是不是闯祸了。侍童抹了抹眼泪，才委屈地说出了实情。

原来他给老爷捏腿时，见老爷不知不觉睡着了，就想偷个小懒，从怀中拿出了自己的宠物——一只南京白鼠，放在床上玩耍。这南京鼠遍体白毛如锦，生性极是活跃，刚刚放出，立刻高兴地满床乱跑，极其活跃。当它跑到老爷枕边时，忽然被老爷一把抓住，张口吞了下去。侍童以为自己闯了大祸，吓得啼哭起来。坐在一旁的老爷听完侍童所说，不但没有生气，反而松了口气："原来是只南京鼠，我还以为把自己的魂魄吞下去了。"

摸瓜

在我的同辈当中，很多人的父母都经历过上山下乡，也就是到农村插队落户。还有一部分虽然属于务农，过的却是生产建设兵团的准军事化生活，他们的状况与插队知青有很大区别。上山下乡运动前期，全国各地组建了许多生产建设兵团，有一大批知青到这些生产建设兵团参加屯垦。生产建设兵团虽有屯垦的功能，但并非正规军队，它同时兼具安排城市失业青年就业和备战的任务。我父亲就是参加了这样的生产建设兵团，每每回忆起来他都有讲不完的故事。茶余饭后，我最喜欢听他念叨这些事，其中一个摸瓜的故事让我记忆尤为深刻。

父亲说他插队的兵团在北大荒，刚到兵团的日子特别不习惯。因为地处偏远，业余生活也是很枯燥的，不仅每天的工作很辛苦，到了农忙的时候，就连队部的"八大员"（会计、出纳、统计、文书、教员、保管员、代销员和司务长）都得下大田。当然，司务长专门负责送饭。夏锄必须挑烈日当空的大晴天，被刨出根的杂草经过暴晒才不会死而复生，那可真是"锄禾日当午，汗滴禾下土"。在那一望无际的大田，一字排开，每人一垄，挥动锄头，一步一步往前挪动。有时直到晌午，才能到达地头。一天下来能把人累散了架，身上全部零件好像都不是自己的了，所以吃过晚饭大家都早早入睡。

当时睡的都是通铺，所谓通铺就是从房子的一边到另一边支上架子，然后把木板拼接在一起成为一个大床，大家各自把行李放在上面，晚上打开来睡觉，人是一个挨着一个。农忙开始工作强度大，到了晚上大家很快就沉沉地睡着了。

唯独一个姓刘的小同志是个别分子，他每天晚上都要在大家睡下后起来，挨个摸一摸脑袋，轻轻地弹一下，开始大伙以为是开玩笑，没有多加理会，但是久而久之，也不免对他有意见了。有一次晚上回来后，一个同志就和他说："小刘你晚上能不能老实点，不要再捣乱影响别人休息了。"小刘抓了抓头发，脸色分外茫然，一副完全不知情的样子。众人都感到疑惑，就当面把事情说了出来，又听了小刘晚上的回忆，结果都吓出一身冷汗。

原来小刘说每天晚上他都做梦在家乡的田地里收西瓜，摸一摸、弹一下，如果熟了就用镰刀把西瓜割下来，他还奇怪这几日检查都没有熟透的西瓜。这一下把大家都吓到了，好在他觉得没成熟，不然一场凶杀案就在梦游中发生了。

◯ 厦门的怪坡

逢年过节最让人感到头疼的事，就是各种应酬和聚会。如果选择外出旅游，一来可以放松心情；二来也是逃避应酬的好借口，所以我每年春节放假都会找个地方待上几天。可这段时间同样是旅游高峰，到哪儿都是人山人海，想寻个清静去处是没指望了。

2010年春节我去了厦门，早就听说厦门很美，我一直想象着蓝天白云下鼓浪屿的各种古老建筑，还有极具闽南特色的风味小吃，用句电视里的骚词儿，那真是——"身未动，心已远"。没想到我去的这几天，几乎每天都是阴雨连绵，夜里尤其寒冷，这种又湿又冷的感觉和北方的冬天还不一样。我有些吃不消了，只好猫在宾馆里睡觉，时差都给睡颠倒了。后来得知有个温泉，就和朋友到那儿泡温泉驱赶寒气，打车回来的时候已经是后半夜了。路上跟司机师傅瞎聊，听他说厦门有个"怪坡"，上坡像下坡，下坡却像上坡。我对此早有耳闻，又难得有这机会，就让他带我们过去瞧瞧。

那是条很不起眼的路，呈南北走向，也没有多宽，长度在一百米左右，下坡是个Y字形的路口，很突兀地摆着块大石头，深夜里十分冷清。司机师傅特意将车子熄火，那车子果然开始向上坡方向滑行，我从车上下来发现有种重心倾斜的感觉，但不太明显，徒步往下坡方向行走会比较吃力，反之则轻松了许多。我把一瓶绿茶倒在地上，液体立刻流向高处。

据开车的司机说，这条路没修之前也没什么特别，修路施工的时候，才有人发现了这个怪异的现象。经过公路局的测量人员勘察，初步估计应该是视觉错觉，与周边的参照物有关。这位司机师傅却相信是和磁场有关，因为他以前拉过一对夫妇，那女的体质不好，到这儿就觉得头晕，一分钟也不想多留。而路旁那块大石头好像也挺有名，很多游客到这儿来跟它合影留念，可为什么有这块石头却谁也讲不清楚。要说是路边的雕塑真不太像，按司机的说法，这段路太怪，要放块石头镇邪，有点"泰山石敢当"的意思，至于是真是假就不得而知了，总之那块岩石似乎比怪坡还要神秘，是一个谜中之谜。

我在《龙岭迷窟》里描写过一段上去下不来的"悬魂梯"，也是利用错觉，使人陷入迷途，此类传闻更是听过不少。不过当我真正站在厦门怪坡上，亲自感受到了怪坡之怪，还是觉得非常吃惊。

◯ 显灵

小时候我随父母住在一片平房区中。每天出门，周围的邻居都会很热情地跟我打招呼，非常亲切，和现在住在楼房中的感觉完全不一样，如今很难体会到"远亲不如近邻"这句话的意思了。虽然住在平房的时候可以拉近邻里之间的关系，但那时总会传出一些发生在平房里的怪事。记得有一年，我家邻居王奶奶家中就出了件事。

王奶奶家一共有四口人，她自己和两个孙子，还有一个孙女。因为很早的时候，王奶奶的儿子和儿媳就相继离开了人世，所以这三个孩子就变成了孤儿，一直由王奶奶独自抚养着。那时这一家四口住在一间二十多平方米的平房中，屋外的墙上挂着王奶奶儿子和儿媳的照片，屋内为睡房。每晚睡觉，王奶奶和孙女睡一床，两个孙子睡一床，中间拉上一道布帘以作隔断。

王奶奶的这三个孙辈的年龄都非常相近，上下差不了一两岁，其中孙女是大姐，最小的弟弟当时只有二十出头的样子。这个小弟整日游手好闲，而且常常酗酒。每次喝醉后，就会在外惹是生非，欺负弱小，或回家后对着王奶奶大吼大叫。王奶奶年事已高，每日提心吊胆，而且一肚子的委屈无人诉说，终于有一天病倒了。

在王奶奶生病后的一天晚上，她和孙女正在熟睡，忽听屋外有阵响声，王奶奶便起身朝屋外观看。借着月光，她看见有一个人影正在屋外来回踱步，而且不时地发出叹息之声。王奶奶立刻大喝一声："谁啊？"只见那人影慢慢扭动身体，背朝王奶奶站住了。王奶奶仔细一看，那身影正是自己死去儿子的身影，顿时眼泪滚出眼眶，说道："孩子都已长大成人，你就放心吧。唯独最小的还不懂事，每次喝酒他都会惹事。我年纪大了，也管不了了。要是再这样下去，非要吃官司不可啊。"说完后，那身影渐渐消失在了黑暗中。王奶奶擦干眼泪，躺下后整晚都没有睡着。

两日后，那小弟在外喝得醉醺醺的正往家走，路过一条小巷时，忽然蹿出两个黑影，把他一顿好打。小弟迷迷糊糊地抱头鼠窜，一溜烟地跑回了家。到家后，全家人看见他浑身衣衫碎破，满背的淤青紫肿，躺在地上连声叫疼。王奶奶见状，立刻跑到儿子儿媳相片前拜祭。从那以后，那小弟再也没有喝过酒。

掩骨会

在天津市的红桥区，有一处叫"掩骨会"的地方。我家的老房子就坐落在其附近，那一带也是我小时候和伙伴们经常去玩耍的乐园。在记忆中，掩骨会曾经是一个商贩云集的大市场，至少有两家副食店，还有点心铺和酱货店。每天天亮，便会有无数的商贩在那里摆摊做买卖，而前去购物的也是人来人往，摩肩接踵，场面相当热闹。

以前的掩骨会可不是这样的。清朝那时候，掩骨会一带还在天津卫城外，非常偏僻，是个贫苦百姓用来埋葬亡人用的"乱葬岗"。当时穷人生活贫苦，丧事办得简单，都是用一些劣质棺木或苇席裹尸，加上掩埋不深，所以时常会招来一些野狗扒棺，争食尸体的事情时有发生，以至于白骨遍地，惨不忍睹。赶上灾年，冻饿毙命的路倒尸更是屡见不鲜。

乾隆年间，有位道人路经此处，见此地尸骨遍地，不由得心生怜悯，自行将外露的尸骨收集到了一处，合并埋了。后来，他还自发地成立了一个民间组织，起名"掩骨会"，专门负责掩埋无人收敛的尸骨，这就是如今的丧葬行业的早期雏形。时过不久，此处修建了一座"掩骨塔"，用以给那些穷苦百姓来此祭奠已故亲人。但因塔的周围荒凉空旷，又没人居住，所以没过多长时间，就变为刑场了。

因掩骨会自古就是掩埋尸体、处死犯人的地方，所以自打我记事开始，周围的邻居就流传着很多关于掩骨会的奇闻异事，其中有一件事情，老人们常常会说起，用以吓唬我们这些不听话的小孩。

说是解放前有个拉黄包车的车夫，有一天他生意出奇的好，从早上出门，客人就一直络绎不绝，整天他都没有停下脚步歇歇，直到很晚才收工回家。途中路过掩骨会，周围黑灯瞎火，车夫心里不禁有些嘀咕，忽听背后有人招呼："拉胶皮的！"当时月黑风高，伸手不见五指，车夫就拿起挂在黄包车前的马灯回头张望。但一眼看去，别说人了，连个鬼影都没有，他没敢应声，转过头继续赶路。可刚走了两步，又听见那个声音响了起来："拉胶皮的，把你的马灯借我用一下。"车夫听到这句话，终于把悬着的心放下，头也没回，很不耐烦地说："你若坐车，我可以拉你。但你要我这车灯干什么？"只听那人答道："这地方太黑了，你把车灯借我照个亮，我得把我的脑袋找回来。"

◯ 相猫辨狗之术

记得小时候，我家里的老人给我讲过天津卫很多好玩的事儿。有人玩蛐蛐、玩鸟、玩蝈蝈，这些东西在咱们普通人眼里都一样，但是在玩家眼里千差万别。比如，十三陵一带有一种蛐蛐叫蟹壳青，是专门进贡给皇上的，一只蟹壳青的价格等同于和它一样体积的黄金，听说当年还有人和同仁堂的乐家子弟赛蛐蛐输得倾家荡产的。当时我就想，这些动物怎么区分呢？真的有那么神奇吗？这段记忆在我写《贼猫》时影响到了我。我开始写的时候，写第一章不知道第二章要写什么，起初想写破案，后来就写成了一本我都不知道是什么类型的书。

众人皆知中国古有伯乐识千里马，近年来宠物之风大兴，但却是西洋人流行的那种血统纯正的纯种名品。猫有波斯暹罗短尾折耳三花，狗有贵宾比熊吉娃娃京巴，但是中国传统的相猫辨狗之术，极少听闻。相狗的书现在流传不多，从民间流传的《相狗经》、《相狗歌》来看，中国人玩狗也玩得深了去了，不比西洋的血统流传一说历史短、文化薄。

单说相猫，清朝时就有人编撰了《猫苑》一书，分种类、形相、毛色、灵异、名物、故事、品藻七门，是一本相当有趣的猫类百科全书。此书算是汇编，其中内容条目引用最为频繁的，莫过于当年民间流传的《相猫经》。

《相猫经》自猫的头面、耳朵、眼睛、鼻、须等颜面处说起，说到颈项、腰、脚、爪、尾，乃至毛色、品种，无一挂漏。比如说猫咪头面要圆，面长会食鸡，所以说"面长鸡种绝"，眼要具金钱的颜色，最忌带泪和眼中有黑痕，所以说"金眼夜明灯"。眼有黑痕的是懒相。如此一说，不胜枚举，其中有关猫的名物故事，诸如伸手拎猫后颈处，缩成一团的是好猫，张着四肢乱叫的是懒猫；好猫往墙上一扔，就会在墙上贴几秒钟；一只好猫可以护六家院子，不进一只老鼠，等等。这种种说法我都将它们写进了《贼猫》一书，让人知道中国古代的小玩意儿也能玩出大花样来。

古代中国的"地心游记"

由于我出身于地质勘探家庭，工作后又常到矿区出差，所以往往对地下世界的探险故事情有独钟。科幻小说家凡尔纳，在我心目中有着伟大而不可替代的地位。他用其独到的文笔和深邃的科学眼力，写就了二十多部科幻小说，其中我最喜欢的当属他想象力最丰富的作品《地心游记》。

这个故事讲述一位教授在某册古老的书籍里，偶然得到了一张羊皮纸，从而发现前人曾到过地心旅行。教授决心也开始同样的旅行。他和侄子从汉堡出发，到冰岛请了一位向导，探险队按照前人的指引，由冰岛的一个火山口下降，途中历尽艰险和种种奇观，经历迷路、缺水、史前生物等种种险情，也得到了地下海、史前人骨骸等惊世的发现。经过三个月的旅行，最后回到了地面。

中国古代也常有这类离奇惊险的传说。据说在唐代贞观年间，洛阳附近发生过一次强烈地震，有个村子陷入了地下，全村只有一个叫王原的人活着逃了出来，此人的经历堪称"中国版地心游记"。

据说这个王原通玄修道，是个修真炼气的人，地裂村陷的时候，他正在家里睡觉。初陷时整个村子还算完好，村民们尚能大声呼救，彼此相闻，但落入深泉之际，满村的男女鸡犬就全部淹死了，只有王原擅长形练之术，能够浮海不死。他坠下地底千丈，被水流带到一个空旷无极的地底世界，忽见有怪蟒探首而下，口中流出黑色黏液，垂挂如柱，吓得他急忙绕路逃开。

王原顺着地底洞窟前行，赫然见到几座宫阙连绵的古之大城，居住在城中的人都身高过丈。有个巨人听闻王原的遭遇，给他指点了一条生路。王原按其指点，又行出不知多少里，饿得实在走不动了，摸到地下细细软软的都是尘土，但有股糠米的香气。他饥饿难耐，抓起几把就往嘴里塞，吃下去甚为香甜，果然能够解饱。他借此为生得以活命，在地下走了三年才出来。

回来后，他将这番经历说给一位见闻广博的老道。那老道听罢告诉王原，地底的古城一共有九座，都在昆仑山下，称为九馆，城中身

材高大的巨人是地仙。黑色黏液是黄河下老龙所吐之涎，吃了可以不老不死，至于尘土则是龙涎风化形成的泥，吃得再多也只是充饥罢了。

路边的瓜棚

我有个铁哥们儿，跟我是在地质队大院里从小玩到大的交情。他毕业后仍在地勘部门工作，一年到头没有几天不在野外，大山、沙漠、森林到处都去，外人也许很羡慕这种工作，实际上很艰苦，也非常枯燥，连媳妇都不太好找。

有一年春节的时候见到他，他跟我说起一件很有意思的事。当时正是夏天，他开着越野车到内蒙古出差，地点是在赤峰周围。行到途中车子的空调坏了，散发着毒火的太阳把人烤得口干舌燥、头昏脑涨，只好停在路边等天黑了再走。

路边恰好是大片大片的瓜田，乡下偏僻之处，过往的车辆极少，所以不像大城市里商业化严重，连喘口大气都快要收钱了，农村的民风仍然十分淳朴。

当地瓜田都有个不成文的规矩，主人家往往搭起一处茅棚，摆几张矮桌板凳供过路之人歇脚。正是骄阳似火、挥汗如雨的日子，路上走得口渴困乏之人，便到瓜田茅棚中乘凉吃瓜。只要你打声招呼，主人则分文不取，不管吃多少都不要钱，但许吃不许拿，带走就得按价付款，而且吃瓜之后要把瓜籽儿留下，人家瓜农留着要当种子。

我这哥们儿跟几个同路之人，就在这样一个地方吃瓜歇脚，坐在浓荫下听着蝉鸣，吃几块脆沙瓤的西瓜，又解渴又消暑，别提多舒服、多放松了，比之坐在空调房里喝冰镇饮料，别有一番悠然自得的趣味。没真正去过瓜田的人，永远想象不出这种亲近田野的感觉。

主人见瓜田里有个大西瓜长得又大又可爱，怕是快要熟透了，便掐秧取瓜，抱进瓜棚给众人食用。谁知把这大西瓜摆到桌上，举起西瓜刀刚要切瓜，那瓜竟似变活了一般，从矮桌上滚落于地，往地势高的田埂边滚了过去。

众人无不大奇，在瓜棚主人的率领下，赶将上去把那西瓜按住，手起刀落，"咔嚓"一声切做两半。这才发现瓜中的瓜瓤早已没了，只见一条三指宽的大蜈蚣盘在瓜皮里面。众人看时，瓜中所藏的蜈蚣已被西瓜刀切成三截，蜈蚣腹中有小指甲盖般大小的结石十余枚，灰蒙蒙的没有任何光泽。后来听到有人说那东西叫作"蜈蚣珠"，是蜈蚣体内的结石，可以避热毒治痛风。他十分后悔当初没找瓜棚老板要上一枚。

◯ 雄鼠卵

我几年前去内蒙古办事，途中经过草原，住到当地牧人的帐篷里。瞧见那户牧民家中摆放着一个小碗，里面倒满了清水，浸泡着两颗小石子，都是白花花的椭圆形状，比鹌鹑蛋还小两圈，上面有整齐的紫色斑点。我父母在地质队工作，各种矿石切片我都看腻了，但从没见过这种石子，看摆放的方式显得很郑重，应该十分珍贵。我不免好奇心起，就跟牧民打听这是什么石头。

牧民主人说这是很多年以前留下来的、解放前萨满用过的雄鼠卵，值钱不值钱不清楚，只是留的年头多了，一直没舍得扔。

我恍然大悟，原来雄鼠卵就是这样的，今天算是见着实物了。以前我听家里的老人们讲过，那时我还觉得纳闷儿，公耗子怎么可能有卵？好像连母耗子也不会有吧？实际上，爬虫走兽腹中的结石，在旧社会统称为"内丹"，但各自还有各自的名目，这枚"雄鼠卵"就是老鼠的内丹。

后来我特意翻看了一些资料，发现古书中记载着，用"雄鼠卵"在山中致雷雨颇有奇效，此是自然造化所钟之奇，难以常理论测。比如凡是雄鼠所产结石，其上都有天然生成的符文，这在《本草纲目》上都有明确的记载，非是妖妄流传之言。又比如百岁老刺猬腋下会生有镜印，猪羊的结石上生出印篆，也都各自有其异效。

易法有云——阴阳合而后有雨，阴阳相薄，感而为雷，激而为霆。听说这法子原是汉朝时传下来的匈奴人的法子，以净水一盆浸泡特殊石子，反复淘洗不断，密持咒语良久，即会降雨。石子名为鲊答，最大的有鸡蛋大小，最小的如同豆粒，这些石子全是地上走兽及五虫腹中所产，其中以牛、马二宝最妙，也最为难得。后来此术流传至中土，虽然不知咒言，但照此方以水浸石，也可致雨。

牛有黄在胆、犬有墨在肾。牛的结石叫做牛黄，生在胆囊之中；犬的结石生在肾脏，叫作"犬墨"。另外马之宝、驼之黄、鹿角之玉、兜角之通天，都是此类事物。功效作用各异，举不胜举，药中之贵，莫过于此。

盖因走兽之丹，乃吸取日月之精华，年深日久所得，日月之精即天地间阴阳之气，以清水浸润摩擦混合，正是经卷典籍中所言的"阴阳合而后有雨"，故此能使云雨聚合、雷电激荡。

骗婚

天下骗术无奇不有，大部分骗子都是抓住了大家贪图小便宜的心理，骗去些钱财。但是今天要说的，是我听过最骇人听闻的骗术，而且真切地发生在我朋友身上，不仅钱财受到损失，而且心理和精神上也受到了严重打击。

我这位朋友也算事业小有所成、社会经验丰富的青年才俊。早年高中毕业后，毅然放弃了读大学的机会，和亲戚一起远赴边境做起生意。早年做边贸生意还是不错的，十几年的光景，当重返故里之时，也算同龄人中出类拔萃的了。谁承想久经社会之人却被感情冲昏了头脑。

　　回来不久他就认识了一个漂亮姑娘，俩人一见钟情，看到他事业、爱情全部顺风顺水，我们这些相识的兄弟都为他感到高兴。在他们交往半年后，就登记结婚了，虽然半年的时间不足以考验一段感情，但是对于三十好几的人来说，结婚也等于了却父母的一桩心事。

　　筹备婚礼的时候，女方很是慷慨。在如今这个房、车至上的社会，女方主动提出不需要买房子，缘由就是，第一，女方家是三室一厅的大房子；第二，岳父常年不回家在外公干；第三，岳母孤单方便照顾。看起来是件很温馨的事情，没承想这就是陷阱的开始。

　　不买房子了起码要装修，家电家具哪儿还好意思让女方出。装修、添补家具家电，这就三十几万花了出去。这样还不算，礼金方面自然也不能薄了，女方一下子要走了二十万，汽车登记的也是女方姓名。在结婚方面，女方提出不摆酒席、出门子不从妈妈家走等很不符合常理的要求。本来开始也不能理解，但这些事情最重要的保障就是，他们已经有了爱情的结晶，自然所有顾虑就全被打消了。

　　双喜临门本应高高兴兴，没承想孩子并没有到预产期就早产出世。在发育不良加上胎位不正的情况下，女方执意顺产，仅一小时就顺产出生，但孩子多处骨折，没过三天就夭折了。最后女方又一次要求将婴儿火化而非入土安葬。一切在悲痛中结束后，女方关起了大门，借言缘分已尽，便要离婚。此时他才恍然大悟，女方一切所做只为毁尸灭迹，但为时已晚，孩子在之前的检查中都很正常，后期的检查就不让他陪同而去，一定是在这个时候对胎儿动了手脚，不买房、不摆酒只要钱，都是暗中蓄谋已久的计划。最让人想象不到的是，这个女子居然会拿自己腹中胎儿当作骗钱的工具。

寻找圣泉

在这些年的旅行中，喀纳斯是给我留下记忆最深刻的地方，不仅有美丽的风景，更重要的是一段难忘的经历。

那年去喀纳斯的时候已是初秋，游历湖区后，我们便决定在此多停留些日子。湖区附近有武警招待所，这个地方一般不对外开放，我们也是误打误撞，好在人少，还是可以住的。湖区夜晚很冷且很安静，睡觉的时候，盖了两层被子还要用军大衣来搭脚。到了白天，日照很充足，也暖和得多。当地居民经常会给武警官兵送来很多干果，然后他们就把干果放在招待所院子里晒。我们偶尔凑过去拿一些吃，他们也会主动邀请你去品尝。我喜欢和当地居民聊天，不仅能听来很多风土民情，在聊天中还会有不大不小的意外收获。

住在招待所附近的一户居民，祖孙三代，爷爷非常热情好客，我们和他聊天。虽然只是萍水相逢，但他拿出了很多自制的食物来招待我们。老人家经常会讲起他小时候的喀纳斯，最重要的是他提起了"圣泉"这个地方。老人家的描述勾起了我极大的兴趣，寻找圣泉也是我到目前为止做过的最疯狂的事情。

圣泉是当地人非常信奉的一处泉眼，经常会有人步行前去朝拜、许愿。为了节省时间，老人家把他家的马借给我，还让他的孙子给我充当向导。小孩子名叫艾尔肯，因为他头发卷卷的，所以我喜欢叫他毛毛。策马扬鞭一路飞驰，翻山越岭，周围的景色起起伏伏，穿过沼泽地的时候，马的姿态时而上仰、时而下冲，着实让我捏了把冷汗。离圣泉不远的地方，马已经不能通过了，前面横七竖八长着奇怪的枝干说来也奇怪，穿过怪树林临近圣泉处，树木挺拔，中间闪出一条路，豁然开朗，却并非人工铺设。

圣泉是一处直径半米左右的泉眼，水极其清澈，很有意思的就是，当你发出声音的时候，泉眼里的水会打出浪花，晶莹剔透。随着声音频率的变化，水花也会加快或减慢，很是神奇。在当地人的眼中，此处泉眼是神圣的，周围的树上也挂满了人们许愿的小牌牌。不知不觉天色已晚，忽然周围林子中发出了声响，毛毛说此地有大熊出没，二话没说上马返程。

后来在和别人讲述旅行故事的时候，寻找圣泉的经历经常会作为我的一个保留节目，每次都能讲得津津有味。

麝香

旅途中最能消磨时光的方法就是和车上同行的人聊天，一来比较长见识；二来如果恰巧遇到旅行目的地的当地人，还能多了解些那里的风土人情。有一次，在去青海的路途中，一起同行的恰巧是一个藏族的小伙子，汉语讲得不错，人也开朗，更奇特的是他身上有一股独特的香气，经询问才得知原来他身上包里带的就是麝香。以前经常听说麝香是一种药材，没想到还有此等特殊的气味，经他介绍我才得知麝香的由来。

麝香来自一种叫"麝"的动物身上，其形状像鹿而小，后肢明显长于前肢，雌雄头上均无角；四肢趾端的蹄窄而尖，侧蹄特别长。

经验丰富的捕麝高手，只要看见遗落的毛发便可以辨认出来山上有什么野兽。如果有麝的山，其香味奇特。凡荒山深壑有三种香味，其一是毒瘴之味，其二是草药之味，其三就是麝香之味。寒瘴不香，热瘴微香，毒瘴最香，瘴越毒香气则越浓烈。野花山药其香气氤氲而有味，闻起来清神干爽。麝香之味从远处闻起来香气浓烈略带腥味，时有时无，若即若离。如果临近麝的洞穴，其腥味更加难闻，按照它的腥味寻找肯定能找到，百无一失。

麝香分为几种。麝脐容易腐烂，经常会流血，麝待到天晴之时必须仰在草地露出脐暴晒。脐眼凸出，异常腥臭，待蚊蝇前来啄食之时突然缩入，小虫被碾成粉末，一日数次，脂渐凝厚，此种称为草头麝。药材常用的品种则是吸入蜂蝎、蜈蚣这类的毒虫，脐有朱红点，此种称为红头麝，这样的很是少见。最为珍贵的则是蛇头麝，毒蛇吸吮其脐，麝被惊痛用力地吸缩狂奔，蛇身盘结，用不了多久蛇头和身子便断开，蛇头腐烂在其脐内。脐内有双红珠，是为蛇眼，如若得到用于合药，香味经久不散，治毒症非常有效果。

他还告诉我，以前听他爷爷说，那时候猎麝采麝香并不容易，因为麝这种动物非常有灵性，而且善于奔走。如果它发现了追捕的猎人，会很快自己吃掉分泌出来的麝香，所以熟练的捕麝高手，都会把自己隐藏起来埋伏在其周围，声东击西，让它无暇吃掉麝香。如果受伤了被人追捕，它便倒地哀鸣遮掩其脐，或四脚紧抱。并不是所有捕到的麝都会有麝香，所以麝香很是珍贵。

后记

讲故事的人

"如果家中突然发生火灾，你只来得及带上一件物品逃生，会是什么东西？"记得曾被朋友问到这样一个问题，然而我当时想了许久，都没有找到确切答案，似乎我家里根本没有什么收藏品和传家宝。考虑到最后，我还是选择了"电脑硬盘"，因为里面装着"存稿"。大概对于一个作者而言，最重要的身外之物，就是尚未完成的"稿件"了，一旦损毁丢失，说心疼吐血都是轻的，恐怕跳楼卧轨也干得出来。就像没有顶着炎炎烈日在田间地头辛勤劳作过的人，永远无法真正体会粮食来之不易；没有写作经历的人，也很难想象其中的艰难。

这几年写作的体会，带给我最大的感触就是"痛苦"，感觉前半辈子都没这么苦过。从 2005 年 10 月份，我开始写《凶宅猛鬼》至今，将近五年的时间，眨眼就过没了，出版的实体书也有十几本，好几百万字，偶尔也能有些成就感，但仔细回想起来，留下最多最深刻的印象还是"痛苦"。

之所以说我写作的过程"痛苦",很大的原因在于我个人的性格与能力都不适合从事专业写作。首先我不能忍受孤独,没有持之以恒的毅力,更达不到心无旁骛的专注境界;其次我不是科班出身,没受过系统培训,缺乏必要的理论指引。

2005年底,我看到公司里有个女孩整天上网看小说连载,就问她要了网址,发现原来网上有很多人,在以各种各样的方式,给大家讲述他们的故事,内容五花八门,题材广泛,路子很野,水平则是参差不齐,与我印象中摆在新华书店里的小说有很大区别。其中最吸引我的地方,是网络连载中与读者形成的互动氛围。我喜欢热闹,哪儿人多就往哪儿扎,时下流行的东西都有兴趣尝试尝试,所以当时就动了心,打算混进去玩几天,也没想过要有什么追求。

谁知这种网络连载的形式,看似轻松愉快,其实会面临许多意想不到的困难,比如每天连载的内容,字数虽然不多,却完全属于现炒现卖,都是即兴发挥。在没有故事大纲的情况下,"灵感、逻辑、创造力、精神状态、叙事节奏"差一点都不行,已经发出去的部分即成定局,再也无法修改。我想写的故事类型又必须充满悬念和张力,稍有疏漏就无法自圆其说。

那时候也从没想过,要把自己放在网上的作品出版实体书,因为我很清楚,各行各业都会有相应的规则,而我的作品很可能达不到审查要求,面临的困难会成倍增加。后来与出版商签了合同,才知道果如先前所料。

不过这一写就没收住,除了周末和国家法定节假日之外,每天都用半天时间,写三千字左右的故事,就像是写日记一样。这成了我这几年一成不变的习惯,从业余写作转变成了半职业写作。有人问我是不是想改行当作家或网络写手,我回答不是,并没有考虑过把写作当职业，顶多算个"票友"。

在此透露一些秘密，我此前听过几条关于大师级作家的传闻："一、真正的大师都不是亲自用手写作，而是通过口述，由助理在旁边打字记录，所以只要躺在摇椅上动动嘴就好了，科学家也承认——躺着会比坐着更能调动想象力。二、名家身边，都有个智囊般的秘书负责提供信息，可以随便问他世界上古往今来所有的事。三、说什么每天熬夜工作，完全是骗人的鬼话，实际上赚到钱就会立刻跑去娱乐场所，所以才有很重的黑眼圈。四、以采风或寻找素材为借口，到各地旅行，并且白吃白喝白玩白住。"这其中到底有几项是真实的呢？嘿嘿，不告诉你。

我想如果真能享受这些待遇，那么把写作当成终生职业来奋斗也不错。可直到我真正接触过许多大师之后，终于知道现实与传闻相去何止十万八千里。写作确实是件非常孤独的事情，也许只有创作自己感兴趣的题材，并且完全沉浸到故事当中，才能享受这种寂寞。

我写过的《谜踪之国》《鬼吹灯》《贼猫》《死亡循环》等小说，涉及的时代背景各异，从北宋、清末、民国直至现代都有，尝试用不同的语言去描述不同的地域和年代特征，是件有趣的事情。而冒险题材则是我比较偏爱的类型。这类故事悬念强，情节惊险刺激，却也存在很大的瓶颈，大致就是"一群人，深入一个与世隔绝的地方，遇到一些神秘的现象，随后揭开谜底，幸存者逃出生天"的模式化套路。这是类型化作品客观存在的瓶颈，看多了或写多了就会产生厌倦情绪，而且中国不是好莱坞，读者和观众都对"解释悬念"的接受范围有个尺度，包括我个人，也很不喜欢那类将一切超自然现象都解释为外星人或鬼怪作祟。闹鬼太迷信，外星人太遥远，完全没有技术含量，就连长生不死和时空穿越之说，都显得幼稚，没有真实感。如何能在狭窄的瓶颈之中，写出不落俗套的内容，将出人意料的天大悬念解释得合情合理，是我给自己定下的目标。

其实只要有足够的想象力和灵感，注重细节描写，逻辑清晰，这个目标不难实现。我感觉在写作中最大的难点，在于人物的"对话"。文字与电影画面不同，观众看电影，一看人物出场，不用开口，已经能直观感受到角色的相貌和气质。可书里的角色不行，不论怎么强调外表，没有符合他性格特征的话语，就很难使其跃然纸上。如果我一天写作四个小时，大约是三千字左右，也许一个小时就能写完两千九百字，其余不到百十来字的篇幅，都是从角色口中说出的语言，往往需要花费几个小时。从内到外，是我习惯刻画人物的方式，也是常常觉得自己力不从心之处，有时候一句话反复改个几十遍都不满意，真是急得抓耳挠腮，坐立不安。

另外我还有一个很严重的心理障碍无法克服，就是难以接受编辑对我作品的删改。手机钱包丢了我都不太在乎，曾经在一星期之内，家里的 X360 接连坏了两部，我眼也没眨。可是如果我发现出版的实体书中少了一两句话，或者被改掉了几个词，就会耿耿于怀。我至今对自己的作品出版后，在哪一页被删改了哪个词、哪句话，都记得一清二楚，恨不得找上门去刨根问底。我甚至怀疑自己是不是具有双重人格，可我又不是双子座，总之这大概不是一种好现象。

眼看着写过的文字已经印成了一册册图书，码起来能有半人多高，有时候在机场等飞机，瞧见候机楼的书店里卖我的作品，心里就觉得跟做梦似的。倒不是觉得出几本书是件多了不起的事，而是纳闷自己是怎么坚持写下来的？为什么我一想起写作的过程就是痛苦和折磨，全是倒不完的苦水，创作过程中遇到的阻碍远远超出了我的预计，为何连续不断地码了几年字都没半途而废？

我一度深信这是金钱的力量，是出版商付给我版税我才有动力，但往深处想想，也不完全是这么回事。我从事金融期货行业，整天跟钱打交道，如果我能全身心投入本职工作，买游艇倒不敢奢望，买车买房娶媳妇生娃却肯定不是问题。可是我发现我对工作的态度，已经变得越来越麻木和懈怠，甚至对赚钱都失去了应有的欲望。

究竟是什么维持了我对写作的这份"热情"？我一直试图为自己寻找一个真正的答案，可脑子里只是模模糊糊有个影子，始终说不清楚。去年春节放假，我出门旅行，途中和别的游客闲聊，话题是"最古老的职业"。在这个世界上，人类最早的职业是什么？据说现在比较有说服力的观点是"娼妓"。我对这种说法感到十分意外，我本来以为会是"猎人"，正要和他们接着侃下去，脑海里突然出现了一个奇怪的念头——世界上最古老的职业会不会是"讲故事的人"？

大概在每个人的记忆中，都会有童年时代，一边围坐在火炉前，一边听长辈讲故事的难忘经历。越是那种神秘古老的旧事，就越是听得津津有味。虽然有些害怕，更多的却是好奇，总是急切地想要追问："接下来发生了什么？"直到讲故事的长辈说："今天太晚了，就讲到这里为止，赶快上床睡觉。"我们却仍是舍不得离开："求求您了，再讲一点吧。"

这种情景已经不知重复了多少年代，就连那些裹在襁褓中还不会说话的婴儿，似乎也能听懂简单的故事。大概讲故事与听故事，是人类与生俱来的原始本能，也许从洪荒时代起，出去打猎摘果子的猿人，晚上回到洞穴里就会像这样对小猿人讲述白天的经历。不过考古学家都无法证明，谁是世界上第一个讲故事的人，这比人类文明的起源还要难以考证。我更是没有办法证实"讲故事的人"是世界上最古老的职业，但我相信，这个职业一定足够古老。

如果宽泛些看，写小说的作者、拍电影的导演等，都是这种古老职业的继承者，可能我在骨子里，也希望能够成为一个"讲故事的人"。虽然写作时遇到的困难和压力很多，但最终将自己的故事完成，并且传递给读者，从中收获到的那份"感动"，绝不是任何事物可以替代的。

拾遗
牧野怪谈

○ 捉蛐蛐

我上学的时候，天津还没建平津战役纪念馆和周围的楼房，从中环线的子牙河桥往西走，都是坟地，有的坟头离马路只有几米远，十分荒凉。有一年夏天放暑假，我和另外三个伙伴去那边捉蛐蛐。

我当时只有十六岁左右，同去的有两个跟我差不多大，还有一个是小孩，才八九岁。我们四个人当天白天跟别人斗蛐蛐输了。听一个卖破烂的老头说，在子牙河桥往西的坟地能抓着"棺材头"，就是一种大脑袋大门牙的蛐蛐，很厉害，很能咬，不过现在好像都绝种了。

我们听了这件事后，晚上就骑着自行车去了。只有两辆车，闸皮都掉没了。我们带了手电和水壶、蛐蛐笼子，水壶里灌的是绿豆汤。天太热，放了一路，下车时发现都馊了，幸亏没喝。

因为那边没路灯，骑车容易掉河里，所以大伙把自行车放到桥底下，然后走路进去。夏天天黑得晚，但到那儿已经全黑了，没有表，估计八点半了。那条河跟中间的土路、坟地都是平行的，互相紧挨着。

九十年代，那一带还很荒凉，河里常有各种浮尸，也不能说经常有，反正每天从那儿过，一年能看见三四回。

我们顺着路往前走，没打算进坟地，想在附近抓几只蛐蛐就回去。草丛里蚊子特别多，还有特别大的飞蛾，都往亮着手电的地方扑，草窠子里全是蛐蛐叫。我们当时挺高兴，觉得来对了，没感到害怕，就是怕走散了，因为只有一只手电筒。

我那几个哥们儿都有玩蛐蛐的经验，听声音就能知道是不是能咬。他们先在坟地附近转悠了一阵，听声音觉得没有"棺材头"，都是什么"三尾巴馇子"之类的。最后不知道谁提议，说要进坟地，不能白来一趟，结果大伙就壮着胆子进去了。

刚走到深处，有人发现坟头上有个东西。我们拿手电一照，只见两只眼睛跟灯泡似的冒金光，不知道是黄鼠狼还是野猫，真给我们吓坏了。大伙扭头往回跑，跑到路边的时候，都说实在太吓人了，别抓了，回吧。

时间已经挺晚了，估计快要十点钟了，再不回家也没法跟爸妈交代。就在要走的时候出了事，跟我们一起去的那个小孩哭了，说鞋跑丢了一只，皮凉鞋丢坟地里了，回家他爸能把他揍死，非让我们回去找鞋。结果没办法，大家就顺路往回摸，在坟地和草丛里找他的鞋。

有点害怕，也不太害怕，主要就是着急，鞋找不回来，我们这三个人都得跟着受连累。那小孩他爸是卖鱼的，脾气不太好，特别爱打人。

摸到半路的时候，一个深度近视、眼镜片比酒瓶子底还厚的伙伴说找到鞋了，从草里摸出来一看，是只黑色的布鞋，看着好像还挺新，恶臭。当时我们还以为是从死人脚上扒下来的，赶紧给扔了。

最后在一块挺臭挺软的泥坑里，找到了丢失的凉鞋。现在想想都觉得是个奇迹，大半夜黑灯瞎火的，那么大一片坟地，居然把丢的鞋给找回来了。

怪声

前几年受邀到电台做过节目，认识了几位编导，聊得来就成了朋友，时不时会聚聚吃饭，听他们讲讲电台里的事。小刘到电台工作没几年，却很爱说。一次大家讲到自己遇到的稀奇古怪的事情的时候，小刘给我们讲了一个他自己的亲身经历。

那时候他还是个实习生，也没有多少特别的工作，就是录歌，把晚上要放的节目歌曲找出来，下载，监听，如果音质不好或格式有问题立刻换，然后再听。听完后就刻成盘，上传到楼上节目库中，预备给晚上的节目主持人。那天要灌制的歌曲特别多，大约有五六张盘，灌完最后一张盘的时候已经是凌晨两点半了。他关了所有的设备，准备回家。就要关电脑的时候瞄了一眼调音台上的电平，谁知就是这一瞄，他的寒毛竖起来了。电平飞速而有节奏地打着，于是他开始寻找话筒的开关，控制话筒的开关全都关好了，他录歌的时候很谨慎，从来没有开过话筒，否则屋子里的声音就会录进去。"难道是播音间还有人？"心里有这个想法的时候，他就已经很害怕了。他缓慢地回过头，望向那个黑洞洞、空荡荡的直播间。除了一些调音台上的小灯还在闪烁，里面空无一人。那是周二的晚上，爱听广播的读者们一定知道，周二的广播结束得很早，凌晨两点半更不可能有节目了。他心里开始打鼓，一些鬼神之类的说法他还真有点信，电影《白色噪音》里的那些片段在脑中不断闪回……于是小刘再次打开了录音软件，看着那有节奏的电平不断地打着，明明就是有人在说话，监听耳机里却一点声音都没有。于是小刘任由这个音轨录了 20 多秒钟，然后停下来播放那段音频文件，结果听到一个不男不女的声音，忽远忽近，时而像个老妇人，时而像个男人，时而又重叠出很多人的声音，声音小极了，完全听不清在说什么。小刘吓坏了，关闭了音频，过了一阵子壮了壮胆再度打开听的时候，却发现完全没有声音了。他不记得那个夜晚是怎么离开电台的，感觉就连下电梯的时候背后都有人看着他。

到现在他都很迷惑，老编导们也说有过这样的经历，是什么原因大家还无从得知，而单纯从技术上说，很可能是一种来历不明的干扰。

☽ 诡异的习惯

我有个女同事，是个很好的女孩，脾气性格都不错，家里条件也好。她年纪已经二十好几了，正是该谈婚论嫁的时候，所以家里总催她找对象结婚，七大姑八大姨地给她介绍了好多男朋友，可就是因为她眼光太高，相亲好几次都没结果。

爱情这东西确实讲缘分，外人干着急没用，去年她终于找了个正式的男朋友，俩人关系发展得很迅速，差不多就该结婚了。她的男朋友我也见过，高大英俊，看起来还是比较可靠的。

有一次，这个女孩一个人在公司里悄悄抹眼泪，我问她怎么了，是不是跟男朋友闹别扭了。她说不是，那个人哪儿都好，就是有一个很奇怪的习惯，说"奇怪"都是轻的，用"诡异"二字形容也不为过。

我觉得挺好奇，人活一辈子，谁还能没有几个属于自己的生活习惯？所谓人过一万，形形色色，生活习惯更是五花八门，咱们应该尊重对方的生活习惯，怎么能上升到"诡异"的高度了？

女孩说她男朋友平时一切正常，俩人交往的过程中，也像普通情侣一样吃饭逛街看电影，只是每天晚上六点半，不论是在什么场合、地点，男朋友就要突然离开，而且没有任何理由。

开始一次两次也没什么，奇怪的是每天如此。女孩忍不住问他，对方却从不回答。这女孩甚至直接问过她的男朋友："你喜欢我吗？"男朋友很用力地点了点头。女孩又问："你还愿意和我继续交往吗？"男朋友再次给出十分确定的答案。女孩问到关键问题："那你能不能告诉我，你每天六点半都要去做什么？如果你不告诉我咱们就只能分手了！"可她男朋友遇到这个问题，就会选择沉默，没有任何表情的可怕沉默，你别想从他脸上找到任何答案。

最后这个女孩实在受不了对方这个诡异的习惯，被迫选择了分手，我听了这件事之后，也是觉得非常不可思议。

那女孩感到十分委屈，每个人都应该有自己的隐私，可这件事实在是不合逻辑，只要对方给出一个理由就好，可为什么要沉默呢？她向我诉苦之后，还请我分析这是什么原因。

我苦笑着摇了摇头："那小子总不会每天六点半都要赶回家看动画片吧？"

◯ 盒饭

我很喜欢坐火车的原因，主要是可以接触很多旅客，漫长的旅途中也会遇到许多人和事，这样才有真正出门旅行的感觉。当然火车上的食品，也是旅程中必不可少的"重要元素"。我一直对车厢内的流动贩卖车、列车餐车以及沿途站台上出售的食物充满了好奇。

记得前两年，我乘一趟慢车，长途硬座。对面的乘客是个老头，身量大概一米二左右，娃娃脸，满面红光，总是笑模样，两眼特别亮，穿着一身旧军装，皮带扎外边，脑袋上戴了顶绿军帽，让人觉得他就像是从深山里刚修炼出来似的，帽子上再多颗红五星他就是潘冬子了。

这老头自称姓刘，所以我就称呼他"老刘"。老刘先是给坐在旁边的一个南京姑娘看手相算命，然后又问我要烟抽，晚上我请他吃了一份盒饭。这趟列车上卖的盒饭，都是在餐车现炒，四元钱一份，里面有半盒米饭，另外半盒的配菜还算比较丰富，包括芹菜、豆腐、豆角、粉丝，还有两片肉，运气好的话或许能见到三片肉。

坐在老刘旁边的南京姑娘是个学生，她晚上也是吃盒饭。可她运气不太好，盒饭里只有一片肉，豆角还都是夹生的，甚至其中还有条白白胖胖的小肉虫子。她当时就没食欲了，想把盒饭倒掉。

老刘却二话没说，抄过来连肉虫子都吃了，还告诉我们米虫子和菜虫子很干净，又不脏，有什么不能吃的？他说自己年轻时做赤脚医生，赶上荒年，饿得熬不住了，真是有什么吃什么，山里人就挖虫子吃，或是跑到水里摸生螺。

那时候人们都饿红眼了，凡是逮住的活物没有不敢吃的，就算是死的也不得不捏着鼻子往肚里吞了，真闹出了不少人命。有些人直接生吞河里的活物，肚子里很容易长出"草爬子"，也就是水蛭。临死的时候全身瘦得皮包骨头，只有腹部特别肿大，如果用刀割开，就能发现里面都是喝血的草爬子，草爬子脑袋上都有吸盘，钻到肉里就不出来，除非烟熏火燎。

幸亏那时有位老中医，用以前留传的土方子救了好多这类病人，就是调毒药给人灌下去。不过这毒药的用量很难掌握，必须根据每个人的体质决定具体下多少药，如果剂量稍微用大了，就先把病人给毒死了。

另外还有个很奇怪却很有效的办法，就是打破了生鸡蛋，放在患者眼前。肚子里有水蛭的人，会觉得气味很清香甘甜，可过不了几分钟，他就会觉得喉咙发痒，好像有物蠕动，随即大口呕吐，等把活水蛭从肚子里呕出来，又会立刻感到生鸡蛋腥恶触脑，可能这辈子都不想再吃鸡蛋了。

在火车上听完老刘讲的这件事，我觉得还是尽量多吃熟食比较好。毕竟茹毛饮血，是上古之风，现代人已经习惯了水火相济而食，消化系统跟原始人比不得了。

◯ 梦魇

前些天偶遇一个朋友，我见他脸色灰暗，面颊深陷，眼圈乌黑，就问他怎么会这个样子。他说最近几日晚上一直没有睡好觉，每当午夜梦回，都发觉自己平躺在床上，意识非常清楚，手脚却动弹不得，如果强行挣扎，魂魄则似将要脱壳而出。这大概就是所谓的"梦魇"，俗称"鬼压床"。

朋友到处求神拜佛，以求破解之法。就这样过了一段时间，不但没有摆脱这种困境，反而为此增加了很多不必要的开销。见他一天比一天憔悴，我实在不忍心放任不管，于是就找了一个休息日，到他家看看。

刚走进朋友家门，我就迫不及待地来到了他的卧室。在其床边一番仔细观察之后，终于发现了他晚上睡不好觉的原因。

其实入睡之后，大脑中有一小部分仍然在单独活动，而这一小部分大脑，有时会收集整理一些信息。第一种情况是过去曾经经历过可怕的事情，其过程重复在脑中浮现；第二种情况是睡眠时睡姿不对，身体的某个部位受到压迫，或者有蒙着被子睡觉的习惯；第三种情况是身体得了疾病，致使神经衰弱，得不到充分休息。还有一种情况就是看了恐怖电影，或读了神怪小说，都会造成人们晚上出现梦魇的情况。

关于噩梦的根源，主要来自睡觉时有两种状态，一是快速动眼睡眠时相，二是非快速动眼睡眠时相。前者是由于过度的疲惫和压力所造成，双眼在闭合状态中，眼球仍会出现快速运动，同时伴有呼吸、脉搏、血压的波动，梦境大多由此产生。此刻脑中各种杂乱的讯号交织在一起，通过潜意识产生自我暗示，比如有些艺术家在梦中突然获得灵感启发，又有些侦查员能在睡梦中想到案件的重要线索，这都是深层思维偶然产生的映射。只不过大多数梦相并不直观，使人难解其意，所以古时那些解梦或征兆感应之说，也都有其形成的基本原理，未必皆属虚妄言论。

我朋友家的床下放了很多杂物，致使床的两头不一样平齐，一边稍高，一边稍低。而我那朋友睡觉时，恰恰是脚放在高处，头枕在低处。这样每晚睡觉，势必会造成下身的血液向上流动速度较快，给大脑造成严重负担。这时头部充血，或持续压迫神经使身体麻木，就会出现恐怖的"鬼压床"的现象。

我告诉朋友原因之后，他当天就清理了床下的杂物，改正了睡姿。这办法果然管用，再没出现过类似的情况。

同时出现

小时候我最期盼的就是放假，放假不仅可以不用上课、不用写作业，还可以整天在外面玩，对于在平房里长大的我来说，那就是最快乐的事情。我有四个关系不错的小伙伴，年纪也都差不多，到了晚上大家特别喜欢一起坐在院子里讲鬼故事，常常吓得不敢回家，也特别喜欢一起坐公交车跑到比较远的地方去玩。在那个私家车很少的年代，公交车还是比较方便的。那时候的公交车票价也比较便宜，根据路段的远近来算钱。车上都会有一位乘务员，手里拿着一沓票和一支红蓝铅笔，打个票就在上面划个对钩，票价分别是1角、2角，最贵也不会超过5角钱。

那一次，我们四个人约好了一起到天津大学去玩，因为听说那里有很多老教学楼，小孩子的想法总是很天真，打算去那儿探探险。一大早，大家准备了点面包和水，坐车去了天大。天大的中间有一个很大的湖，周围有很多平房，住的都是学校的职工子弟，我们在湖边戏耍了一番后就跑到天大九楼后面的一幢教学楼去玩。时间大约是下午五点半，天已经渐渐黑了，有个教学楼的楼道没有灯，里面漆黑一片。我们想比比谁的胆子大，就制定规则：一口气跑到楼顶然后打开楼顶的窗户向下示意"已经到了"，然后再跑下来。谁的胆子小谁就要负担所有人回去的车费。大家都表示赞同，但令我们想象不到的事情发生了。

几个小伙伴轮流来，第一个胆子最大，他跑到四楼然后打开窗户向我们招了招手，然后很快地下来了。我是第二个，同样也跑到四楼，我们俩理由都一样：五楼实在太吓人了，上面拦截着一道铁栅栏，而且很黑，没人敢上去。第三个小伙伴虽然动作慢但他居然跑到了五楼，招了手然后跑了下来。最奇怪的就是第四个小伙伴，他跑进去没多久就到了五楼，然后在五楼冲我们招手。这个时候出现了我们这辈子都难以忘记的画面，那个小伙伴又从二楼打开窗户也向我们招了招手。当我们正在纳闷的时候又接着去看五楼，此时五楼已经没人了。我们明明记得那张脸确实是他，等于是五楼和二楼同时有人招手。他下来后我们追问他，他说天黑了很害怕就跑到了二楼，根本没有上五楼去，五楼那时是空的。这事把大伙吓得不轻，直到现在也不知道五楼招手的那个到底是怎么回事，但愿是我们看错了。

☾ 避雷室

每到盛夏季节，闪电经常劈折树木。那霹雳雷火很容易毁坏房屋，甚至击伤人畜，所以好多建筑上都设有避雷针。

大约在 18 世纪后期，有个美国人把一根又长又尖的硬铁棍安装在费城的一座楼房顶上，下端连接一根铁丝，沿着建筑物通入地下，第一次使建筑物避免了雷击的危险。其实中国发明避雷针比欧美国家早得多，早在 17 世纪，法国旅行家戴马甘兰来中国游历，据他在回忆录中描述："当时中国屋宇的屋脊两端，各有一个仰起的龙头，龙口吐出曲折的金属舌头，伸向天空，舌根连接着一根根细的铁丝，直通地下。这样奇妙的装置，在发生雷电的时候就大显神通，若雷电击中了屋宇，电流就会从龙舌沿线下行地底，起不了丝毫破坏作用。"这是关于避雷针的最早记载。

由于古时候弄不清楚雷电是怎么产生的，人们相信"雷泽有雷神，龙首人颊，鼓其腹则雷"，误以为雷电毁屋击人是上天发怒，对世人进行罚诫。到了汉代，开始以阴阳二气相互作用的理论来解释雷电现象，提出"阴阳相薄，感而为雷，激而为霆"的观点，也就是说，阴气和阳气相接触，发生震荡就形成雷，震荡剧烈的时候就形成霹雳，这是关于雷电成因的一种直观猜想。

这种天地间阴阳二气感应为雷的观点，破除了世人对于上天雷神的恐惧。既然对雷电龙火有了最基本的认识，应对灾难的措施也就逐步开始出现了，"避雷室"便是最早出现的避雷设施。南北朝的时候有记载，说是湖阳县有个人很孝顺，此人家中的老母亲特别怕打雷，于是他特意造了一间"玄石室"，玄代表黑，也就是盖了个黑石屋。一遇暴雨倾盆，雷声如炸，他就背上老娘躲到室内。此人为母亲建造避雷室所使用的材料是玄石，玄石是具有绝缘作用的大理石，用这种材料建造的屋室当然可以避雷。

另外砖瓦土木是中国古代建筑的主要材料，宋代以后的建筑师们为了使屋室有人的地方避开雷击，精心构思，巧妙地消除了电学上称为"跨步电压"的危险，留下了不少至今令人拍案叫绝的神奇建筑，比如四柱不落地的广西真武阁、四柱不顶天的德庆县文庙。这些古迹保留至今，大伙如果有机会路过附近，可以去参观一下。

皮影戏

八十年代的时候去乡下，还经常能够看到皮影戏，现在可好，没见过有演皮影的，倒见有一堆来收皮影的，都当古董了。据说二十世纪八十年代末的北京潘家园，也就是《鬼吹灯》里胡八一当上摸金校尉之前混的那地方，那个时候一套皮影就要一千块钱，现在，早先清代留下来的全套皮影都要十万块了。

一般来说，一套皮影就是一个民间皮影班社演出使用的全部影人道具，包括头像四五百个、身子七八十套和舞台布景若干，加起来有近千件，不齐全可卖不出价来。说到这成套的皮影里，头像为什么会比身子多上五六倍的数量？道理很简单，控制成本：脑袋就那么大点，身子多大啊，得用去多少的驴皮、牛皮？所以，只要将头像和身子换过，那就是另一出戏了。至于唱念做打那全是皮影戏演员的本事。道具经济，人力也省，跟平时唱大戏那二三十口人可没法比。皮影戏后台向来有"七个紧、八个松、九个消停"的说法，意思是要演好一出戏，七个人就非常紧张，八个人刚刚好，九个人就有人要消消停停地闲着了。后台里每人都身兼数职，既要弹奏乐器，又要操控皮影。皮影人头和身子平时是分开的，就是身子也分上身、下身、两腿、两上臂、两下臂和两手，共十一件连缀组成。演员表演的时候通过控制人物脖颈前的一根主杆和在两手端处的两根耍杆来使皮影人做出各式各样的动作，所以非得一人身兼多职不可。不过活儿可不含糊，皮影人不仅会照镜子、眨眼睛，而且穿针引线、点火抽烟无一不会，甚至皮影人哭的时候，还能让观众看见大滴大滴的眼泪顺着脸颊流下来。因为实在太过真实，难免就会流传些不经的故事和传说。有人就拿头和身子分离这回事说事，说是唱完戏就得把皮影的头摘下来，和身子分开放好，否则这影人儿也会半夜偷偷跑掉。还有一个传闻就是这些皮影演过三年后，就要用热水重新煮过，再行上色做人儿，否则就会成精了。实际上，这些皮影人都是驴皮、牛皮做的，煮过以后不就化了吗？那是整个影戏班吃饭的家伙，又不是就此熬了做阿胶。

孤岛遇险

清朝年间盗匪猖獗，不仅陆地上有盗匪，在海上也出现了海盗拦截商船强抢财物。以前把海盗称为"洋盗"，由于洋盗神出鬼没又熟悉水路，官府一直十分头痛。水师营在一次码头执行公务的时候，抓到了一个可疑的码头工人。上前一盘问，此人神色慌张想要逃跑，水师营立马将其抓住关进牢房严加审讯，哪承想抓到的居然就是一个上岸销赃的洋盗分子。

要想抓住洋盗，就必须要清楚他们的生活方式以及出没地点与时间。水师营分派了专门的人员审讯这名洋盗，让他讲出所有发生过的事情以及他们如何抢劫的细节。审讯之初他哪里肯说，直到最后，答应他如果抓到其他洋盗便放他自由，这才肯配合。

开始的时候审讯人员的态度还是冷冰冰的，但是洋盗讲出来的事情的确很有意思，包括他们在海上的种种奇遇，听得这些人目瞪口呆。

有一次他们打算拦截一艘商船，但是没想到半路杀出个程咬金，来了一艘葡萄牙军舰将他们的舰船桅杆打折一截，没办法，他们就只能在海上漂流。不知漂了多少时日，船上的水和干粮已经所剩无几，眼看就要绝望了，没承想在远处隐约出现了一个小岛，众人大声欢呼。

船离小岛越来越近，洋盗们已经跃跃欲试。离得越近，领头的感觉越不对——小岛植被茂盛，但不曾有人烟迹象。洋盗头子曾是海军出身，海上经验丰富，有勇有谋，被小人算计背上官司之后才一怒之下做起了洋盗。待靠岸之际，大家都要跳上岛去，这时领头的大喊一声："不要上岛！"众人不解，领头的站在船边手指向岛上突起的那座小山。小山上植被非常茂盛，但在山的中间有一条曲折的小路，说它是路却又不像，小路蜿蜒曲折，但路面异常平滑，转弯处圆润非人工能及，领头者说："此处水源丰富却不见人烟，必有可疑。"话音未落，只见从小山顶部出现一条巨蟒，花皮身，头大如牛，张着血盆大口沿着先前小路盘下，船上的洋盗们顿时傻了眼。还好命不该绝，此时开始退潮，风向大变，船便靠着这股风力离开。如不是领头人制止了他们，如今早已是大蛇腹中之食。原来那条光滑的小路，就是怪蟒常年经过留下的痕迹。

◯ 人狗互食

民国时期，打完仗往往殍尸遍野，大部分尸体都没人处理，无数血肉之躯就这么扔在荒郊野外，任凭乌鸦和野狗随便啃啄。吃死人的不仅是野狗和乌鸦，就连村中人家所养的家狗和猪也跟着一道吃。经常啃吃死人的猪绝不同于一般的猪，这点明眼人一眼就能看出来。啃过死人的猪肥得吓人，毛光皮亮，就连看人的眼神都冒着凶光。这些猪虽然肥，但知道怎么回事的人，可一辈子都不敢再吃猪肉了，而且看见别人吃猪肉自己就忍不住想吐。

老话说得好，"宁为太平犬，莫作乱世人"。那个时代发生的真实事件，远比小说里残酷得多。

早在五十年前的香港，倒提着一只鸡在马路上走，都会被控"虐待畜生"之罪受到责罚。"人之初，性本善"是没错的，但是自相残杀之事还是有的，虽然是极少数，但这"极少数"的残酷行为，让人类的悠久文明失去了一丝光彩。下面讲个鲜为人知却极其残恶的事例。

清朝时候，有位知县姓刘名海。因嫌知县一职捞不到什么油水，便倾尽家财，疏通高官，又买到一个知府的官位。他去高州上任后不久，还没顾得上搜刮民脂民膏，便遇上广西贼寇入境，到处烧杀抢掠，无恶不作，民众皆携家带眷，逃避贼寇。

难民们逃到高州城外时，请求城门人通报知府大人进城避难。哪知这个知府刘海，却认为贼兵将至，城内没有多余的粮食给难民吃，竟然下令紧闭城门，拒不收纳一人一畜。任凭无数难民在城外苦苦哀求，他都充耳不闻，坐视不理。此后贼寇尾随跟至，兵临城下将至壕边。眼见城门紧闭，门外众多百姓跪在地上，一边磕头一边大声哀求打开城门，便明白了个中缘由，于是肆无忌惮，见人就杀，见物就抢，哭喊声不绝于耳。而那知府刘海，却端坐在城中装作无事一般。

后来贼寇退去，只见城外血流成河，积尸数里，引来了很多野狗食之。没过多长时间，那些野狗都已吃得又大又肥。这位知府刘大人，又以城中粮食不足为由，命手下出城抓捕野狗，拣选其中肥大者，宰杀烹煮了让军民人等食用。那时，高州城城内的百姓们都说"城里人食狗，城外狗食人"！

◯ 两头人

天津有个地方叫"南市"，解放前鱼龙混杂，在街头耍把式卖艺的很多，三十年代出现过一个讨饭的乞丐，曾经轰动一时，现在上年纪的老人们，对此都有很深的印象。

其实要饭的乞丐哪儿都有，因为以前的叫花子流落四方，或是拖儿带女，或是身体残疾，将身上的苦楚当街展示，以博路人同情，诸如缺胳膊断腿，以及身上的脓疮伤疤，都是他们行乞的资本。

俗语说："当过三年叫花子，给个皇帝都不换。"有些人天生就好逸恶劳，不愿从事生产劳动，四体不勤，五谷不分，又没什么文化，扁担横地上不知道念个一，觉得当乞丐吃闲饭，天为被地做床，最是适宜不过，这类乞丐也不值得人们同情。但也有许多人真正是残疾贫苦，生计无着，只好上街行乞。

不过当时出现在南市的乞丐很"奇异"，为什么这么说呢？因为那是个十几岁的少年，他当街袒露胸腹，胸腹前生有一个小孩，手足眼耳鼻口无不具备，但一直闭着眼皮，要是把眼皮拨开来看，里面白蒙蒙的没有眼珠子，嘴里也没有呼吸，手足软而无骨，有乳头没肚脐，下身应该有的东西也一样不短，只是多半个身子都嵌在那少年胸腹中，根本没有内脏，等于是两头一体。谁看了都觉得触目惊心，既是同情又感到古怪。

那少年自述是乡下来的，与其兄连身双生，谁要是肯给点钱，多少不计，他就会解开衣服让人看看怀中的畸形兄长。这小子走街串巷，常年以此为生，别看年纪不大，却已经跑过好几个大省城了，甚至还打算攒够了钱，去见识见识"大上海"。

路上的好心人多，见其可怜，纷纷解囊相助。还有人问那少年："你怀中那人怎么是你兄长？"那少年说："先出娘胎的自然为兄，去年他还能说话，别人碰他也有反应，不过今年以来，任凭你怎么呼唤，他也没有任何反应了。"

有些好事的小报记者还对此进行了报道，说这并不是奇事，而是畸形，可见天生为人者，亦偶有变幻莫测之处。那时有个专跑水旱两路码头、唱野台子戏的戏班，班主想以此为噱头谋利赚钱，就将他拐骗走了，又怕这少年逃跑，便给他服了迷药，然后到处展览。

◯ 死亡照相机

"文革"刚结束的时候，有个姓林的军人，从部队转业到天津从事刑侦工作，主要负责法医鉴定。所谓法医，就是解剖尸体，以及勘察命案现场进行分析取证。公安局配发给这个姓林的法医一部德国进口照相机，用来对被害者的死尸拍照存档。姓林的法医就用这部德国相机拍了很多死尸的照片，当然这些死尸没有一个是正常死亡的，有出车祸撞死的，有被人用刀砍死的，也有从高处摔下来死亡的。

就这样，林法医干这行一干就是二十年。这部德国相机他始终舍不得换掉，因为非常好用，照出来的相片其逼真程度，看的人都以为是真的在看尸体。这部相机拍的照片早已经不计其数，但是唯一有一点可以肯定的是，从来没有用来给活着的人拍过照。

一次，林法医勘察一个命案现场，他带着这部相机，拍了几张有价值的照片。正在此时，公安厅的领导来现场视察工作，局长也跟来了，因为领导来得突然，没有记者采访，局长想，如此难得的机会，不跟上级合影留念实在是太遗憾了。正发愁呢，看见林法医脖子上挂着部相机，就让林法医给他和领导照张相。这是领导的命令，林法医怎么能不服从，于是调焦距，按快门，"咔嗒"一声，给领导和局长拍了一张。晚上回到单位，林法医洗相片，发现今天拍的照片都很正常，唯独两位领导的合影有问题，似乎是曝光的原因，整个画面黑乎乎的，两位领导面目全非。不！不是面目全非，这，这简直就是给死尸拍照时那些尸体的面目啊！林法医大惊失色，心想这要是被领导看见，还不得给我小鞋穿啊。他赶紧把照片和底片销毁了，然后收拾收拾东西下班回家了。

没想到第二天一上班，就传来了坏消息。头一天拍照的两位领导坐在一辆车里出车祸，全给撞死了。这种情况法医肯定是要到现场的，到了现场一看，两位领导尸体的脸部扭曲变形，看来死的时候受了不少痛苦。林法医突然觉得这有点眼熟，这才想起来，与昨天相片中的情景竟然一模一样。他想这部相机拍了无数死者的照片，莫非是阴气太重，怨念纠结，所以产生了强烈的诅咒？想到这里不免心情沉重起来。这天下班回家之后，他像往常一样看报吃饭，忽然发现自己把相机带回来了。相机是公家的，他从来没有带回过家里，大概是那天心神不安，无意中带回家来的，第二天应该赶紧带回局里。

晚上正准备睡觉，发现他老婆正在摆弄相机。林法医大惊，说："快住手，这个千万别乱动，太危险了。你刚才有没有用它给自己拍过照片？"妻子摇摇头，林法医这才放心，没想到妻子却说："我刚才给你拍了一张。"林法医大惊失色，闷不吭声地拿起相机出了门，从此就再也没回来。这些年活不见人，死不见尸，至今没人知道他的失踪，是否与这部被恶灵附体的照相机有关。

感应

鸦片战争时期，中国正处于半封建半殖民地的年代。全国的沿海城市几乎全都有租界的存在，在那时的天津塘沽，就发生过这样一件事情。

当时有一个姓王的先生在塘沽教书，因早年受过一些西式教育，所以略懂些英文。这事被当地的一个商贾知道后，便亲自跑到这王先生家里，高薪聘请其到自己府中给他做翻译，意在好与洋人通商。

过了些时日，商贾见这王先生逐渐每日不进三餐，日渐消瘦，便问起缘由。先生回答，自己原不是本地人，是从老家扬州而来，到此地教书育人。早年先父过世，现家中还有一老母孤苦伶仃，无依无靠，所以每每牵挂之时便难过不已，茶饭不思。商贾听罢，因还需要他在身边为其做翻译，便不想放他回去，于是抓起先生手臂，让其随之出门，说自己知道一法，可让其一解思乡之愁。王先生甚是疑惑，便半信半疑地跟商贾去了。

两人来到岸边，见一荷兰大船停在此处。商贾让王先生稍等片刻，只身上了大船。不久，下来两个荷兰人，其中一人端着一个瓷盆，瓷盆之中盛着满满一盆淡黄色的水。两人来到王先生面前，其中一人告诉他，将脸伸进水中，张开眼睛仔细观看。那王先生看着瓷盆，很是纳闷，心想"应该不会加害于我"，于是就把头埋进水中，张开了眼睛。没想到他在水中竟然看见了日日想念的扬州老家，而且看到了自己的家中，母亲身体无恙，坐在院中正在做针线活。就在这时，母亲慢慢抬起头来，好像看到了自己的儿子。四目相望之时，王先生憋不住气了，从水中把头抬了起来。这时商贾从旁边递来毛巾，问他怎样，母亲身体可好。王先生一边擦脸回应着"很好，很好"，一边对刚才的事情感到惊奇不已。回到商贾家中后，王先生逐渐恢复，尽心尽力为商贾做事，生意也越来越好。

　　年关之时，商贾给了王先生一笔钱，让其回家看看母亲。王先生感谢之后，便动身回到了扬州老家。见到母亲后的一天，他正与母亲在院中闲聊，母亲说，儿子不在的时候，发生了一件怪事，说出来怕人笑自己老糊涂了。一日正在给儿子缝衣服的时候，忽然看见儿子的脸出现在了院子里的树上，而且活灵活现。王先生一愣，然后微微一笑。母亲说道："瞧，你果然笑话我了。"按旧时所载，此事或为西洋催眠或心电感应之术，不知道这种传说有几分可信之处。世上都说母子连心，也许这正是"儿行千里母担忧"的牵挂。